# 紫陌红尘

熊平 著

天津出版传媒集团
百花文艺出版社

**图书在版编目（CIP）数据**

紫陌红尘 / 熊平著. -- 天津 : 百花文艺出版社,
2023.8
ISBN 978-7-5306-8582-2

Ⅰ.①紫… Ⅱ.①熊… Ⅲ.①中篇小说-小说集-中国-当代②短篇小说-小说集-中国-当代 Ⅳ.①I247.7

中国国家版本馆 CIP 数据核字（2023）第 144475 号

**紫陌红尘**
ZIMOHONGCHEN
熊平 著

**出 版 人：** 薛印胜
**选题策划：** 胡晓童 **责任编辑：** 宋春悦
**装帧设计：** 书香力扬
**出版发行：** 百花文艺出版社
**地址：** 天津市和平区西康路 35 号 **邮编：** 300051
**电话传真：** +86-22-23332651（发行部）
+86-22-23332656（总编室）
+86-22-23332478（邮购部）
**网址：** http://www.baihuawenyi.com
**印刷：** 成都兴怡包装装潢有限公司
**开本：** 880 毫米×1230 毫米 1/32
**字数：** 231 千字
**印张：** 9.875
**版次：** 2023 年 8 月第 1 版
**印次：** 2023 年 8 月第 1 次印刷
**定价：** 58.00 元

如有印装质量问题，请与成都兴怡包装装潢有限公司联系调换
地址：成都市金牛区西华街道付家碾村 6 组 152 号
电话：（028）86965207 邮编：610037

# 人性深度决定小说高度

## ——熊平小说集序

张泽勇

忘年交熊平先生几次说："我准备出版一本小说选集，你给我写个序吧?"我说："我小说写得差，不能给你写序，你应找一位小说高手。"今年春上，他干脆把《紫陌红尘》小说的纸质书稿送上门来，嘱我一定要写个序。我这个人心软，就硬着头皮答应下来。我之所以答应，是因为这么多年来，我重点研究了当代一线作家的经典中短篇小说，心中有一个评判什么是好小说的"泽勇标准"。同时我也明白，熊老并不是非要他人写序，而是借索序之机，想听旁人对他小说的评价。于是，我便开始阅读书稿。这一读不打紧，他的小说居然吸引了我。前几年，我看过他的若干小说。说实话，我认为他的小说语言、小说立意、小说结构、小说故事，尤其是出人意料的情节设计，称得上小说艺术的为数不多，离好小说还有不小距离。这次我见到的是他的中短篇小说，比较起来，这些作品都有较大突破，我不由得暗暗吃惊，看到了这位八十九岁老人的不断进步。

我有一个执拗的观念——小说还是要有故事的。在我的印象中，有一种观点甚嚣尘上，说小说有无故事无关紧要，有的甚至反对小说有故事。对于这种观点，我很难苟同。英国作家毛姆曾说：“故事其实是小说家为拉住读者而扔出的一根性命攸关的救生绳索。因为听故事的欲望在人类身上就像对财富的欲望一样根深蒂固。”记得小时候在放牛山上、薅草田间，我总是缠着村里的长者讲故事，故事让我忘记了劳作的辛苦，故事让我懂得了人情世故。熊老这本小说集收录了十个中短篇小说，叙述了十个故事，披露了故事主人公不同的命运。《王木匠的女儿和徒弟》写的是燕子和肖禹，在国民党县保安大队长的欺凌下，历尽艰辛，走上革命道路的故事；《荆当远风云侧记》写的是共产党员、中学老师吝有才单枪匹马，深入虎穴，改造土匪队伍参加解放军的故事。“戏剧化，再戏剧化”，是英国作家詹姆斯给小说作者提出的建议，也可以说是小说创作的精髓。十个中短篇小说中，我以为写得最富有戏剧性的是《宜昌有条廖家船》。廖家船上的英俊小伙廖德，与万县女子水英热恋，不料被一个叫王森的船老板造谣中伤，说廖德品行不端，船到哪里嫖到哪里。于是，水英便上了廖德的船，亲眼见证了廖德与杨姐、小翠、倩姑、何其丽等多名女子纯真的情谊。随着水英的误会一个个被解除，廖德一身正气、救危扶困的光芒愈加耀眼。

有评论家说，思想的深度决定小说的高度。作家阿来质疑：小说家的思想有哲学家的思想深刻吗？故他主张，情感的深度决定小说的高度。我以为，无论是“思想说”，还是“情感说”，都有深刻的地方。但小说是塑造人物的，故揭示人性内涵的深度，决定了小说的高度。总体上看，熊老的小说写了一批小人物，写出了这些人物在特定时代、特定环境中的人性。给我印象最深的是中篇小说《王木匠的女儿和徒弟》中塑造的根子形象，揭示的幽暗复杂的人性颇具深度。根子原本是王木匠的徒弟，看上了王木匠的漂亮女儿燕子，没想到燕子喜欢的却是师弟小鱼（后改名肖禹），于是爱、妒、恨，使根子的性情大变。根子把学艺的四年情分抛至脑后，投靠镇上亨达当铺老板文轩，并向文轩儿子、县保安大队长文宝告密，说是小鱼夺走了文宝的娃娃亲燕子，于是文宝三番五次威逼王木匠，甚至毒打王木匠，抓捕王木匠，逼他说出燕子和小鱼的下落，给王木匠带来无尽灾难。根子在文轩当铺干活儿，设计骗取乡邻的宣德炉和明代家具，为主子牟取不义之财，还有其他多种恶行。县城解放后，根子摇身一变，立即向解放军告密文宝藏身地点，转眼间竟成了乡农会副主席、乡民兵营长、乡政府副乡长。为了掩盖自己的问题，他假公济私，害死文轩。根子出身穷苦，本应与小鱼一样，走革命道路。可他算计他人，贪恋权色，最终走上了一条不归路，被时代抛弃。根子形象的鲜活塑造，是作者对于巨大变迁时代小人物做派性格的捕捉与揭示，具有独特而警醒的意义。与根子道路相反的人物形象，《荆当远风云侧记》中的李义山，是作者成功刻画的另一位颇具人性深度的形象。李义山是荆当远一带乃至湖北有名的富豪，有土围子，有数十名长工、用人，有护院小队，是县党部和县政府的红人。就是这样一位不可一世、威风凛凛的富豪，在共产党人、荆当远挺进大队长郭超的教育与帮助下，认清时势，改邪归正。他把土地送给了穷人，解散了护院小队，把粮食和财产捐给了挺进大队，他女儿当了村妇联主任，女婿当了县公安局干部，儿子和儿媳当了县城中学老师。李义山的转变，给血与火的战争题材小说平添了一抹温暖的亮色。

如果说，莫言、陈忠实的小说总是取材于自己的故乡，那么，熊老的小说则是写自己熟悉的生活。熊老大学毕业后来到宜昌，先后在远安、宜昌城区工作，他当过秘书、编辑、教师、律师，这为他写小说提供了丰富的素材。远安县是宜昌地区最早爆发革命的地方。1927 年 9 月，共产党领导了威震鄂西的瓦仓起义，建立了鄂西第一个工农政权——瓦仓区苏维埃政府，同年冬，又组建了鄂西第一支人民武装。熊老的故乡大悟县，也是革命老区，传颂着许多可歌可泣的英雄事迹。熊老说，革命先烈的英雄壮举时时震撼着他的心灵。中篇小说《王木匠的女儿和徒弟》《荆当远风云侧记》就是取材于革命老区的史实。在熊老的职业生涯中，他从事律师工作的时间长达三十年，见证了人性的美好与丑恶。短篇小说《开白铁铺子的强哥》《风波起自大巴中》的素材，就源于诉讼案件。前者是写冯运生为开白铁铺子的强哥作无罪辩护的故事，表达作者对城市农民工的关怀；后者则是写两对夫妇因闲言碎语赌气闹上法院，导致双双离异的悲剧。小说有一种透视生活、揭穿现实的锋利，寄托着作者的悲悯情怀和惋惜情感。此外，短篇小说《故事村的故事》《祸兮福兮》《峡江大队的年轻人》《郑家来了个漂亮女人》《大山里有个猴儿坳》等，都有较强的可读性和感染力，恕我不一一说道。

熊老是一位热情向上、勇于担当而极具责任感的人，在职时干一行爱一行，而写作只是他的业余爱好。熊老很早就开始写诗、写散文，曾在《长江文艺》发表诗歌，在《萌芽》发表散文；二十世纪七十年代，在《湖北日报》发表的新诗《金桥》，曾入选中学语文教材。熊老写小说起步较晚，1986年才在《布谷鸟》上发表处女作《两个美国人》。这本中短篇小说选集，是熊老晚年对自己文学写作的一次勇敢挑战和检阅。如今他没有囿于职场工作，可放开手脚专心写作。我坚信，熊老的小说会写得越来越好。

是为序。

**2023年3月25日于宜昌**

（作者系中国作协会员、中国小说学会会员、宜昌市作协名誉主席）

紫陌红尘

# 目录

# 王木匠的女儿和徒弟

路安县有个集镇叫王畈，王畈有个木匠叫王骏驰，在后街头上开着一间木工作坊，人们都叫他王木匠。王骏驰这三个字，除了保甲长登记造册收捐收税写一写、喊一喊之外，知道的人没有几个。

因为身怀绝技，王木匠的名气很大。

王木匠除了在屏风、隔扇、窗棂等居家的装饰和风斗、纺车、织机、箱、柜、橱、台等各种木器家具，比别的木匠做得要精要巧而且结实耐用之外，主要是会造水车。

王木匠造的水车，的确像传说中龙的形状——往田里吐水的一头儿高昂着，是龙头，在塘里堰里河里汲水的一头儿低垂着，是龙尾，二十七尺长的车筒是龙身，一百〇八片抱叶是龙鬣龙鳞，连接抱叶的像自行车链条的是龙筋龙骨。王木匠造的水车，每架都刚好一百二十斤，不多不少，一个后生就可扛起。别的木匠造的水车比较笨重，都是一百七八十斤，要两个人才能抬动。王木匠造的水车，不仅方便好用，车水灌田效率也高，而且不易损坏，特别是一头一尾、一大一小类似洋机器轴承的两个轱辘，是水车的关键部件，十年八年还结实如初，照常使用。别的木匠造的水车，轱辘上虽然打着铜箍铁铆，但是两三年（最多四五年）就榫开卯裂，必须修理调换，花钱费时不说，还会影响车水抗旱。

那年整个夏天，一连三个多月，老天就像一块风干了的海绵，硬是挤不出一滴水来。每天都是万里无云，炙热的太阳从早晒到晚。山上的栎树干枯了，河边的芦苇干黄了，青蛙渴得没力气蹦跶了，知了渴得没力气叫唤了。眼看正在抽穗扬花的稻谷就要干死，变成农民说的白刷子了。如果稻谷歉收甚或绝收，农民没有粮食，拿什么养活一家老小？拿什么向国民政府和地主缴纳田课地租？粮食就是命！没有粮食就没有命！

离王畈不远的董家湾，几个农户联合起来九龙取水——用九架水车，衔头咬尾，一级接一级，从大河的深潭里车水，灌溉畈上的稻田，决心同旱魃打一场殊死的夺粮之战。

九架水车，每架水车上使力的，一样都是四个小伙子，清一色赤膊短裤，一条灰色汗巾搭在肩上。车水开始不久，小伙子们就不约而同比劲儿斗狠，上级催下级，一级催一级。最上面的九龙喊八龙，拿水来！下一级的八龙喊七龙，拿水来！七龙又喊六龙，拿水来！拿水来！拿水来！拿水来！一直喊到下面的幺龙。小伙子们比劲儿斗狠热火朝天，可是，有的水车却不争气，不是这架呱嗒一声龙骨断了，就是那架咣当一声龙鳞掉了。一架水车停摆，八架水车罢工，等人来修理，三四十人在烈日烘烤之下干搓巴掌。可想而知，谁不心似火燎！就在这个时候，大家惊奇地发现，九架水车，王木匠造的占了四架，这四架水车，自始至终没有一架出过故障。

王木匠的业务本来就多，董家湾九龙取水的事一经传开，方圆百里造水车的业务，渐渐地就都归了王木匠，一年到头都有农家来王畈木工作坊定做水车，让王木匠忙得不亦乐乎，不说白天没有片刻清闲，还常常点起几盏木子油灯赶打夜工。

有三个小青年，先后拜在王木匠门下为徒。先来的大徒弟二十三岁，名叫根子；后来的二徒弟二十一岁，名叫得益；新来的小徒弟十九岁，名叫小鱼。

按照当地行业的规矩，学一般的木匠三年出师，学造水车的木匠四年出师，四年学不好的，还要再学一年，五年出师。不论是四年还是五年，头一年差不多都是帮助师父家里做事，一般都不接触手艺。这是一条不成文的行规，不知从何时兴起，有人说是从鲁班那里传下来的。

小鱼拜师之后，整整一年，王木匠只让他协助老伴儿浇园种菜，舂米磨面，挑水帮厨，清扫晾晒，除了日常的事务，还要随叫随到。一句话，就是专门打杂儿，连斧、锯、刨、凿和扯钻、墨斗、平水、角尺这些木匠工具都没有让他摸过。最多也不过是干完屋里的事务之后，到作坊送开水，给师父师兄冲茶，看看师父和师兄干活儿，在那里不声不响站上一会儿。

就是这打杂儿的三百六十五天时光，让小鱼完完全全融入了王木匠的家庭生活，师妹燕子一口一个小鱼哥，亲切地叫着，叫得悦耳动听。师妹燕子每次叫小鱼哥时，另外两个师兄，特别是根子，总不禁要一番张望。

第二年，小鱼上作坊正式学艺了。因王木匠的老伴儿体弱多病，打杂儿的事就落在了燕子头上。这不仅会影响燕子上学读书，还让燕子累得不行，漂亮的脸蛋儿顾不上搽一指头儿雪花膏，好看的头发顾不上扎一个蝴蝶结。

王木匠笑着对小鱼说，我这屋里头还真的离不开你哟，你看我的燕子，搞得蓬头垢面的，不像个人了。

小鱼诚恳地说，师父，就让我接着打杂儿吧！没有关系的，不能太苦着师妹了。再说，她才读到《论语》，这本书是一定要读完的，不能耽误她，该让她继续上学。等招了师弟，有人打杂儿了，我再学艺不迟。

王木匠说，哪有那个道理，你明天继续上作坊，给我好好学艺，别的废话都不要再说！

小鱼在作坊学艺，从砍削原木的粗皮节疤、帮拉下锯、牵墨斗弹墨线、剖料开坯和烘骨胶、熬桐油等粗活儿做起，由简到繁，由易到难。一年下来，运斧用锯不说，割方剜圆、开榫凿卯、勾槽起线、雕图刻画，等等，这类全套技术，小鱼就都精通。学艺不到两年，什么屏风、隔扇、窗棂等一切居家的装饰和风斗、纺车、织机、箱、柜、橱、台等一切大小木质家具，小鱼全都会做，而且做的东西不仅中规中矩，还十分讲究。

路安县的农村妇女，自幼都要学习纺织。纺线的纺车和当地人叫机头的织布的织机，也是很考木匠手艺的，轻便好用最为关键。小鱼做的机头，和王木匠做的一样，组装起来，安上综和筘，将经线梳入综间筘里，卷到转轴上，大姑娘或是小嫂子坐上机头的座板，拿起穿好纬线的牛角梭子，左脚踏桥右手抛梭，右脚踏桥左手抛梭，一双眼睛随着梭子左顾右盼，唧唧复唧唧地织起布来，不仅人好看，织出的布平整光洁，品质上乘。

不光是这些，就连水车的结构和各个部件的规格尺寸、坚似钢铁的酸枣木轱辘、薄如牛皮的白果木车筒，以及水车的最后组合拼装，这一系列的巧活儿、精活儿，小鱼也都了然于胸。

小鱼不仅学艺精进，而且只要有空，就帮燕子干些粗活儿、重活儿，像挑水、舂碓、推磨、打扫场院、撸刨花木碴送到厨房灶下，等等。

一天，小鱼对王木匠说，师父，让我单独造一架水车行不？

王木匠惊疑地瞪大眼睛，你说什么？

小鱼把刚才的话重复了一遍。

王木匠说，我还没有教你哩，你小子会吗？不要嘴壳子还没弯就作鹰叫！

小鱼说，我看着师父造了几架，都记在心里了，想试试。

王木匠说，你知道酸枣木和白果木是个什么价钱吗？都是论斤两论尺寸买进来的，价钱贵不说，还不容易买到！

小鱼认真地说，如果我造不出水车，或是造出的水车不合要求，所用的木料我认赔，我从家里拿钱来赔，我家里还有一棵白果树哩，够做四架水车的车筒，余料不知要做多少抱叶，都拿来，不让师父受到损失。赔了之后我继续打杂儿，算是自我惩罚，一年以后我再从头学起，五年出师。

王木匠见小鱼信心满满，说话时底气十足，又想到他所做的其他器物与自己做的不相上下，好几件器物还有所改进，便认为他是个心灵手巧的小伙子，但还是不相信他有能耐造出合格的水车，便多少带着点儿吓他的意思，指着一旁码着的酸枣木和白果木说，那你就选料吧。你如果造得出一架合格的水车，三年我破例让你出师。如果造不出，你自己可是说了的，别怪师父！

小鱼用二十多天时间造了一架水车，拿滚烫的桐油一油，与师父造的水车一模一样，也是通身不用一颗钉子，抬起来用秤一称，也是正好不多不少一百二十斤。

这让王木匠大感奇异，连说，神了！神了！你小子还真的神了！看来我当初不该收你这个徒弟，现在我后悔了。可后悔又有什么用，你已经是绝技在身了！

小鱼揣摩师父的话意，师父像是有一种说不出的隐忧，担心他学成之后也开木工作坊，方圆百里只此一家别无分店的格局就不复存在，如果他又是个不凭良心忘师卖道的人，就会抢夺师父的饭碗。教会徒弟，饿死师父，这样的事外地有本地也有，小鱼听到过也见到过。于是，小鱼便严肃地说，请师父放心，只要师父不嫌弃，我就在师父的作坊干一辈子，哪儿也不去，到老都是师父的徒弟。

王木匠很是开心，你这个小鱼可不得了，心也灵，手也巧，一定会赶上师父甚至超过师父。书上说的还真没错，青出于蓝而胜于蓝。说实在的小鱼，我为有你这么个高徒而骄傲。刚才师父那么说是试探你的，也算是一种激将法，你可不要当真，藏在心里头。

小鱼说，怎么会呢！我知道，师父是在拐着弯儿夸我，给我鼓劲儿，哪有师父不望徒弟好的，我听得出来。

这天，定做水车的用户来取水车。两架水车并排摆着，王木匠让用户自行挑选，用户竟然挑选了小鱼造的水车。

王木匠对用户说，你扛回去实打实的车水，试用几次，有什么毛病或是觉得哪里不好，就来找我，我给你调换。

几天以后，用户送钱来了，说那架水车非常好用，他很是满意，并再三称赞王木匠的手艺。

王木匠听着，心里虽然有那么一丁点儿不是滋味儿，不好意思说那架水车出自徒弟小鱼之手，但他还是非常高兴，还是喜形于色。不论怎么说，严师出高徒，强将无弱兵，小鱼是他的徒弟，是他的兵，他感到光荣。

小鱼进作坊学艺不到两年时间便大获成功，这让学艺分别已近三年、四年的两个师兄十分难堪。根子和得益不约而同心生嫉妒，就从那天起，经常对小鱼不理不睬，还时不时阴阳怪气地撂出几句俏皮话风凉话来，挖苦讽刺。有时，小鱼需要人抬个木料、拉个下锯、牵个墨斗、弹个墨线什么的，两个师兄看见装作没看见，听见装作没听见，都不伸手相帮，故意为难小鱼。

王木匠看不下去了，对两个徒弟颇为严厉而又语重心长地说，他是人，你们也是人，他能做到，你们为什么就不能做到？只要把心思好好地用在手艺上，不要学那些鸭肚鸡肠龟鼻鳖眼儿，到时候你们也会造出合格的水车，说不定比他小鱼造的还好。天下无难事，只怕有心人！

听了师父的教训，得益立马改正，主动跟小鱼亲近，学艺也专心了。

根子则不然，不仅听不进师父的良言，反而对小鱼心生恶感。原来，根子除了嫉妒小鱼的手艺之外，还特别嫉妒小鱼和燕子的关系。燕子见到他根子，总是那么冷冷冰冰的，他多次满脸阳光地笑着和燕子搭腔拉话，燕子总是要理不理的，连笑脸都没有给他一个。他把燕子对他的态度，都归罪在小鱼头上。再到后来，根子对小鱼就不仅仅是嫉妒，而是在嫉妒之上又添了一层怨恨，甚至把小鱼当作仇敌。

小鱼打杂儿一年，学艺两年，三年时间一天不多一天不少。那天一早，王木匠郑重其事地把小鱼叫到跟前，我原来说过的，你单独造成一架合格的水车，三年就可出师。你收拾行李，还有你用过的工具，走吧，你今天出师了。谢师那些礼数全免，只要你心里记住师父，有空来看看师父就是情到礼周了。

小鱼泪眼婆娑，我不走，师父原来是说过这话，让我三年出师。可我当时也说过不走的话，我再重复一遍，别说是三年，就是三十年我也不走，我就跟着师父，帮师父打理作坊，给种田人多造水车。我什么时候都不走，师父守信，兑现诺言，我也要一口唾沫一颗钉，说话算数儿，说不走就不走。只要师父不拿棍子撵我，我一辈子都不会说一个走字！

小鱼不走，王木匠自然高兴，王木匠的老伴儿也自然高兴。

小鱼不走，还有一个人更是高兴，那就是燕子。一连几天，不管到哪里她都是连跳带蹦，一把辫子随着脚步摆出花来，大概是因为人心里高兴，辫子也跟着高兴。在没有人的地方，燕子时不时还哼一段小曲儿，什么哥爱妹，妹爱哥的。那天，在厨房里头哼了一支小曲儿，被她妈听了个一清二楚——

扫帚一着地，门口就宽起来。
油灯一点燃，屋里就亮起来。
房门一开锁，清风就吹进来。
情哥一见面，心里就甜起来……

小鱼不走，得益也高兴，他和小鱼切磋技艺，小鱼对他多有帮助。

小鱼不走，只有根子不高兴，不是一般的不高兴，是非常的不高兴。他一见小鱼，连眼睛都红了，有时还紧咬槽牙，咬得腮帮子鼓起，就像松鼠含着两颗橡果儿。

王木匠进山去采购木料，说要半个多月才能回来，临行时嘱咐小鱼，要他管好作坊的事务。

第二天吃罢早饭，小鱼来到作坊。

二师兄得益找小鱼告假，说母亲生病，要回家看看，明天一早回来，要耽搁一天。

得益还没动身，大师兄根子来了，说上街买点儿东西，顺便去街东头儿走个亲戚，吃了中饭回来，要耽搁半天。

小鱼笑着说，两位师兄去吧，好好休息一下，一天半天都行，我知道，这一向赶活儿太累了。

师父不在，两个师兄也不在，小鱼一个人在作坊里，真是难得的清静。他锯木的声音，他刨板的声音，他扯钻的声音，他磨斧头、凿子、刨刀的声音，都是那么好听；他还想象着，他造的那架水车，车水抗旱那种哗哗——哗哗——有节奏的声音，更像是美妙的乐曲。大半个上午，小鱼特别愉快。

就在此时，一双手从背后紧紧地蒙住了小鱼的眼睛。

小鱼当成是二师兄得益，因为得益和他的关系很好，有时爱开个玩笑，便笑着说，好啦，我的二师兄，我知道是你！

说了两遍，背后的人还是没有松手。小鱼便反过手去，往背后那么一抓，听到的却是一个女子可着嗓门儿的尖叫，不须回头看就知道背后的人是师妹燕子，小鱼禁不住脸热心跳。

燕子也红了脸，小鱼哥，你这个人怎么乱抓哩，真是的哟，知道你抓到我哪里了？还抓得那么重，我知道你做木匠的有手劲儿！

小鱼说，对不起师妹，我不知道，我当是得益，想抓他个痒痒让他松手，把我的眼睛都蒙疼了，冒金星了。

燕子笑得面若桃花，你这话可就说得不实诚了，得益告假回家，说了明天回来，这才半天时间，你怎么猜是他？再说，我的手和得益的手一样吗？你感觉不出来吗？你清清楚楚知道是我，故意狠狠地抓我一把，问你一声，你还遮遮掩掩的！

小鱼面红耳赤，一时语塞。

燕子笑得更加灿烂。没有关系的小鱼哥，抓了就抓了呗，又不垮块皮又不掉块肉，我一点儿都没有怪你的意思，看把你尴尬成个什么样子了，还是个男子汉哩，这算什么呀！

小鱼刚要赔不是，燕子又说话了。我老爸到学里跟先生说好了，算是请假，我现在只上半天学，学习两篇《论语》就没事了，我就可以回家。我今天学的两篇《论语》，一篇是，子曰，弟子入则孝，出则弟，谨而信，泛爱众，而亲仁。行有余力，则以学文；一篇是，子夏曰，贤贤易色，事父母能竭其力，事君能致其身，与朋友交言而有信。虽曰未学，吾必谓之学矣。我抄写了两遍，读给先生听了，意思也讲给先生听了，先生夸了我，说我读得对讲得也对，就先给我放学了。现在我来做饭，你说，中午吃什么？是手擀切面还是搅面疙瘩？

小鱼回答，就吃搅面疙瘩吧，做起来简单快煞。

是吃油盐疙瘩，还是吃淡汤疙瘩？

你不管做什么样的我都爱吃，越简单越好，不就一顿饭嘛，别太费事儿，把我的师妹累着了。

燕子一双大眼睛狠狠地盯着小鱼，末了甜甜地一笑，小鱼哥，你还知道疼人咧。

小鱼有点儿不好意思，那是当然，谁让你是我的师妹呢！

燕子笑了，那就吃油盐疙瘩，免得弄菜，你说简单我就简单。说着，辫子一甩就去厨房，才走几步就又回过头来说，小鱼哥，你得帮我烧火，我等会儿搅面，双手不空，刨花又不经烧，灶上灶下的我忙不过来。我妈的病这几天像越发重了些，躺下就不想起来，我不忍心叫她。

小鱼答应，等会儿你叫我一声就是，让师母休息。再说，今天吃饭只有三个人，又只做搅面疙瘩，就别劳累她老人家了。

才打了个车身，燕子就在厨房里大喊大叫，小鱼哥，快来呀，快来帮我把围裙带儿松一下，怎么系成了个死结子，束死我了！

小鱼红着脸跑过去，先把燕子的围裙带儿解开，再松松地系上。

燕子像玩呼啦圈儿一样摇了摇腰肢，系太松了，做事一点儿都不麻利，重新系一下嘛。

小鱼又把燕子的围裙带儿轻轻地解开，稍稍收紧了一点儿，然后系上。

燕子又摇了摇腰肢，系太紧了，比刚才我自己系的还紧，你想束死我呀，真是的哟！

我系不好，你自己系！

你没看见我两手都是面，又在背后，我自己能系还叫你呀？是松是紧你拿巴掌一试不就知道了，刚刚伸进一个巴掌，手指能弯曲，就是不松不紧正好合适。

小鱼给燕子系好围裙带儿，就拿巴掌顺势从她的背后那么伸了进去，手指弯曲了几下。瞬间，一种奇妙的感觉，从他那个中指尖儿开始，像一星火苗子点燃了他全身的血液，一下子滚烫起来，往上直冲天灵，往下径闯丹田，让他的身子禁不住猛地一颤，像被电流打了一下。

燕子又笑又叫，你试一试就行了，拿老大个巴掌伸进人家的腰里，还连抠几抠，你说，你要干什么呀？

小鱼的胸腔里头一阵狂跳，连忙抽出手来说，哪有的事呀？你故意逗我还冤枉我，不是你叫我伸巴掌弯手指试松紧的吗？还隔着一层哩，你怎么说我的手伸进你的裤腰了？

燕子一串银铃般的笑声，又不好意思吧？看你的脸，像个关公。

小鱼真的不好意思了，便幽幽地说，你先揽面，等会儿烧火再叫我，我上午的活儿还没做完。

燕子嗯了一声。

小鱼回到作坊，不知是怎么搞的，什么活儿也做不成。明明是要用锯子，拿的却是一把凿子，明明是要锯一截方木，却把一根原木锯了，明明是要安装水车的拖叶，却拿着一块风斗的扇坯，把风斗的扇坯放下，又拿起一截什么都不是的毛料，左瞧右看，不知道要做什么……

小鱼有点儿心猿意马，正好燕子又叫了，小鱼哥，你还不快来！

小鱼连忙跑进厨房，燕子正在揽面。她那温玉般的手臂，微微凸起的胸脯，覆额的刘海儿，红润的面庞，微弯的眉毛下一双又圆又大的眼睛直眨直眨的，把他的目光紧紧地引了去，他看得呆了，连他那双大脚也像被点了穴，硬是不知挪动。

燕子又笑了。快些烧火呀，发什么呆，你是才来的稀客，不认得我呀，一双眼睛使老劲儿地看，我有什么好看的！

小鱼回过神来，撸了一把刨花塞进灶里，点着火烧了起来。

燕子大叫，你不上水，锅要烧炸了！

小鱼慌里慌张拿起水瓢，舀了一锅清水。

燕子又大叫，你今天是要光喝水呀？敢情这缸里的水是你挑的，你就不当回事儿，挑水不要力气呀，真傻！锅里三四瓢水就够了，快把多的水舀到盆里，待会儿烧热了洗碗！

小鱼舀了水，又往灶里塞了一把刨花，拿火钳一挑一拔，灶里的火便烧得更旺，火舌舔着锅底，锅里的水便发出嗞嗞的响声。

燕子吩咐说，别光顾着烧火，坐着舒坦咧，还要搭着把蒜苗儿和芫荽择好洗好，油盐疙瘩少了这两样儿可就不好吃了。

小鱼唯命是从，一会儿烧火，一会儿择菜，一会儿洗菜。

两个人呼着应着叫着答着，锅碗瓢盆叮当响着，总算弄熟了一锅搅面疙瘩。燕子盛，小鱼端，一碗端给了师母，两碗端上了桌子。

燕子边吃边说，小鱼哥，在厨房打下手，你还要好好学习，不要以为做木匠才要学习，做家务就不要学习了，不然，将来娶了媳妇儿，少不了要挨数落的。

小鱼觉得脸上一阵阵的发烧，我和师父说过两回了，一辈子当他的徒弟，帮他打理木工作坊，到哪里去讨媳妇儿？

燕子一听更来劲了，我帮你讨一个怎么样——圆圆的眼睛瓜子脸，一件皮袄反着穿，梅花脚，好轻便，呼唤一声就到跟前，解你意，陪你玩，跑前跳后好喜欢。怎么样，你要不要？

小鱼痴痴地望着这个比自已小两岁的天真活泼而又异常漂亮的师妹，一种喜悦和怜爱之情便在心底油然而生。

望着小鱼犯傻的样子，燕子又说话了，刚才说的那个你若不要，还有一个。

小鱼用眼睛问她，在哪里？是小猫儿还是小狗儿？

燕子毫无顾忌地说，远在天边，近在眼前。不是小猫儿也不是小狗儿，就是妹子，妹子给你当媳妇儿怎么样，你要不要？

小鱼觉得浑身火热，一张脸比才盛到碗里的搅面疙瘩还烫，你连这样的话都敢说，师父要是知道了，看不打死你，到时候你可别喊叫求饶！

燕子笑了个花枝乱颤，我不怕，我就是喜欢你，怎么样？你敢告我不成？你出师不走是为什么？还说一辈子都不走，为什么？你把我当傻子，以为我不知道你的心，还装模作样地说，到哪里去讨媳妇儿！

小鱼一听，不禁就愣怔了，一时说不出话来。

燕子催他，说话呀，哑巴了？

小鱼觉得，这事不好否认，但跟燕子不能深说，再要深说，她可能就更不靠谱了，不知道会说出什么来，便连忙找话岔开，你今天学习的两篇《论语》，意思都懂了吗？我考考你，什么是泛爱众而亲仁？什么是与朋友交言而有信？

燕子这才知道，小鱼已读过《论语》，而且还熟记于心，正要说《论语》中的这两条，小鱼哥你都做到了，不料碗里的筷子被手肘碰得一跷，一滴搅面疙瘩溅到了脸上，烫得她哎哟一声。

小鱼吓了一跳，连忙问，烫着了？

燕子捂着脸，可不烫着了，你还不快来帮我吹一吹，杵在那里不动！

小鱼过去，看见燕子的脸庞右下边儿有黄豆大的一个印子，比别处红些，像一颗将熟的小樱桃儿，便伸着颈尖着嘴嗞一声噗一声地连吹直吹。

只听燕子大声嚷嚷，光吹有什么用？你不晓得用舌尖儿舔几下子，用口水润一润不就好了，你怎么就这么傻呀！

小鱼不知所以，犹豫瞬间，便怯怯地、轻轻地攀住燕子的肩头，歪着脑袋伸出舌尖儿，一下一下地舔着那个小樱桃儿。

才舔了几下，燕子顺势一下子抱住了小鱼的腰，踮起双脚，把柔润而又通红的脸蛋儿递了过来，和小鱼那张滚烫的脸紧紧地贴在了一起，贴得小鱼触电一般哎呀呀直叫……

小鱼和燕子没料到，根子上街回来了，把他们两个刚才如此这般的一幕全都看在了眼里。根子干咳三声，算是给小鱼和燕子打了个招呼，不，不是打了个招呼，是递了个信号，一个警告的信号。

根子对王木匠一家钟爱小鱼早已积怨成仇。他跟王木匠学徒就要满四年了，不论王木匠怎么教他，不说整架水车，就连一个合格的水车轱辘他也没能做成，做的其他家具也不大符合要求。凡此种种燃起一腔无名之火，烧得他昏头昏脑，让他失去了理智。小鱼和燕子叫他，说锅里有搅面疙瘩，好吃得很，要他快些过去。他竟恶狠狠地说话，还语带讥讽，含沙射影地说，我吃过中饭了，有劳二位关心。二位的搅面疙瘩搅得非常好啊，都搅成一团了，你们自己吃吧，吃不了就留着，晚上再吃！

根子说着，便既气愤又高兴地折转身去。他为什么气愤？燕子竟然和小鱼卿卿我我，亲亲热热，对他却从来都是冷若冰霜，甚至没有正眼看过他。他又为什么高兴？亲眼所见，小鱼和燕子在饭桌前那样攀肩搂背、耳鬓厮磨，让他给所谓的亲戚亨达当铺的老板通风报信有了事实根据。于是，他才从亨达当铺回来，这时回头再去亨达当铺。

亨达当铺的老板名叫文轩，本就财大气粗，加上儿子文宝是国民党县党部的委员，还当着县保安大队的大队长，因此，不仅是在王畈本地，就是在路安县县城，也都声名显赫。

几个月前，根子通过熟人引荐，跟文轩套上了近乎。别人把文轩叫文老板，他却把文轩叫文老爷，后来干脆不要那个文字，直接就敬畏而又亲切地一句一个老爷地叫着，每次叫老爷都把腰那么半躬着，把脸那么半仰着，把个文轩叫得飘飘然如鸟翔空，直上云端，当面答应他，不论什么时候，根子，你到我亨达当铺来，跟着我做事，我绝不亏待你！

上午，根子买了一盒绿豆饼，砍了三斤坐墩肉，去拜望了文轩，也就是他说的街东头儿的亲戚，还捞到了一顿中饭。其实，根子是拉大旗作虎皮，把人家的屁股当脸面，他和文轩既不沾亲也不带故，论关系八竿子也打不着。这时候，根子急着再去亨达当铺，是要去上签子告刁状。原来，父母之命，媒妁之言，燕子打小儿和文轩的儿子文宝有过婚约。这时根子要把他亲眼所见的一切告诉文轩。这份进见之礼，可比绿豆饼和坐墩肉要贵重得多，到文轩的亨达当铺做事就算是板上钉钉，牢牢实实的了。

根子之所以要改换门庭，除了看不起也学不会造水车的手艺，必须找饭吃、找钱赚之外，主要是借助文家的势力，打击小鱼、整治燕子，以报仇雪恨——你燕子对我冷若冰霜，对小鱼热似火炭，我让你们两个别想搞成！

很快，根子就告别了王木匠的作坊，跳槽去了亨达当铺。他不当木匠了，自己的感觉很好，好像还有一种莫名其妙的荣耀，走起路来腰也挺直了，头也抬高了，似乎亨达当铺就是他根子开的。

在县保安大队当大队长的文宝，对于燕子的事，先听父亲说了一遍，后又亲自问过根子，根子尽量把事实放大，编出一些状况来。由此，文宝便对小鱼恨之入骨，几次扬言，要小鱼小心！

燕子知道根子阴毒，便对父亲解释，当然不全是真话，说，吃搅面疙瘩时烫了脸，你不是说口水可以消毒疗伤吗，我就让小鱼哥拿口水抹了一下，就这，没别的事，全是根子添油加醋，说出一大篇来。既然文家那边揪住这事不放，那就直截了当退婚拉倒，我不稀罕他们家老子开当铺有钱，也不稀罕他们家儿子当大队长有势！

是否去文家商量退婚，还没等王木匠拿定主意，小鱼到街上买东西时，就被人用布包蒙住脑袋打了一顿，头破血流。

在此后一两个月的时间里，小鱼又连续遭到毒打。行凶者警告小鱼，今后，见你一回打你一回，见你十回打你十回，见你百回打你百回。一句话，见到你就打，直到你滚得远远的见不到人影儿或是死了为止！

小鱼告诉师父，我说过，一辈子当师父的徒弟，跟着师父打理作坊，可我现在不能了，不得不暂时离开师父，否则小命难保。一日为师，终身为父。请师父相信，只要不死，到时候我一定回到师父身边。

王木匠忍痛点头，师徒二人泪流满面。

燕子哭肿了眼睛，临别相送，她真心真意向小鱼表示，既然文家的人听信根子胡说八道，污我清白，那就索性我就承认是你的人了，不论好长时间我都等你，非你不嫁！

小鱼捧着燕子的双手，放在自己的胸口上，也禁不住热泪盈眶，我去找共产党的队伍，参加八路军也行，参加新四军也行，反正都是为了赶走日本鬼子，除掉文宝一类的坏蛋。你等我我也等你，非你不娶！

燕子再次提出退婚，态度十分坚决。

王木匠依了女儿，去到亨达当铺，说明来意。

没想到，文轩一口回绝，语气强硬，说，我们两家联姻，不仅有三媒六证，还办过宴席请过宾客，亲戚朋友街坊邻舍尽人皆知，后来，我送了花红彩礼，你递了年庚八字，哪有说退婚就退婚的道理？你这不是来商量儿女的婚事，直接是来羞辱我，是来打我这张老脸！他稍作停顿，又说，我没有跟你讲门当户对，也没有说你家教不严，你不烧高香朝南天门磕头也就罢了，反而还颠倒行事，提出退婚，这不是岂有此理吗，我不答应！

原来，这是根子肚子里的坏水，全都倒给了文轩。他不光是讲了眼见的，还无中生有，把他想得出来的肮脏污秽，昧着良心全都泼在燕子身上，把燕子说得一塌糊涂，并唆使文轩拒绝退婚，说订婚的女子不能另嫁他人，这是千百年传下来的规矩，直接把燕子拖到老拖到死。他还说，这么做的用意，只是整治燕子和小鱼，还有那个王木匠，一点儿也不影响文宝少爷结婚成家，县党部委员、保安大队大队长，在县里算是大人物了，别说是娶一房媳妇儿，想要三妻四妾也都不在话下。

还真让根子说着了，果然，两年多时间，文宝就娶了三个女人。一个是县城烟馆老板吴明德的姑娘，一个是县城赌坊老板梁兴槐的妹子，最小的一个是河运老把头雷崇发情妇的女儿。

文宝先娶的一妻一妾，真是意想不到的容易，说得不好听些，简直就是吴家和梁家送货上门，求他收下。

当时，禁烟禁赌被国民政府喊得震天价响，路安县禁烟禁赌的执行者正是文宝和他的保安大队。文宝便利用职权，不是三天搜烟馆，就是两天查赌坊，不是把吴明德捆一绳子，就是把梁兴槐扇两耳光。

宁肯钱吃亏，不让人吃亏，每遇此情，两个老板只有给文宝送金条送现洋。文宝则是来者不拒，全数照拿，不打收条儿。两个老板反倒摧眉折腰，感谢文宝笑纳，给了他们好大个面子。

这样的事不时发生，吴明德和梁兴槐都觉得如此送钱，只能治标不能治本，并且都是被动而为，长此以往，人也亏财也亏，怎么招架得住，也太不合算！商量的结果，只有宴请文宝，许给文宝干股，从二八分成说到三七分成，最后说到四六分成，每月到账。文宝这才打着酒嗝抹着油嘴，使力地抓了抓脑袋，算是答应。

四六分成才执行了几个月，问题就接二连三地出现。

靠鸦片发财的吴明德，首先发觉送干股并不能让文宝满足。文宝人非善类，欲壑难填，经常生出幺蛾子，指使他手下的一些丘八儿，不抓烟馆的掌柜就抓烟馆的堂倌儿，勒索钱物，他本人则躲在幕后，佯装不知。于是，吴明德想出了一个绝招儿——美人计，倒过来委请媒人说合，主动把姑娘许给文宝，当了文宝的太太，他当然就是文宝的岳父了。

这一招儿果然有效，文宝从此便死心塌地，和吴明德一起贩卖鸦片，伙开烟馆，真的日进斗金。

靠开赌坊赚钱的梁兴槐，也发觉靠送干股并非良策。文宝不仅怀疑赌坊的账目有假，名义上四六分成，实际上打了他的埋伏，还嫌送钱不够及时，每月送的又是些纸票子，这些纸票子天天贬值，今天，一百块钱可买一斤猪肉，明天，一百块钱就只能买两个鸡蛋，后天，一百块钱就只能买三块豆腐。因此，便经常派些大兵到赌坊骚扰，甚至直接抓赌抢钱。梁兴槐无可奈何，就只有照着水瓢画葫芦，把妹子送给文宝做了二房，他当文宝的舅佬倌儿了。

文宝同梁兴槐共开赌坊，赌坊里从此平安无事，自然也是财源滚滚。

吴明德与梁兴槐本是姑舅老表，一向称兄道弟。现在，一个是文宝的岳父，一个是文宝的舅子，两个人不拐弯儿不抹角儿，有了新的亲戚关系，亲密倒是亲密些了，可梁兴槐却矮了一辈儿。每次两个人见面，都不知怎么称呼对方，常常是打个呵声儿，一阵嘻嘻哈哈敷衍了事。

一天，文宝请客，大家都有些醉意。梁兴槐擎杯在手，要同吴明德干杯。吴明德死活不喝，说已经天旋地转了。梁兴槐借酒盖脸，说你把这杯酒喝了，今后我们就都改口以叔侄相称，老亲戚就翻篇儿不管了。吴明德一饮而尽，连叫三声梁大侄子。梁兴槐一仰脖子，连叫三声吴二叔。二人你呼我应，我呼你应，不禁哈哈大笑，又是握手又是拍肩。

利益这个东西，真的太实际也太厉害了。它就像是不同形状不同颜色的玻璃容器，人只是清水，一倒进去就变了，或方或圆，或高或矮，或红或绿，或白或黑，便都没有了自己的本来面目。

文宝的三房，是先勾搭成奸，后才收到屋里的。那个女子名叫娥儿，原本是要做河运老把头雷崇发儿媳的，还没正式订婚，便被文宝一眼瞅见。只因娥儿姿色可人，让文宝垂涎三尺。文宝有空就溜了过去，就像一只馋猫，趴在鱼缸边儿上，眼睛瞪着鱼缸里头，心里想着鱼缸里头。一天，这只猫爪牙并用，终于掀翻了鱼缸。鱼一离水，又何能为？

文宝得到了美女娥儿，遂了心愿。

雷把头得知此情，便对文宝当面挑明，今后，码头上的一切事务得由我老雷说了算，否则，娥儿不能带走！

雷把头此言一出，文宝立马允诺。

雷把头这么有底气，胆敢同文宝这么说话还提出如此条件，直接就是捋袖子叫板，文宝竟然还当面接受，响亮地答应，原因何在?

原来，娥儿早年丧父，与母亲郑氏相依为命。前些年，郑氏当了雷崇发的姘头，娥儿就成了雷崇发的干女儿，母女二人的衣食住行，自然就由雷崇发总揽全包，如同家人。雷崇发有心收娥儿为儿媳，郑氏也求之不得，且已言之当面。当然，这层关系不是主要原因，主要原因是雷崇发有一支两百多人的扁担队，社会上称作扁担帮。这个扁担帮，有着严密的组织和管理办法，帮里的人个个虎背熊腰，身强力壮，勇猛善斗，扁担和绳索就是他们的武器。因为帮派的规矩和共同的利益，这些人生死与共，团结得像个紧握的拳头。只要他雷崇发一声令下，这个拳头就会指到哪里打到哪里，哪怕是赴汤蹈火也无所畏惧，就算是县保安大队也不在话下。在文宝接手当大队长之前，县保安大队与扁担帮曾经翻脸干过一仗，那是动真格的。一方用枪，一方用扁担，从长堤上打到大街上，又从大街上打到保安大队门前，跟着又打到保安大队的营房，结果是，保安大队死了两个，伤了五个，扁担帮死了一个，伤了三个。从此，保安大队不敢再去河运码头吆三喝四勒索钱物。这个历史上的战例，在路安县可以说是家喻户晓、童叟皆知。

文宝深知雷崇发的势力，他的保安大队在路安县可以说没有怕处，唯独对扁担帮畏惧三分。文宝权衡利弊，不得不卖这个人情，答应了雷崇发，当然，归根到底还是为了得到那个漂亮的娥儿。

雷把头的情妇郑氏当了文宝的岳母；雷把头当了文宝的不是岳父的岳父；雷把头的儿子雷小荣，扁担帮的小帮主，当了文宝的不是舅子的舅子。

有了这种关系，自然而然，文宝不仅不好插手河运事务，而且，雷崇发不给一分一文，他文宝也要当他的保护伞，而且还得全心全意地当好。逢年过节的时候，文宝还少不了要给这个岳父恭恭敬敬送两瓶茅台酒、两条云南烟、两斤六安茶、两盒路安饼……

文宝凭着县保安大队的大队长官衔儿和一百多号人马，作威作福，接二连三既得金钱又得美女，觉得人生在世能够如此，虽然还算不上大富大贵，但在路安县这方水土，就钱和权而言，敢说一人之下万人之上，他也算是出人头地了。觉得是觉得，可人的欲望没有止境，他文宝更是贪而无厌，不知满足，只要有捞钱的机会，有弄女人的机会，他是千方百计决不放过的。

路安县的一烟一赌，让许多人，不论是穷人还是富人，有的倾家荡产，卖了田地卖房屋，有的直接就是家破人亡，长期吸食鸦片，慢性中毒，五脏六腑严重损伤，神经系统极度麻痹，直到形销骨立，寝食俱废，到了那天，只能是腾云驾雾，如风送微尘，去阴曹地府了事。还有一些吸毒的和赌钱的，为了财物竟然铤而走险，非偷即抢。挖窿凿窟者有之，群殴伙斗者有之，谋财害命的事不时发生。还远远不止这些，路安县贩卖鸦片和聚众赌博，假禁真开，明收暗放，就像臭肉逗苍蝇，把毗邻的靠山县和临水县的一些烟鬼、赌棍和流氓地痞也都招引了过来。他们三五成群，歪戴帽，斜穿衣，鼻梁上架着墨镜，耳根上夹着香烟，腰杆上别着匕首，和路安县的同类臭味相投，于是拉帮结伙、沆瀣一气。文宝和他的保安大队为了从中得利，对他们不是睁只眼闭只眼，就是暗中怂恿支持。老话，大烟馆里藏饿殍，赌博场中出狂徒。这些人什么样的坏事都干，甚至教唆农家偷种罂粟，哄骗民女暗为娼妓。一烟一赌，后来又加上一妓，成了路安县严重的公害和社会问题，老百姓深恶痛绝，把烟、赌、妓称为路安县要命的三大毒瘤。

文宝虽然有了一妻二妾，但并没有全听根子的话，只是凭有过婚约限制燕子嫁人，把燕子拖到老拖到死，就算达到目的了。他的打算比根子的设想还要恶毒十倍百倍，他的三个老婆，有两个肚子大了，要人服侍，请保姆还得花钱不是？燕子不正好是个现成的既年轻又漂亮还不要钱的保姆？若是把她弄进家门，他现有的三个女人，包括他最宠爱的娥儿，便都黯然失色，那他的人生可就真是妙不可言了！因此，他给王木匠带信，说要娶燕子过门，并说要派一个排的士兵前来迎亲，用机关枪放鞭炮，热热闹闹办一回喜事。

燕子哭告父亲母亲，文宝说的迎亲就是抢亲，其实就是抓人。他抓我也不是什么过门，给他做妻做妾，是当用人当玩物。当然，就是真的要我做妻做妾，那也是他歪起脑袋异想天开，宁愿死我也不会就范，让他的阴谋得逞。况且，我早已跟小鱼哥说了，我要等着他嫁给他，小鱼哥也说了，非我不娶，我和小鱼哥的话都是掷地有声的。文宝这么相逼，直接就是不要我活命。看来，我在家也待不下去，不能为父母尽孝道了，让我也逃命去吧？早知如此，还不如前年就和小鱼哥一起远走高飞，在外面彼此还有个照应，我真后悔！

王木匠思前想后，凑了十多块现洋，就像前年给小鱼的一样，让老伴儿给缝在衣服的里层，穿在身上，叫她连夜逃走，去找小鱼。

燕子和父母生离死别，三个人在一起抱头痛哭，泪湿衣衫。

逃出家门的燕子，两眼一抹黑。

小鱼离开时告诉过她，说去参加八路军或是新四军。可是，从那天起一别两年，杳无音信。她理解她的小鱼哥，不敢给她写信，怕连累她。因为当时的国民政府，对八路军、新四军的家属以及与八路军新四军有关系的人，是不会讲半点客气、给半点儿宽容的，有的只是极尽迫害之能事，不是抓了去坐牢就是杀头。王畈北门的贺家，就因有个儿子在共产党军队里头，父母都被捉了去，五刑用尽，后来还是难免一死。小鱼要是给她写信，就会留下和共产党军队有牵连的证据，不仅她本人，父母也会受到连累。可是，到哪里去找她的小鱼哥呢？他是在八路军里头还是在新四军里头？在哪个师哪个旅哪个团？是个什么番号？连一丁点儿头绪也没有啊。

燕子走了好多地方，千辛万苦跋山涉水，找了一支又一支抗日的部队，连陕北她都去过了，得到的回答几乎是一模一样，没有听说小鱼这个名字。

燕子不仅没有找到她的小鱼哥，有一次在河南周口地界，反倒让皇协军就是老百姓说的二鬼子抓了个正着。二鬼子听说她从路安县来，便把她当成了共产党的侦探。正在被盘问，一位路过的大妈，因与二鬼子的一个头目认识，听到路安县三个字，便大着胆跑过去拉住燕子，说燕子是她路安县女儿的小姑，也就是女婿的妹妹，来走亲戚的，让燕子跟着她走。一个二鬼子走过来横枪拦住，说他是值日哨兵，发现生人必须送日军宪兵队审查，这是命令，这么说走就走不行，问起来他担当不起。好心的大妈望着哨兵说，我们家的亲戚审查什么？你不认得她总该认得我吧，跟前块土的，早不见晚见，何必多些事呢，不嫌麻烦吗？二鬼子的那个头目听了大妈的这番言语，便对哨兵说，说清楚了就算了吧，让大妈把亲戚接回去，问起来有我。值日哨兵这才作罢，把横着的枪收了。

大妈保护了燕子，搭救了燕子。不然，燕子一定会被那个二鬼子当作共产党的侦探，送到日本鬼子的宪兵队去。果然去了那里，那里全是野兽，一个弱女子的小命儿，肯定就完了。

大妈姓周，夫家姓叶，家里就她夫妻二人。周妈告诉燕子，她们夫妻就一个女儿，名叫冬青。冬青六岁那年，遇上河南大旱，连树皮草根都没得吃的，一家三口逃荒到了路安县。因逃荒的人太多，扶老携幼的，都挤在大路上，走也走不动。突然，一支马队冲了过来，逃荒的人就四散乱跑，眨个眼睛的工夫，他们的闺女冬青就不见了，跟着就找，怎么也找不着。他们夫妻一边乞讨一边找人，找了几个月，还是找不到他们的宝贝女儿。周妈之所以敢在二鬼子面前谎称燕子是她路安县来的亲戚，就是因为有这么个事实，她希望冬青还活在世上，还在路安县的某个地方。

在周妈家住了几天，燕子跪别二老，逃离虎口。临行，燕子记下了二老的详细住址，对周妈和叶大伯说，我现在也是逃难，将来我若能回到路安县，一定帮助二老打听冬青。只要冬青她没出意外，只要她没有更名改姓还叫冬青，只要她还在我们路安县，我一定能找到她，把她送到二老跟前。

燕子逃离日本鬼子的防区，便朝着西南方向逶迤行来，走到哪里都不忘打听抗日的队伍。她不敢直接说找八路军和新四军，心想，只要是抗日的队伍，一定就是他们。

在河南的南阳地界，燕子找到了一支抗日队伍。可她没有想到，这支队伍不是八路军，也不是新四军，而是国军。这支国军被日本鬼子打败，在这里休整，让她盲目地撞着了。她想转身离开，却被哨兵拦住，一位军官把她带进了军营。

那位军官对燕子很是客气，问了她姓甚名谁、何处人氏、因何至此，等等。

燕子一一回答。

那位军官把燕子带到一户老百姓家里，叫她就此住下，并再三警告，围墙之内你可随意走动，前门后门都有哨兵，你不得擅自外出，要受点儿委屈了。

这是个富裕人家，高墙大院里面，华屋精舍，井然有序。她被一位穿戴讲究、容貌端庄的中年妇人引导着，住进了后院一间厢房。房内明台净案，锦帐绣榻，窗外梅花数本，兰草多丛，一圃紫竹，半池睡莲。就这么一会儿的工夫，她似乎成了这家的千金小姐。白天有人送吃送喝，都是可口饭菜，净水香茶，晚间有人伺候沐浴，巾栉清新，衣裳洁净。要说与小姐有什么不同，那就是在她身边除了一个女仆，还有一个女兵。

从女兵口中燕子得知，扣留她的军官正是他们的团长，湖北荆州人，名唤田家根。未满三十不幸丧偶，战乱之际，尚未续弦。这家的户主恰好姓田，当地首富，队伍开到这里休整，田家根就与这家认了宗亲，并把团部安在了田家，前院坐北朝南的几间屋子，就是他们的团部。

燕子问女兵，你贵姓，我怎么称呼你呢？

女兵说，我姓林，你叫我阿林就是，也可叫我林姐，我在团部医疗所工作，你也可以叫我林医生。

燕子把自己的姓名告知阿林，回头猜想，这位田团长如此行事，莫不是看上了自己，别有用心？

果然，三天无事，从第四天起，田团长每天一次来到她的房间，待的时间不长，除了问这问那，剑眉下的那双炯炯有神的眼睛，硬是看得她心里发慌。燕子知道自己，虽然长时间跋涉劳顿，饥饱无常，加上担惊受怕，心情不悦，难免有些憔悴，但是她的美人坯子不会大变，经过一连几天的好吃好喝，又换了穿戴，刚刚二十岁的她，绝对是丽人一个，从田团长看她的眼神，她敢如此断定。她对田团长也偷瞥过几眼，她肯定地认为，田团长是个帅哥，颀长身材，白净面庞，一身戎装，越是显得英姿勃发，风度翩翩，更兼言谈举止，文明儒雅。就在这个瞬间，燕子像是从迷魂阵中突然清醒，她狠狠地揪了一下自己的耳朵，在心里痛骂自己，你这个黄毛丫头，你在想什么？你竟对他怦然心动？你的小鱼哥，也是个俊朗的男人呀，论相貌绝对不在他田团长之下，还有几年的相处和知根知底，他的爱，他的情，不是早把你的心占据了吗？包括田团长，哪个男人挤得进来！你千里迢迢跋山涉水，不就是要找你的小鱼哥吗？你怎么能够欣赏田团长呢？尽管只是眨眼间的一闪念，也不应该，太危险了！很多事情的发生往往就是一念之差啊！你心海里泛起的那么几圈儿细细的涟漪，必须立马平静消失。

在田家住着，其实是被软禁，燕子心里明白。

几天后的一个上午，阿林告诉燕子，队伍就要开拔了，可能要打大仗。

听了这个消息，燕子特别害怕，不知等待她的是什么，她的命运捏在田团长的手里了。

晚间，阿林来了，阿林是受田团长之托来说媒的。阿林说，我们团长好喜欢你，想你跟她，他一定明媒正娶。他不好意思当面向你求婚，让我来撮合你们的好事。阿妹想想，他是个很不错的男人，不光人长得好，还文武双全，一般的女子难入他的法眼，可他爱上你了。你给他个痛快话吧，别让他牵挂。阿林是个直性子，一口气就把话说了个通明透亮。

一切都在燕子的意料之中，她斩钉截铁地说，我有未婚夫，前几天我就告诉过田团长了，我就是找我的未婚夫才走到这里来的。我的未婚夫也在抗日队伍里头，也是一名抗日军人，我一定会找到他的。请林姐代我向田团长致意，我祝愿他也确信他一定会找到才貌双全的夫人。

田团长听了阿林的汇报，心里一冷，他没想到，这个落难的女子会拒绝他的追求。他原来设想的是，燕子若同意跟他，他就让燕子寄居田家，或是着人送燕子先回荆州，等打完仗再行婚娶。现在，他的设想成了梦想，不能实现了。他不是土匪头子，更不是占山大王，他不能逼迫人家姑娘，委屈人家姑娘，强行带着人家姑娘奔赴抗日前线。战争惨烈无情，人命危浅，朝不保夕，能让人家姑娘陪着自己经受枪林弹雨吗！他还想到，那样做等于是掳掠良家女子，也有违天理良心。

思前想后，田团长让阿林把燕子请到了团部。他一点儿也不怪她，反倒像大哥对待小妹，当面嘱咐她许多注意事项，说，兵荒马乱的年月，一个弱女子在外奔走寻亲特不容易，意外的事随时可能发生，得时时刻刻注意自身的安全。殷殷切切，那种怜惜之情溢于言表。田团长让她收拾好行李，她穿过的衣裳，用过的物品，能拿得起的，都可以拿着，等他的队伍开拔，她就可以离开田家。说着，顺手从挎包里拿出五块现洋和一把纸币，递给燕子，让她收作盘缠。

燕子泪雨滂沱，顿生感激之情，便扑腾一声双膝跪地，连说，谢团长，谢团长。

田团长慌忙离座，拉起燕子，让阿林把燕子送回后院。

燕子寻找小鱼，先遇到二鬼子，被周妈搭救，后又遇到国民党军队，得到田团长资助。有惊无险，终是幸运，她觉得真有神灵在暗中庇佑。

小鱼寻找八路军和新四军，起先也是困难重重，惊心动魄，后来不意还多了那么一段浪漫的经历。

他逃出来三个多月，既思念师父和燕子，又向往对他来说还是依稀仿佛的军旅生涯。他行走在他乡的路上，谁知道八路军和新四军都在哪里？后来，听说太行山和大别山这一北一南两处，是八路军和新四军的根据地，他便向着太行山方向迈开双脚，昼夜兼程。走了三四天，得知河南河北大片国土已被鬼子占领，很难通过。他两次被鬼子的巡逻队发现，都有幸逃脱，鬼子对他开枪，子弹在耳旁嗖嗖地响，他没被打中。往北不行，他转而折向东南，决定到大别山地区去找新四军。

在淮北一个叫金寨的地方，小鱼碰到一支三十多人的队伍，将他拦住，把他带到了他们的驻地——一处深山老林的寺庙。这里虽是山高坡陡，谷狭沟深，却也竹茂林丰，花香鸟语，更有飞瀑高挂，清流半绕。他在山门上看到三个不太清晰的大字，华光寺。华光寺僧舍殿宇好大一片，错落有致，却不见僧人，倒成了这支队伍的营盘。

这支队伍，身上穿的都是当地老百姓的那种衣服，只有几个人穿着不大配套的老旧军装，所持武器五花八门，有长长短短的步枪，有大大小小的手枪，还有火枪鸟铳，明显是七拼八凑的玩意儿，还有人什么枪都没有，身上别着长刀、短剑、匕首、双节棍、流星锤之类民间械斗用的家伙。

他们是哪个部分的？小鱼不敢问，但有一个标志让他作出判断，这个标志就是他们头上的灰布军帽和帽上的红星，他断定，他们就是新四军，他听说过，新四军有的装备就是这个样子。不管是新四军哪个部分的队伍，只要准他参加他就参加。

小鱼被带到那支队伍的首长面前，首长看面相听口音，问他哪里人氏，姓甚名谁，多大年纪，什么出身，愿不愿意留下来当兵？

小鱼一一作了回答，他说他是路安县人，家乡人都叫他小鱼，因在学木匠时得罪人了，屡遭毒打，在当地立足不得，老远来此，就是来找新四军当兵的。

那位首长很是高兴，决定收他，并让他留在身边，当他的护卫，和另外一个名叫李小子的护卫一起，就住在二门外的一间屋里。

才数日工夫，小鱼就发现不大对劲儿。手下的人都把那位首长叫大柜，也就是大掌柜，他下面还有二柜、三柜，敬礼都是抱拳拱手，说一些让人似懂非懂的话，新四军里头怎么会有这么一套？

又过了数日，天已午后，大柜让小鱼去叫二柜，说有事相商。

二柜来了，大柜当面吩咐，要二柜晚上带人下山，去领补给。

翌晨二柜回来，小鱼发现二柜他们领回的补给里头，有衣服、粮食、猪肉、萝卜、白菜，还有银圆和一些纸币，让大柜过目。二柜向大柜报告，说只找了两个大户，没动家伙，就照数拿了。

小鱼心里顿生疑惑，领补给怎么是夜去明来？补给里头怎么不见一样军用物品，全是老百姓的新旧衣服和其他东西？二柜说的什么两个大户、没动家伙就照数拿了，这些话是什么意思？小鱼猜想，他们拿回的钱物，不是领的，而是放抢打劫或是敲诈勒索弄来的。如果他没猜错的话，这支队伍不是新四军。小鱼看在眼里记在心上，不敢稍露声色。大柜跟他说过，凡事告诉他，他就听着，不告诉他，不许打听，这是规矩，必须遵守！

一天，小鱼对大柜说，再哪天去领补给，带上我行吗？我上山许久了，什么事没干，白吃白喝。

大柜点头，说有的是机会。说着，从屉子里拿出一支手枪和一个填满子弹的弹夹，还有皮带、枪套，交给小鱼，让小鱼系上皮带挎好手枪，然后颇为亲切地说，在山上干事要会用枪，不会用枪能干啥事？你去找秀姑，让她教你枪法，就说是我说的。

这支队伍里只有三四个女性，其中有个女子他多次见过，十八九岁的年纪，生得花骨朵儿一般。两根辫子盘在头上，用红丝带扎住，身上短褂长裤，脚下中筒皮靴，裤脚塞进靴内，腰间束一条黄褐色的皮带，皮带上挎着一支巴掌大的手枪，枪套皮带颜色一样。这个女子不高不矮，体态苗条，柳眉杏眼，额头净白，两腮淡淡的红晕，既有婀娜美貌，又具飒爽英姿，让人特别爱看。小鱼注意到，兵们见到她都呼秀姑。

后来小鱼得知，秀姑竟是大柜的嫡亲妹子。

小鱼去见秀姑，秀姑非常高兴。

秀姑常到她哥的住处，多次见过小鱼，印象深刻而美好——个头儿中高，国字略圆的脸盘，剑眉星目，面白唇红，显得英俊潇洒，听说还识文断字。她在心里感谢她哥，把小鱼送到她的身边。

小鱼不会抱拳拱手，向秀姑弯腰行了个鞠躬礼，颇为拘谨地说，奉命前来学习枪法，望秀姑不吝赐教。

秀姑一笑，你得叫我师父。

小鱼脸红，不好意思，又叫了一声秀姑。

秀姑没答应，说，要叫师父，不要你像学木匠那样，拜师父称徒弟，只让你叫声师父，难道就小了你了？

小鱼无奈，压低嗓门儿叫了一声师父，然后学着抱了抱拳，奉大柜命令前来学习枪法，望师父教我。

秀姑嘎嘣脆地答应，跟着是一串响亮的笑声，如风弄银铃。

断断续续半个多月时间，秀姑先是情窦初开，继而春心大动。几次手把手教小鱼用枪，有意将微微凸起的酥胸紧贴小鱼结实的背脊，一张粉脸挨近小鱼的耳际，直接就从身后半搂半抱，小鱼感到了她那柔润的体温，闻到了她那淡淡的发香，听到了她那有些急促的呼吸。

平时，她以言表意，以目送情，更是不避嫌疑。一日，她问小鱼，家里有些什么人？

小鱼回答，有父亲母亲，有两个哥哥，大哥已经成家，还有个侄儿，连我一家七口。

小鱼连二嫂都还没有，更没说自己有媳妇儿，一家七口，一算就知道他还是个单身。秀姑听了，心里甜滋滋的、暖烘烘的。

小鱼跟着秀姑学会了使用手枪，在山前打靶，十发子弹，九中靶心。他指着手里的枪问秀姑，大柜给我的这是支什么枪？上面的一行洋文我不认识。

秀姑说，你这支手枪名叫勃朗宁，德国造的，它是我哥的宝贝，我哥身上的那支和你这支一模一样，是一次缴获的。现在，你和我哥一人一支，说明我哥对你喜爱还加上信任，你是他的护卫，身边的人。她微微一笑，略带羞涩地说，我哥送你手枪又让我教你枪法，还有另外一层意思。

小鱼问，还有另外一层什么意思？

秀姑笑得更是灿烂，要你对我好。

小鱼说，你是我师父，我当然对你好，哪有徒弟不对师父好的，那不是忘师卖道吗，我不是那样的人！

秀姑说，不是那种好，是像兄妹那种好。

小鱼说，我把你当小妹就是，你本来就比我小几岁，今后我就叫你秀妹，改个口不就是了。有你这么个小妹，我小鱼太荣幸了。

秀姑不好意思，说，不，我说错了，是比兄妹还要好的那种好。

小鱼揣着明白装糊涂，那是什么样儿的好？

秀姑满脸通红，一双水汪汪的大眼睛望着小鱼，你叫我秀妹我爱听，但好不是兄妹的那种好。大概是因为特别害臊，她结巴了一下，用一双手蒙着脸，从指缝里望着小鱼，很小声地说，是小两口儿那种好！不然的话，我哥会把勃朗宁给你，还把你送到我的跟前？

小鱼也红了脸，我有未婚妻哩，我在家乡学木匠时定下来的，她是我木匠师父的女儿。小鱼望着秀姑有点儿沮丧的样子，停了一会儿又说，你年轻漂亮又有本领，一定会找个如意郎君，我配不上你。

秀姑看着小鱼，想说什么，又什么没说。她似乎一时忘情，突地一步上前，紧紧地搂住小鱼的肩头，把那张粉脸紧紧地依偎在小鱼的怀中，许久不肯松开，末了她说，未婚妻不算妻，你现在是山上的人，和她成不了亲，你只有娶我，你是我的……

小鱼深知秀姑爱上他了，主动追他，三番五次向他示爱，他便利用秀姑刺探各种信息。时间一长，点点滴滴只言片语连缀起来，这支武装的基本情况他就一清二楚了。

秀姑名叫周文秀，他们不是新四军，是她哥周武生拉起来的一杆子土匪。他们头上的军帽是一次拦路抢劫得来的。探子报告，说有一帮客商要从山下不远处经过，她哥便派三柜带人下山拦截。不料想那帮客商是新四军被服厂的，三柜他们什么也没有捞到，死了一个弟兄，丢了一支好枪，就只捡到一个布包，包里整整五十顶军帽。回到山上，弟兄们就每人一顶戴在头上，视为一种荣耀。这支土匪开始只有二十多人，干一些打家劫舍、绑票索财的勾当。目前发展到五十多人了，少数是国军和地方武装出来的兵痞，绝大多数是穷人子弟，因为生活艰难官逼民反才上山的。这伙土匪的二柜也姓周，名叫周正，颇有学识，也会武功。周正当上二柜以后，便规劝周武生，要像水泊梁山的那些英雄好汉一样，只抢劫富户，不侵扰贫家，只要钱财，不伤人命，有机会还要惩恶扬善，济困扶危，做一些善事，学江湖不学强盗，当土匪也要当个有仁有义的土匪。周武生对这个本家周正可以说是言听计从。就这样，大柜、二柜连同秀姑，这三个姓周的，便形成了这支土匪的领导核心，掌控着这支土匪。还有个三柜，姓李名山，岁数较大，那次拦截新四军失利以后，大柜便不再派他执行打劫任务，只让他管理后勤。

对秀姑的感情，小鱼既不能硬性拒绝，又不能慨然允诺，更不能越过雷池，只能若即若离，虚与周旋，似是而非，目的是要从她口里得知更多的信息。山上经常派出探子，收集情报，有阉鸡的，有补碗的，有钉秤的，有算命的，还有摇铃鼓挑货郎担子的。

新四军今在何方，如何才能找到？天从人愿，小鱼终于从秀姑口里得到了他要的消息——新四军某部的驻地，河南省光山县和湖北省黄安县交界的天堂岭，离华光寺大约两百公里。

一天大清早，华光寺一片哗然，就像鸦鹊打破蛋了，叽叽喳喳，发生了什么事情？

小鱼人不见了！大柜叹息不已，秀姑泪流满面。

清早起来，护卫室桌子上勃朗宁手枪压着一封信，信是写给这支土匪三个当家人的——

大柜、二柜、秀姑钧鉴：

承蒙厚爱，让我过了半年多安稳而愉快的生活，还学会了使用手枪。可我的心早就交给共产党了，我要去找新四军，跟他们一起打日本鬼子。啸聚山林，终非良策。我希望你们也选择走抗日救亡之路，去投奔新四军，保家卫国。后会有期。小鱼留字。

三年过去了，燕子没有找到小鱼，干脆也参加了新四军，受过培训之后，在一个师的战地医院当了护士。

五年过去了，抗日战争已经取得完全胜利，日本鬼子宣布无条件投降，燕子加入了党的组织，当上了这个医院的护士长。

转眼几年也过去了，燕子已是战地医院的院长，一名优秀的共产党员。

一天，战地医院来了一位军官，骑着高头大马，还带着一个腰挎手枪的勤务兵。军官说他名叫小鱼，指名要见燕子。

在战地医院旁边的树林里，清晨和傍晚，医护人员和伤病人员，多次看见那位英俊帅气的军官小鱼和他们端庄秀丽的王院长，并肩挽手在一起散步，亲密无间。没过多少日子，连王院长在内，三个人和那匹高头大马都不见踪影。

几天以后，新任院长才告诉大家，小鱼名叫肖禹，是某部政委，一位师级干部，听说他的未婚妻王燕儿，也就是他说的燕子，几年前从家乡逃了出来，在我们战地医院工作，是我们的院长，便从驻地找了过来。上级认可了他们二人的关系，都老大不小的，批准他们回所在部队办理结婚手续，王燕儿院长也就此调离我们医院了。

三年的事，五年的事，抑或八年九年的事，还有小鱼和燕子在部队结婚生子的事，都是后来的事，故事还得回到三年以前，五年以前，八年九年以前，回到当初，回到王畈，回到路安县。

当初，小鱼逃走了，燕子逃走了，只有王木匠和他多病的老伴儿没有逃走，也无法逃走。

文宝带兵来找王木匠，扬言找岳父要人——要他的媳妇儿。

王木匠理直气壮地说，订婚不是结婚，尽管你父亲不答应退婚，可我的女儿毕竟没有嫁给你，自然，我也就没有你这么个女婿，你也就没有我这么个岳父，你叫岳父我不敢当。我不想高攀，我王家和你文家没有亲戚关系！婚姻的事靠强迫能成吗？找我要人，你别不爱听，我说你是个混账！

文宝气急败坏，纠缠了一阵子，临走撂下狠话，你等着，到时候莫怪我对你不讲客气！

没过多久，文宝又骑着马带着兵来了，还是说要人。

王木匠极其气愤，说，文宝，就算你不知书达礼，但你身为保安大队的头目，怎么连一般的道理也不懂呢？上次我就对你说过，我们之间没有什么亲戚关系。况且，你已是妻妾成群的人，你还跑来找我要人，难道你要我女儿去做你四房的姨太太不成？有这个道理吗？就是那些土匪头子也不像你这么霸道吧？我还是那句老话，你是个混账，你给我滚出去！

文宝恼羞成怒，今天看是我滚出去还是你滚出去！说着，命令手下把王木匠拖到门外，一顿拳脚相加，打得王木匠浑身上下伤痕累累。

王木匠的老伴儿拄着拐杖蹿蹿跌跌从里屋走出，大骂文宝，你个喂枪子儿的混账王八羔子，到时候一定是沟死沟埋路死路埋，让野狗啃你的骷髅！

文宝一拳打了过去，把王木匠的老伴儿打倒在地，又照背心狠狠踢了一脚，这才吹响哨子，带着一群丘八儿扬长而去。

王木匠忍着伤痛，歪歪倒倒把老伴儿扶进里屋，又扶到床上。

可怜王木匠的老伴儿，原本就有病在身，被文宝打了一拳，踢了一脚，当时就吐血不止，倒在床上再就没能起来，没过几天便含恨而逝。

文宝最后一次带兵来到王家，是日本鬼子投降不久。

文宝这次来，还是找王木匠要人，不过，不再是凭过去的婚约要媳妇儿，也不是只要一个，而是打着奉命剿匪的幌子，找王木匠要两个共产党新四军，这两个共产党新四军就是小鱼和燕子。文宝暴跳如雷，说不供出这两个人的下落来，他就要抓王木匠的人，封王木匠的屋。

王木匠义愤填膺，看来你真是个混账东西！我的徒弟和女儿，被你逼得走投无路，只有背井离乡，亡命天涯，人到哪里去了，是死是活，我至今全然不知。我不说找你要人，你还反过来找我，而且是要共产党新四军。我老伴儿被你拳打脚踢，重伤致死，你已经要了一条老命。要我的老命，我也可以给你，你随时都可以拿去。要我的几间破屋，更是简单，红口白牙说出来就是。要共产党，要新四军，那你可就找错了地方，有本事你找共产党找新四军要去！

文宝气得像一只疯狗，解开腰间的皮带，朝着王木匠一顿乱抽，抽得王木匠遍体鳞伤，血染衣衫。王木匠骂不绝口，你这个没有人性的畜生，一定会遭天谴，会得报应！你没有听说过吗？善有善报，恶有恶报，不是不报，时候没到，时候一到，善恶必报！

文宝咆哮着，边扎皮带边命令手下，把老东西给我绑了带走，把房子都给我封了！

王木匠人被文宝关进了县城的大牢，住屋和木工作坊被文宝贴了封条，他的徒弟得益被迫离去。

小鱼的家在路安县东关乡肖家湾，离王畈三十公里，离县城二十公里。家里有爸有妈，还有大哥肖家尧和二哥肖家舜。他大哥结婚成家有了孩子，便按爸妈的意思，分居单过了，他和二哥跟着父母一起生活。他不在家，父母身边年轻人就只有家舜。

在王木匠那里，文宝没能得到小鱼和燕子的任何消息，抓了王木匠后，便起心到小鱼家来找麻烦，看情况抓人，一起向他的上司邀功请赏。

那天，文宝一伙全副武装，耀武扬威跑到肖家湾来，适逢肖爸和家舜下田做农活儿去了，不在家里。文宝便连吓带哄，向肖妈打听小鱼的消息。

肖妈确实啥也不知，便对文宝说，你要是知道的话，就请告诉我呗。我那小儿子是个孝子，他学木匠那几年，每个月都要回来一趟，看望我和他爸。还没出师哩，不知是哪个王八羔子、混账东西和他过不去，三番五次拦路打他，打得他新伤摞旧伤，许多天还肿脸泡腮，硬是不让他在王畈安生，在路安县安生。我也记不清几年了，八九年吧，我那小儿子完全杳无音信。你知道他在哪里，告诉我老婆子吧？我谢谢你啦。

正说着，肖爸和家舜收工回来了。

文宝便盘问肖爸，你小儿子可有家信，拿来我看看？现在，他人在哪里？

肖爸一听，怒从心上起，恨自胆边生，说，你还好意思来问我，不是你把他逼走的吗！他人在哪里，在干什么，是生是死，你都不知道，我一个乡下种田人哪里会知道！肖爸拿起桌上的冷茶喝了几口，极其气愤地说，他做他的木匠，你当你的大队长，他碍着你什么了？你把他当作眼中钉肉中刺，指使一伙流氓地痞见他就打，硬要把他撵走！他有家不能归，这么多年了，你还不放过他，还找到家里来，你到底安的是什么心？太狠毒了吧！我劝你一句，这类坏事不要做得太多！坏事做得太多，就不会有好结果！

文宝气得脸色铁青，两眼红得像要流血，一掌拍在桌子上，桌上的茶杯跳起一拃来高，大吼，你简直是放狗屁！他当共产党新四军，是我叫他当的吗！

家舜在旁一听，不禁怒火升腾，冲着文宝大骂，你个王八蛋，我爸比你老子文轩岁数都大，你敢拍他的桌子口里不干不净骂人，你吃屎长大的！

文宝拔出手枪指着家舜，你个狗日的，再骂一句，老子一枪崩了你！

家舜全无惧色，指着文宝的脸，你个狗日的！是你个王八蛋先骂我爸的，你开口就犯上，难道你家文轩就没有教你怎么做人，懂一点儿道理和规矩！

文宝脸上的肌肉不住地拉扯，咬得牙巴骨直响，真就对准家舜开枪。说时迟那时快，肖爸急向家舜扑了过去，叭！叭！两声枪响，肖爸背心中弹，枪子从后背贯穿前胸，血流如注，瞬间倒地。

家舜从门后拿了一条扁担，照着文宝的脑袋就劈。文宝身子一闪脑袋一偏，躲过扁担，跳到门外，叭！叭！叭！朝天连放三枪，说了声，走！带着几个喽啰撒腿就跑。

家舜举着扁担追出老远，未能追上，只有咬牙切齿回到屋里。

屋里，肖爸躺在血泊里，人已故去，肖妈抚尸大哭，哭得上气不接下气，肝肠寸断。

家舜丢下扁担，抱住肖爸的双肩连喊，爸！爸！爸！随即跪倒在地，吼吼地大哭起来，爸呀，爸呀，你是为了护我才遭杀害的呀！爸呀，爸呀，你是为了护我才遭杀害的呀！

家尧夫妇两个闻讯带着孩子赶了过来，也是呼天抢地，痛哭不止。

哭了一阵，兄弟二人含悲忍痛，在堂屋放了两条板凳，下了一扇房门搁在板凳上，铺上被褥，把肖爸的尸体抬上门板，盖上床单。

乡亲们听到枪响，开始都不敢探望，听说文宝他们走了，这才放胆陆续来到肖家。见肖爸被文宝开枪打死，无不悲泣泪淋，同时咬牙切齿，痛骂文宝。

安葬老爸之后，家尧和家舜计划要选个漆黑之夜潜入王畈，弄死文轩，以报杀父之仇。

肖家有个舅舅，即肖妈的老弟，在肖家湾小学教书，听说此情，惊出了一身冷汗，连忙跑到肖家，极力劝阻两个外甥。

舅舅十分严肃地说，你们兄弟逞一时之气，定会造成肖家灭门之祸。安葬你们的父亲那天我就说过，现在豺狼当道，正是文宝这种人得势之时。你们杀掉了文轩之后再怎么办，想过了吗？上有老母，家尧还下有妻儿，有能耐带着全家亡命他乡吗？你们有钱吗？总不能一家人靠讨米要饭活命吧！再说，外面就是太平世界吗？你们能保一家老小都安全吗？你们要知道，新四军的家属杀了国民党县党部委员保安大队长的父亲，那可就不光是文宝个人的事了，县政府县党部乃至省政府省党部都会惊动，你们逃得掉吗？为今之计，只有一个忍字，把仇恨记在心里，等待时机。文宝这种恶人总不会有好结果的，到时候何须你们动手！

日本鬼子投降之后，新四军就不叫新四军，和八路军一起，改叫中国人民解放军了。

这天，一支解放军部队开进了路安县城。县城沸腾了，大街上锣鼓声唢呐声响彻云霄，男女老少欢天喜地，举着红、绿、黄、白各色小旗，呼朋唤友，不是列队欢迎就是集会庆祝。

就在县城解放的同时，县人民政府宣告成立，清匪反霸运动和土地改革运动随即展开。

恶贯满盈的文宝来不及也不可能跟着主子远逃台湾，只有带着宠妾娥儿，躲藏在老家附近的大山深处，昼伏夜出，一时未落法网。

文宝正在暗自庆幸，可万万没有想到，他家的伙计根子，不对，是他老爸当铺的管家根子，为了邀功请赏，更多恐怕是为了表现，用表现来掩盖自己的恶劣行径，主动将功补过，便悄悄去到人民政府检举揭发，说出了文宝的藏身之处。

当天，文宝就被公安机关缉拿归案。

根子有什么大过要补？有什么恶劣行径必须掩盖？他对小鱼和燕子那种肆意中伤，毁谤诬蔑，为文宝打人、抓人和杀人编造口实，提供所谓依据，毕竟是一种间接行为，按说还算不上什么大过，也算不上什么恶劣行径。根子的大过和恶劣行径，主要是出点子，怂恿他的东家文轩使用欺诈手段，骗得和吞占客户典当的贵重物品，牟取不义之财，他跟着得利，收受文轩的奖赏。

有两个人，一个赌棍、一个烟鬼，他们的贵重物品就是根子帮着文轩把典当规则变成敛财手段弄了去的。

赌棍名叫王龙池，因一时赌输，便把祖传的一个宣德炉当给了文轩。文轩爱不释手，一连几天捧在胸前，去书房就捧到书房，去卧室就捧进卧室，睡觉就放在枕边。

根子见此情状，便给文轩出了个主意，以现成的一个形制相同的普通香炉调包，偷梁换柱，把宣德炉秘藏起来，神不知鬼不觉，大事就算成了。

文轩听信了根子的诡计，如法办理。

至期，王龙池来找文轩取当，文轩便拿出普通的香炉交付。王龙池一看，摆在面前的，不是他出当的宣德炉，自然不收，纠纷由此发生。

根子又献一计，让文轩抢在前头，赶紧上县里告状。

文轩一纸诉状递到了路安县法院，诉称王龙池起心讹人，当初出当的本是普通的铜质香炉，自称宣德炉。分明是个假货，取当却硬要真品。

法院开庭审理该案，根子出庭作证，说亨达当铺只收了王龙池的一个香炉，再没收过别人的同类物件，王龙池说这个香炉不是他的，那么这个香炉又是谁的呢？根子还说，王龙池出当这个香炉的当时，他正好也在柜上，和老板一起登记开票，办理典当手续，他看得清清楚楚，记得明明白白，就是这个香炉。

王龙池浑身是嘴也说不过文轩和根子，在庭审中明显处于下风。这还不是主要的，主要的是文轩的钱和文宝的权。如果不是钱和权这两根指挥棒左右着法官的意志，法官有可能做出公正判决，毕竟有《六法全书》摆在那里。

这个案子是典型的恶人先告状——既然当时就知道是假货，为什么当票上要写宣德炉，不写普通香炉？开当铺的人，还有柜上的伙计，难道不懂这些常识？白纸黑字，是你文轩自己写的宣德炉，人家凭票取当，你就该给人家宣德炉。当票是唯一的书证，仅此就足以认定王龙池说的是真情，文轩讲的是假话。还有，普通的上好的铜质香炉，和宣德炉的形制一模一样，也不过五块现洋就能买到，而王龙池的这个香炉当价却是一百五十块现洋，你文轩这是怎么了，居然肯出如此悬殊的当价？如果王龙池在有效期内不来取当，有意造成死当，那你文轩不是拿一百五十块现洋买回一个五块现洋的香炉吗？你文轩的脑袋是被驴踢了还是进水了！再说，根子他的证言，不光是不符事理不合逻辑，只就他是文轩的管家、与文轩存在利害关系、在身份上同属于原告一方来说，就是自己为自己作证。这样的证言不说矛盾百出，即使头头是道、天衣无缝，具有法律效力吗？不论是按事理还是按法理，文轩是该输掉官司的，可判决的结果正好相反，王龙池败诉，文轩骗得了宣德炉。

烟鬼名叫何子成，为抽大烟卖光了一切家产，只剩下祖传的一套明代家具，大小八件。意欲卖掉这套家具，可心里刀绞一般的痛，实在是割舍不下。于是，他找到亨达当铺，要求出当，提出当价五百块现洋，取当期限三年。

文轩打算同意，根子连忙给出主意，说三年取当期限太长，最多一年，明年的今日到期，哪怕只过一天就是死当，这套家具便归亨达当铺所有。

何子成烟瘾发作，五内如焚，浑身似割，又是哈欠又是喷嚏，无奈，只有签字画押，违心应允。

抽大烟可不像赌博，赌博虽是十赌九输，总还有时侥幸赢钱。抽鸦片成癖上瘾了，亿万家财也会抽个精光，就像水流东海，没有一滴可以回头。这笔典当的结果可想而知，两万块现洋都难买到的、品相完好的、明代成化年间的、黄花梨木的全套家具，文轩只花了五百块现洋便收归己有，摆将起来，让他的厅堂骤然间焕彩生辉。

根子助纣为虐，类似王龙池和何子成一样出当、取当、最终上当的，还有十好几人。文轩发了，他根子也因此腰包儿鼓了。

根子告密，文宝被捕。

一个多月后的一个夜晚，文宝在牢房地铺上蜷身而卧，一时迷迷糊糊。突地有风呼啸而至，地铺上的稻草沙沙作响，文宝打个冷噤。风吹过之后，昏暗的灯光便更加昏暗，只见王木匠的老伴儿从灯影里蹒跚走来。啊！她不是死了好些年吗？文宝不禁毛骨悚然，立即毕恭毕敬，由卧而坐，由坐而立，由立而跪，身子如同筛糠一般颤抖，接着捣蒜似的磕头。王木匠的老伴儿拿着拐杖，指着文宝的鼻子尖儿，不紧不慢地说，人在做，天在看，一个人如若丧尽天良，特别是欺老凌弱，残害无辜百姓，动不动还伤人性命，没有不遭报应的。我说过，你不得好死，要喂枪子儿的，这一天已经来了！说着，身边闪出两名全副武装的解放军战士，命令文宝跪好，冰冷的枪口抵着文宝的脑勺，砰的一声闷响，一个脑袋没了天灵盖儿的血淋淋的文宝，咕咚一声栽倒在地，脑浆四溢，红白一摊，还冒着热气，血腥味儿特不好闻。随即，那个倒地的文宝先爬起来后又跪下，半个脑袋上流着鲜血的嘴一张一合，说，我罪有应得，死有余辜！我罪有应得，死有余辜！接着，小鱼的老爸，还有四个不知姓名的人先后来到，四个人里有男有女，有老有少，有的头部流血，有的面部流血，有的颈部流血，有的胸部流血，有的拿着棍子，有的拿着板子，有的拿着鞭子，有的拿着绳子，一齐来找文宝索命，他们厉声高叫，还我命来！还我命来！文宝吓得哎呀啊！哎呀啊！连声地哭喊，心脏像要蹦出胸腔，四肢战栗，冷汗湿衣。文宝喊了几声，揉了揉、眨了眨惺忪的睡眼，四下张望，牢房里哪有王木匠的老伴儿？哪有小鱼的老爸？哪有四个血迹斑斑的找他索命的男人女人？文宝摸了一下脑袋，脑袋还长在脖子上，原来是一场噩梦。牢房门外倒是真有两名解放军战士，听见文宝惊恐地哭喊，便迅疾拉亮大灯，开门入内，对牢房的地铺、铁窗和文宝戴的脚镣手铐，仔细地检查了一遍，没有发现任何异常。问文宝怎么回事，文宝说他刚才做了个非常可怕的梦。两名战士没接文宝的话茬儿，咣当一声，便锁了牢门。

这天，县政府在城郊沙河坝召开群众大会，对文宝公审公判。

吃罢早饭，王木匠就给值班的护士说了，要去沙河坝参加群众大会。

被文宝关进大牢四年多、折磨得死去活来奄奄一息的王木匠，是在路安县解放的第七天被两位干部送进医院的。这位老军属，经过一段时间的治疗调养，身子骨和精气神得以恢复。听说政府召开群众大会，公开审判文宝，他更是来了劲头，竟然不要人陪同，一个人走了三四公里，到了沙河坝会场。

这天的大会真的是人山人海。

受尽压迫剥削的苦大仇深的老百姓，都争先恐后登台发言，控诉文宝的罪行。字字血声声泪，与会群众无不动容，对文宝恨得咬牙切齿。

大会列举了文宝的若干罪状，最终，文宝被判处死刑。

会场一下子沸腾了，群众拍手叫好，欢呼声、口号声震天撼地，山鸣谷应。

在此之前，王木匠仅仅知道文宝对他们一家怎么迫害，怎么行凶霸产，怎么追查共产党新四军，搞得他家破人亡，不知道文宝的其他罪行。到了会上，这才知道文宝坏事做尽。至于文宝杀害小鱼父亲的事，此前他压根儿不知，真的是狱不通风，在牢里几年，连传闻他都不曾听到。王木匠这才知道，他被关进大牢之后，文宝追查小鱼的去向，找到小鱼家里，没有达到目的，竟丧心病狂造下杀人罪孽。文宝不仅谋财害命，还公开枪杀共产党新四军的家属，欠下血债，实在是罪恶深重，不可饶恕。于是，他颤巍巍地走到五花大绑、双膝跪地的文宝面前，意欲对文宝狠狠地谴责一番，出一出多年来憋在胸中的恶气。

文宝一见，慌忙膝行而前，望着王木匠说，王伯，我对不起你，对不起你们全家，也对不起小鱼和他全家，王妈和肖伯都死在我的拳脚和枪口之下，还把你老人家抓进牢房。我悔不当初，我浑球，我混蛋，我不是人，你打我几耳光，踢我几脚吧……话没说完，便泣不成声，说不下去了。

人之将死，其言也善，这是真的？也许这是善良人才有的怜悯和认知吧！王木匠的心一下子软了下来，满腔仇恨瞬间便化为乌有，还禁不住喉咙哽哽的。他用手背揩了一下眼窝，稳了稳神志，然后动情地说，孩子啊，孩子啊，你一定要记住，来生来世要积德行善啊！你一定要记住，来生来世要积德行善啊！

文宝不住地点头。

王木匠挤出围观的人群，行不数步，身后便传来两声沉闷的枪声。王木匠的心跟着咯噔了两下，几滴清泪便挂在了腮边。

就在文宝被人民政府镇压的第二年秋天，一批解放军干部转业到地方任职。他们中间有个叫肖禹的，当了山原地委副书记；有个叫王燕儿的，当了山原地区妇联主任。

肖禹就是小鱼，王燕儿就是燕子。

十多年前，这对相亲相爱的男女，在家乡路安县的王畈，受不了县保安大队大队长文宝的欺凌和迫害，不得不亡命他乡，辗转加入新四军队伍，在抗日战争和解放战争中摸爬滚打，历经枪林弹雨，九死一生。因肖禹屡立战功，王燕儿工作出色，二人在部队先后入党，经过提干和几次晋级，都担任了领导职务。他们在路安县的王畈一别，八九年才有幸相见，二人续接前缘，经上级批准结为夫妻，次年生了个儿子，取名小军。

肖禹和王燕儿到山原地区上任不久，就把王木匠接到了住所，要王木匠就在城里和他们共同生活，不要再单居独过。王木匠一辈子太苦太累，现在毕竟也是老人了。

王木匠没有忙着回答去留的问题，而是迫不及待地问肖禹，你父亲被文宝杀害，你知道吗？

肖禹眼圈儿一红，泪水顺腮而下，我参军在部队十多年，直到去年才敢给家里写信，我大哥和二哥给我回信说了，我才知道。我爸被害以后，我妈因过度悲痛，不久也去世了。

王木匠唏嘘不已，也不禁鼻酸眼湿，又问，文宝去年被路安县人民政府镇压了，你大概知道，也算是给我们报仇雪恨了。

肖禹点了点头，这事我知道，文宝该杀。杀文宝是为民除害，不光为我们报仇雪恨，也为路安县的人民群众报仇雪恨。

王木匠说，善恶到头终有报，只分来早与来迟。古人这话，说得太好了、太对了，确实如此。

肖禹说，文宝被镇压，我当然高兴。可我现在父母都不在了，想起来心里难受，要孝敬也无可孝敬了，这正是古书上说的，子欲养而亲不待。所以才要你老人家留在城里，让我和燕子尽一点儿孝心，四个老人就剩你老人家了。

是否留在城里，王木匠始终犹豫，没有明确答应。为什么？他心里头一直牵挂着王畈的木工作坊，他生于斯长于斯，根就在王畈。

肖禹说，师父，爸，我早该改口叫你爸了。当年我说过的，不管在外面多长时间，我一定要回到你老人家身边。现在我回来了，燕子也回来了，你和我们共同生活，我们就都在你身边。他见王木匠默不作声，又说，你老人家闲不住，这我是知道的，那你就帮我们招呼小军好了，你嫡亲的孙子。你只招呼他读书写作业就行，他是个比较懂事的孩子，不会怎么累你。你想搞点别的什么，活动活动筋骨，屋后头就有现成的空地，种菜种花随你心意。学木匠那会儿，你就是我心目中的爸，如今，我父母都不在，你就是我的亲爸，我和燕子，往上说就只有你一个亲人，怎么说你也得跟着我们，我们赡养你老人家天经地义。

王燕儿也说，爸，就听肖禹的吧，你都六十好几的人了，就在城里安心住下来，我和肖禹会孝敬你的，时间长了你就习惯了。你留下来其实是帮助我们，家有老，百事好。有你老人家在屋里，我和肖禹就可以甩开膀子搞工作，半点儿后顾之忧也没有，你说是不是？

一天晚上，王木匠把肖禹和王燕儿叫到跟前，郑重其事地说，小鱼和燕子你们听着，我不是不愿意和你们住在一起，特别是小军，简直就是我的心肝宝贝儿，我恨不得把他捧在手里含在口里。他也喜欢我，只要不上学，不是要我讲故事，就是找我问作业。有些作业我也不会，就一起研究，常常是他先想到答案，带着我也学到了知识，我只读了几年私塾，现在就要跟着他小学毕业了。王木匠说到这里笑得胡子撅起，我觉得好幸福，这就是天伦之乐！可我的木工作坊，总不能因为文宝他们那么一查一封，就在王畈那个地方永远消失吧。真的消失了，那我们就等于输给文宝了。我出牢房已经一年多了，住院疗养加上其他的耽搁，木工作坊的事一直没着手打理。经过这段时间的考虑，我决定先回王畈，把得益找到，再请两个同行，招两个徒弟，把作坊恢复起来，继续为老百姓做家具，造水车。再说，小鱼你是知道的，能造不多不少一百二十斤一架又结实又耐用的水车，在王畈方圆百里就只我和你两个人，不知得益现在能不能造得出来。这种绝活儿千万不能失传，得有人继承，我要毫无保留地教给我的徒弟们，让他们都掌握这门技术。我说话算数，到七十岁的时候，你们走到哪里我就跟到哪里，想不养我都不成！

肖禹和王燕儿只有依了王木匠，第二天便送王木匠回到了王畈老家。

临别的时候，王燕儿又想起了冬青，便告诉王木匠，一定要逢人就打听，冬青走失时，只有五六岁，农村的孩子还没上学，可能只晓得自己和父母的姓名，至于河南周口这些地名儿和行政区划，她可能都不知道。冬青这个人，我和肖禹也是有机会就打听。爸，只有找到冬青了，我才算报答了河南周口那两位老人的大恩大德。

王木匠说，我记住了，你说过好几回了！

听说王木匠要重操旧业，恢复木工作坊，得益第一个找上门来。

得益本来是有活儿干的，时常被人请到家里做点工，打床、箍桶、做其他家具，东家不仅师傅长师傅短地叫着，还一日三餐高桌子低板凳地管酒管饭，活儿干完了按天结账，收入很是不错。可他愿意跟着师父来开作坊，还带了他儿子章顺过来做学徒。

章顺一见王木匠，咕咚一声跪倒在地，又是叫爷爷又是喊师祖，乐得王木匠连声答应，一把把他拉了起来。

王木匠当然高兴，他对得益说，你不来我也要找你来的，我人老了，别的干不动了，只有手艺还在。这木工作坊要以你为主，原来我们这个作坊叫作王畈作坊，其实这也不算一个正式名称。我三个徒弟，只有你得益在干本行。现在解放了，天下太平了，我看，今后就规规矩矩把王畈作坊改叫得益作坊好了，你就接我的班当家主事，有手艺的人可以请两个来，再招两个徒弟，你和我一起带着。

得益什么都答应，就是不同意作坊的名称。

王木匠严肃地说，你承认是我的徒弟，你就听我的，不承认是我的徒弟，我的话你可以不听！

得益说，师父，我不是不听你的，我知道你老人家这是下的死命令。那就这样，你掌舵我撑篙。我毕竟是年轻人，跑里跑外的事儿归我，以我为主，这个我答应。作坊的名称，原来虽说没挂牌子，没刻章子，不那么正式，可是，在这方圆百里的地面上，王畈木工作坊有几个人不知道？乡亲们都叫顺口了，已经是一块老招牌了，是师父自己不觉得，现在正式用它就是，怎么也不能把我得益这两个字摆在前头。师父得同意我这一条，不然，不光是我当之不起，就算我不知天高地厚硬着头皮答应，但终究名不正言不顺，也会影响作坊的生意。

王木匠觉得，今天的得益与过去的得益判若两人，说起话来头头是道，都站在理儿上，便连连点头，那就先这样，你多操心多出力就是。

一块五尺长九寸宽写着王畈木工作坊的牌子，在王木匠当年那间房子的门框上挂了出来，在太阳底下闪耀着新杉木和熟桐油的亮光。

得益凭着熟悉业务情况和王木匠的名声，在徐家湾约到了木匠徐信，在董家湾约到了木匠董三发，两位师傅都乐意来作坊入伙。董三发的儿子董石也来当学徒，王木匠又添了一个徒孙儿。

王畈木工作坊很快就聚集了老、中、青五六个人，说干就干了起来。砍的、锯的、刨的、斧打凿凿入木的，各种各样的声音，就像一台交响乐，让这个区公所和乡政府所在的镇子王畈更加热闹，无形中平添了几分生气。不几天的工夫，来作坊预购家具的不算，仅定做水车的就有三四家了。

一天，几位木匠师傅饭后闲谈，话题涉及根子。

自从根子离开木工作坊去了亨达当铺，已经有十好几年了，王木匠一直没见过根子，不知道这个曾经当过他大徒弟的根子现在混得怎样。徐信和董三发听人说起过根子，知道根子当了干部，却不知道根子的其他情况。

得益比较了解根子，说根子现在真的是根子了。既是土改根子，也是工作队依靠的根子，父老乡亲都看在眼里，工作队鞍前马后总少不了根子。根子红了好几年了，解放那年，他到乡政府报告了文宝的藏身之地，让公安机关很快抓到了文宝，立了一功，回到村里不几天，便当上了村农民协会主席。土地改革时，他又到区公所检举揭发了文轩为富不仁的一些问题，把文轩骗得王龙池的宣德炉和吞占何子成的明代家具等事实全都抖搂了出来，还协助工作队查封了文轩的当铺，发还了受害人的一些财物，又立了一功，不久就升为王畈乡农民协会副主席，还兼任王畈乡民兵营营长，本村的大小事务他还继续管着，不肯放手。现在，他既不当木匠，也不当农民，直接就当了脱产干部，按月领薪水。从势头儿上看，他还有升官儿的可能。

得益讲着讲着，突然想起了根子得意忘形时的一次丢人现眼。

那是在他本村忆苦思甜的群众大会上，工作队长问根子，群众都到齐了没有？根子说，都到齐了。工作队长又问，你老婆来了没有？根子往人群中一指，那不是，早就来了。在王畈一带，多数人不知道老婆是什么人，根子也不知道，以为老婆就是老婆婆，根子指的正是他头发花白、满脸皱纹的已是老婆婆的母亲。工作队长没有想到这是根子出的洋相，便说，你老婆这大岁数了？根子说，是呀，六十多了，我都四十好几了，我妈可不是这大岁数？工作队长这才明白过来，便轻声说，我问的是你妻子，也就是你们说的媳妇儿。群众中不乏走南闯北的人，知道根子是把老婆当成了老婆婆，一阵交头接耳之后，便哧哧地笑出声来。根子这时脸上就像泼了一盆猪血，恨不得地下裂开个缝他好钻了进去。

根子为此无精打采好长时间，碰到熟人总觉得面上无光，不敢挺胸抬头。看见三三两两的人在一起说话，便以为是在议论自己，心里头就直敲小鼓，只好车身弯路，另走别处。

那天碰见王老二，根子便抖了抖精神，摆起谱来，对王老二说，碰上你了正好，省得我派人上门找你。你还欠一个义务工，明天挑担秽桶过来，把乡政府那间厕所舀干净挑走，肥料都归你。你使点劲儿半天就可干完，算你一个工。

王老二一听，顿时火冒三丈，便瞪起一双眼睛，你是被老婆的胳肢窝夹扁了脑袋，还是被老婆的屁股坐塌了鼻孔？不让我搞点儿别的劳动，要我到街上去掏厕所挑大粪，亏你想得出来！我又不是阶级敌人，你想怎么整就怎么整！

根子听见老婆两个字，就像被王老二左右开弓扇了两个漏风的巴掌。王老二分明是有意羞他丑他，他觉得脸上火辣辣的发烧，不知道自己的脸红成了什么样子，只知道这是奇耻大辱，让他无地自容。根子想要发作，找王老二的岔子，那是很好找的，就凭他不完成义务工，对抗政府，送他到黑房去坐几天，就只要他根子一句话。经过几秒钟的思索，根子到底还是咬住了后槽牙，没有发作，选择了忍气吞声拿脚走人。

得益还讲了根子批斗文轩和其他一些相关事实。

土地改革时，文轩被划为资本家兼地主。这一点儿都没错，文轩有八十多亩水田，出租给佃户耕种，坐地收课，还开当铺，放高利贷，既靠土地剥削，又靠资本剥削。但有一个事实，被根子巧妙地改变了原样。他根子先是文轩的跟班儿，后是文轩的管家，帮着文轩干了不少昧良心的事，群众全都看在眼里，骂他是文轩的走狗。可根子却说自己是文轩的长工，受压迫、受剥削，往上数祖宗八代都是贫农。凭这些似是而非的说法，居然取得了区乡两级领导和工作队的信任。资本家兼地主这样的双重阶级成分，在王畈乡文轩是独一无二，在路安县大概也找不出几个。因此，文轩挨批挨斗，可以说是上了铜板册的在劫难逃，根子成为依靠的对象，可以说是事之必然。

那天，在王畈中学操场开大会批斗文轩，得益亲见亲闻，根子第一个抢着上台发言，把文轩骗得王龙池宣德炉的事，吞占何子成明代家具的事，还有好几起不该死当搞成死当损人肥己的事，以及逼租逼债的事，像背书一样全都背了一通。其实，文轩的所作所为，很多都和他根子有关。就拿王龙池的宣德炉和何子成的明代家具来说，文轩特别喜爱是事实，但起初并无据为己有之心，后来被文轩骗得和吞占，都是根子在背后支招儿和怂恿的。还有逼租逼债，多半也是根子自己出马仗势所为。

批斗文轩，根子把一切罪行全都推给文轩，洗清自己，这还在其次。得益说，根子最不应该的，是整死文轩。

王木匠他们听见整死二字，不禁一惊，都急着要得益讲明事情原委。

得益便从头至尾讲了一遍，说工作队决定逮捕文轩，由根子执行，他是王畈乡民兵营的营长，这类事情正在他的职权范围。根子抓了文轩，径直关进乡政府屋后的一间黑房。那是一连三间黑房中的一间，王畈街上的人都知道，就是原来乡公所临时关人的囚室，就在现在乡政府背后岗楼下边。囚室比普通房屋要高出一半，四面砖墙，石板铺地，实木顶棚之上大瓦盖顶，栎树房门，朝外一面的下截还包了铁皮，别说窗户，连蟑螂进出的墙缝缝儿都没有。开门时尚有一线折射的微光进入，关上门里面就伸手不见五指，让人不知昼夜。文轩被关进这间黑房，除了一床被子铺在石板地上，一个马桶放在屋角，屋内连一根稻草都没有。根子选派两个基干民兵看守文轩，吩咐不许任何人探视，看守自己也不能和他说话，更不得给他放风，一天两碗稀饭两勺腌菜，每天送饭开门两次，其余时间不准开门。半个月下来，文轩就像死了没埋的僵尸，脸变窄了变绿了，眼睛深陷不能视物。关了一个多月，一天中午，民兵给文轩送饭，叫了几声没听见答应，拿起电筒往里一照，不禁惊呆，只见文轩趴在血泊之中，人都死了半天了。据分析，他是用筷子戳穿了气管食管，造成大量出血和严重窒息，最终气绝身亡。根子向工作队报告，说文轩是畏罪自杀，是自绝于人民，看守文轩的两个民兵没有责任。言下之意，他根子更没有责任。活鲜鲜的一个文轩，就这么死了。

得益对根子有个评价，说根子是个不讲良心的人，当年忌恨小鱼和燕子，在文轩和文宝面前胡说八道，变着法子要害他们两个，也害了师父和师母。根子不愿做木匠，想不花力气又有饭吃又有钱赚，便一面求人说情，一面热脸硬贴冷屁股，主动讨好文轩，跳槽到了文轩的亨达当铺。文轩待根子不薄，从当跟班儿到当管家，每年给他的钱物不知道要抵几个木匠。他不把文轩当恩人也就罢了，反而恩将仇报，硬把文轩活活整死！

众人听得益讲了根子的为人和文轩的惨死，都不禁叹息。

王木匠认为根子太不仁义，特别是不该那么残忍，他不无同情地说，文轩只是贪财敛财，喜欢好东西，并无别的太大的罪恶，不像他儿子文宝，按说罪不该死。可他死了，而且死得那么惨。不是实在忍受不了，不是生不如死，他不会选择死，选择死又别无死法，只有那样，太可怜了。

根子在土地改革运动后期，果然又往上爬了一步，当上了王畈乡副乡长，继续兼任民兵营长。关于老婆那两个字，那个洋相，曾让根子一年多来自惭形秽，郁郁寡欢。现在他升官了，兴许是没有人胆敢像王老二那样，在他面前有意说道，兴许是他自己因为过于得意把那件事情忘到了九霄云外。那片让他忌惮甚至是恐惧的笼罩着他的黑云一般的阴影，已经随风飘散，他的头顶和眼前又是三星朗照，一片光辉灿烂。因此，在群众面前，他又雄起来了，常常是挺胸昂首，脚步铿锵，一副踌躇满志的衣裳褊都能打死人的派头儿。

没过多长时间，人们议论纷纷，说公安机关把根子给拔了，连泥带土一下子就给拔了，拔得一干二净。公安机关在根子的家里搜出了一布袋现洋，整整五千块，一两百斤。另外有一千多块现洋藏在米缸里头，还有不少金、银、玉、玛瑙等物件儿，都被搜了出来，根子他人也被戴上铐子押往县城了。

根子正在鲜花着锦之日旺火添柴之时，犯了什么事，让公安机关一下子就给拔了？连人也被逮捕了？王木匠作为群众代表参加了乡里召开的大会，乡长讲得比较详细。

根子除了充当文轩的帮凶等历史问题以外，在土改的时候，利用职权，不仅为自己选择水旱无忧离村近便的良田，还在土地登记册和土地所有权证上做手脚，多占良田二亩六分。更为严重的是，根子为什么要整死文轩？为什么？他担心也是害怕文轩向工作队坦白交代问题，把他怎么帮文轩做坏事、怎么充当走狗等事实都讲了出来，搞得他当不成干部，毁了他的前程。当然，主要是为了谋财！文轩原想，根子是他的管家，当了干部了，一定会照顾他。便在一天的深夜，把根子叫到家里，将一帆布口袋整整五千块白花花的现洋交给根子保管，说事后他只要四千块，一千块留给根子。没想到，根子的贪欲就像一个探不到底的天坑，竟起心将五千块现洋全都吞下，于是很快变脸，检举文轩，批斗文轩，关押文轩，还要不留痕迹整死文轩。待文轩明白根子的险恶用心，是为了那五千块现洋杀他灭口，追悔已迟。在黑房里他叫天天不应，喊地地无声，便在寻死之前，咬破手指，摸黑在棉被里子上写了血书，说根子手里存有他的五千块现洋，请政府收缴——因此案发。

木匠们听到这些，都说根子够判枪毙。这样谋财害命，他怎么就做得出来！

说到现洋，王木匠还知道另外一个事实，数额虽然不大，但同样说明根子的贪欲，让人嗤之以鼻。

根子代文轩到季家湾找季实元收债，亮了借据，本利一共二十五块现洋。季实元一次不能还清，先还二十块，欠下五块，即对根子许诺，两个月为期，到时候由他根子亲自来拿，他另付根子烟钱酒钱。根子回到当铺，撒谎说季实元为了躲债弃家外逃，连他妻子也不知道人去了哪里，他白跑了一趟，起心昧下文轩的二十块现洋。不料这事后来成了王婆的绣花鞋——穿了帮了。不到两个月，季实元做生意赚了，直接到亨达当铺偿还债务。适逢根子不在柜上，季实元拿出五块现洋交给文轩，说连本带利到此已经两清，感谢文老板急他所急，让他做成了一笔生意。文轩觉得不对，一边翻账本儿一边问他，不是二十五块现洋吗，怎么只还五块，就连本带利两清了呢？季实元说出了原委，并请文轩退还借据。文轩哦了一声，心里明白，便给季实元写了二十五块现洋的收条儿，注明本利两清，并盖上亨达当铺的戳子。说借据在管家根子手里，回头让他撕掉就是。两个月的期限一到，根子去到季家。实指望季实元偿还五块现洋，另给一块现洋他抽烟喝酒，一共二十六块现洋便可都入私囊。不料季实元拿出文轩的收条儿，写着二十五块现洋本利两清。根子立马就像气球被针扎了，又蔫又瘪。根子回来，连忙拿了二十块现洋交给文轩，说原本打算把二十五块都收齐了，再一并上交老爷的，没想到季实元把下欠的五块直接送给了老爷。文轩望了根子一眼便轻轻地一笑，别的话一句没说，只叫他把借据撕掉。根子满面羞惭，连腮带耳都红了，当着文轩的面，撕掉了季实元的那张借据。

转眼又过了两年，广大农村便有了合作化的萌芽，开始出现的是互助组儿。男劳力和男劳力组合，女劳力和女劳力组合，有的是常年互助组儿，有的是季节性的临时互助组儿。互助组儿有四五个人的，有七八个人的，也有十多个人的，都是自觉自愿邀约而成，人数多少不等，组长由大家推举，一人提名众人同意，就算决定。互助组儿是干什么的？简单地说，就是以工换工，用工还工，今天都给甲干活儿，明天都给乙干活儿，后天都给丙干活儿，再后天全组儿的人都给丁干活儿，干完最后一家的农活儿，还原一圈儿了，再从头开始。遇到抢收抢种防洪抗旱等特殊情况，也可适当机动。

王畈木工作坊是一种合作形式，完全符合上面的号召和要求，因而受到乡人民政府的肯定。乡长便特地找王木匠和得益谈话，说全国许多地方都在组建合作社。拿路安县来说，国家已先出资组建了区管的供销合作社和信用合作社，农业生产合作社和手工业生产合作社是乡管的，也都要搞，但要靠群众自己组建。乡里准备马上把铁匠和裁缝组织起来，成立一个铁工合作社，一个缝纫合作社。乡长让王木匠和得益把木工作坊改为木工合作社，先把牌子换了，调个名称，内部再定个分配制度，实行多劳多得，少劳少得，不劳不得。不仅要建账目，还要搞好核算，不能像过去那样，一锅搅面疙瘩。这么做，一是适应当前形势，二是为乡里组建手工业合作社树立一个榜样。乡长还说，改为木工合作社以后，还可吸收其他木匠，适当扩大规模。要添置工具、购买材料、修建车间什么的，缺钱可以到信用社贷款，现在贷款不要利息，过两年赚了钱再归还。乡长的这个意见真是太好了，王木匠和得益一传达，大家一致赞成，于是，很快就换上了王畈木工合作社的牌子。

为了加强管理，王木匠提议，得益当主任，他自己当副主任，徐信当会计。合作社的大事要三个人商量决定，小事由得益当家做主。

有了政府的支持，有了三个人的领导班子和必要的制度，才半年多时间，王畈木工合作社便发展到了二十多人，全乡的木匠差不多都入社了，还新建了一个宽敞亮堂的车间，接的活儿也越来越多，真真正正成了王畈乡手工业合作社的榜样。

更名改制不久，王畈木工合作社接到了一笔很大的业务，让他们在经济上打了一个翻身仗，让铁工社和缝纫社惊羡不已。

区委书记张震寰，是个有文化的南下干部，除重视工农业生产，还特别重视教育事业。他见王畈中学因为长期战乱破坏十分严重，桌椅丢失接近半数，剩下的课桌，有的东倒西歪，手肘放上去便摇摇晃晃，剩下的课椅，不少得用绳子绑着铁丝扭着，孩子们坐上去嘎吱嘎吱乱响，有的还夹屁股扯裤子。他听说，有个女生，刚一坐下，屁股就被夹着了，尴尬得要哭；有个男生在老师宣布放学时一站起来，哧的一声，裤子被扯了条口子，搞得面红耳赤。就是这样的桌椅也不够一人一套，孩子们听课，有的还得挤坐一把椅子。于是，他主动找到校长秦有章，说愿意帮助学校贷款，建议他到王畈木工合作社去联系，定做一批桌椅，下决心改善教学条件。

秦校长不仅开明豁达，更是个干事业的人，这等好事何乐而不为！贷款一到手，他急忙就去了木工合作社，订了二百三十套桌椅，给了相关的图纸和文字说明，还付了定金。

木工合作社接了业务，便以最高标准给自己提出质量要求，桌椅的面板和屉斗，选用水曲柳，桌椅的腿脚和横档竖樘，选用山毛栎，不得掺用别的木料，牛皮胶、油漆、合页和加固的铁件儿，都要选用优质的上好的。

全体木匠师傅一致表示，一定按图纸按标准严格执行，做好每一套桌椅，既要结实又不要笨重。

王木匠对大家严肃地说，别看是些课桌课椅，可它直接关系到我们的子孙后代，我们的子孙后代都要读书嘛。所以，我们必须认认真真地、一丝不苟地完成任务！

得益和徐信到乡下和集上采购了所需的木料，社里所有的师傅，便全力以赴为王畈中学的桌椅忙碌起来。

暑假将满，木工社二百三十套桌椅的任务宣告完成。秦校长非常满意，一次性付清货款。

王木匠他们三位反倒不是完全满意，在交货时，发现有三把椅子两张桌子掺有松木，还有一张桌子面板有条裂纹。于是，立马叫章顺和董石把那几张不合格的桌椅用板车拖回去，不要问是谁做的，告诉师傅们赶快重做，油漆一干立马送到学校。

交付了课桌课椅，王木匠他们三位商定，又征得大家的同意，说秦校长如此照顾他们，他们也得有所表示，赶在开学之前，由王木匠带两个师傅，把王畈中学一些坏了的门窗统统修好，做好油漆，整旧如新。这些活儿木工合作社分文不取，说清楚是尽义务。王木匠打了个比方，说人家农民卖鸡蛋卖水果什么的，对买得多又不怎么胡乱砍价的直巴人，成交之后再另送一个两个，这叫找头儿。我们尽义务另给学校做点儿事情，就是给个找头儿的意思。

秦校长感谢王木匠他们，说王畈中学因为他们的辛勤劳动和无私奉献，已是焕然一新，老师们可高兴了。今年招生肯定顺利，学生会增加不少。

王木匠他们也感谢秦校长，说秦校长信任他们木工合作社，照顾他们，他们有钱发工资了。

那天半上午的时候，木工社的师傅们照例打歇喝茶，王木匠突然想起了寻找冬青的事，便对大家说，我请你们留心打听冬青的下落，这长时间了，有什么线索没有？

都说没有打听到线索，只有徐信说，那天买木料，我打听了几个人，听说刘集乡白果树湾，有个妇女名叫冬青。回来赶做中学的桌椅，忙起来就忘了告诉师父。

王木匠说，我明天就去白果树湾，去找冬青，那里我熟悉。徐信你不知道，那年，我的燕子离家外逃，去找小鱼。在河南周口地界，被二鬼子盘查。二鬼子里头有个哨兵，听燕子口音不是本地人，就怀疑她是共产党的侦探，要把她送到日本宪兵队去。要是送到了日本宪兵队，那燕子就没命了。是一位好心的周妈救了燕子，利用她认识二鬼子的一个头目儿，说燕子是她家闺女的小姑，从路安县来走亲戚的，骗过二鬼子，把燕子拉到了家里，躲躲藏藏，倍加照顾。周妈的老伴儿姓叶，两位老人告诉燕子，他们只有一个女儿，名叫冬青。冬青六岁那年，遇到大旱，一个夏天半个秋季，五个多月老天滴雨未下，整个河南天烘地烤，赤地千里，什么庄稼都是颗粒无收，老百姓无法活命。他们一家三口逃荒逃到了我们路安县，哪晓得我们路安县旱灾倒是没有发生，可就是地面上不太平，土匪四处抢劫。那天土匪的马队来了，横冲直撞，抢劫难民的行李，可怜冬青眨眼之间就不见了，几天几夜都没找着，活不见人，死不见尸。后来，周妈夫妇边讨米要饭边找孩子，始终是杳无音信。燕子对两位老人承诺，说她要是能回到路安县，一定帮二老打听冬青的下落，一有消息，尽管山遥水远她也会及时告知他们，若是找到人了，她就直接把人送到他们跟前。燕子把两位老人的姓名和住址写在小本儿上，因怕小本儿丢失，又分别写在挂包的里子上和头巾的边沿上。转业回到地方，多次让我和小鱼记住冬青这个名字，逢人就要打听。

徐信和身旁的几位师傅听了，无不感动。

次日天蒙蒙亮，王木匠就出发了，直奔刘集乡白果树湾。快到天黑的时候，王木匠拖着灌了铅一样的双腿回到了王畈。

第三天一上工，徐信就迫不及待地问王木匠，师父怎么样？昨天找到了叫冬青的人没有？

找是找到了，名字一点都不错。王木匠两手一摊，可是这个冬青不是那个冬青，这个冬青是本地人，姓张，二十多岁嫁到白果树湾，现在五十多了。那个冬青姓叶，与我的燕子年岁不相上下，今年也就三十七八的样子。

打听叶冬青，木工社每个人都记在了心里。大家异口同声地说，我们继续打听就是，你老人家别着急。

几个月后的一天下午，董石从街上脚后跟儿打屁股地跑了回来，高兴得离车间老远就喊，我看见冬青了！我看见冬青了！不是打听，是亲眼看见了！

王木匠听了一惊，其他的师傅也都停了手里的工作，叫董石别喊，快些说，在哪里看见冬青了？是怎么看见的？

董石直喘粗气，说，刚才，我路过乡政府大门口，看见李乡长跟一个婶子说话，李乡长冬青冬青地叫着，那个婶子连声答应。

王木匠连忙问，那个婶子多大岁数？

董石说，看样子三十几吧，人还比较漂亮。

章顺一听就打趣说，你就知道看人家漂亮不漂亮，不知道把人家的主要特征看清楚，记在心里，以后好找人家。

董石撇了撇嘴，哎呀呀嘿！你知道什么叫主要特征？对这个叫冬青的婶子来说，漂亮就是她的主要特征！

董三发听了两个小青年儿讲特征讲漂亮，不禁好笑，就说，董石说正经的，你是怎么看见冬青的？

董石说，李乡长叫冬青，是给她钱，不知道她是要买什么东西，李乡长让她自己去买，说他要去县里开会，没有时间陪她，她就自己去了。

王木匠听完董石的话，拍了拍身上的锯末木屑，连围裙和袖套都没顾得上解下来，就往乡政府跑。

非常遗憾，乡政府郭秘书告诉王木匠，李乡长和尤书记到县里开三级干部会去了，才走一会儿，你早来半个小时就碰上了。

王木匠问郭秘书，李乡长的媳妇儿是不是叫冬青？姓什么？哪里人？

郭秘书说，名字是叫冬青，这不会错，姓叶，叫叶冬青，就是我们王畈小学的语文老师嘛，我们都认识。是哪里人？好像跟李乡长是一个地方的吧，都是宣化乡那边李家湾的人，现在都在我们王畈工作。你问她怎么啦，有什么事吗？

王木匠把寻找冬青的因由简单地讲了一遍，然后对郭秘书说，请你帮我给地区妇联打个电话好吗？这事太重要了，我要尽快告诉我的燕子，让燕子到县的三级干部会上去找李乡长，问明情况。要真是河南周口那二老三十年前失散的女儿冬青，那我们就不仅仅是行善，更重要的是报答二老救我燕子性命的大恩大德！

地区妇联主任王燕儿，接到老爸的电话，连忙就要了车直奔路安县，利用中午一点儿休息时间找到了李乡长。

李乡长听王燕儿讲了冬青的遭遇，觉得对上号了。他说，听我父母讲，那年夏秋之交，是个下午吧，他们在田里薅草，见到一个女孩儿，满身的泥污，蓬头垢面，在山坡上摘野枣儿充饥，那野枣儿都已干瘪了，她就摘了吃，便问她是谁家的孩子。女孩儿就哭起来了，说那天马队冲闯过来，她趴在一条田沟里，不敢出声儿，过了好一会儿爬起来，她爸她妈人就不见了，这都好多天了，不见人影儿。问她多大了，姓什么叫什么。她说她六岁，叫冬青，她爸姓叶，她妈姓周。再问她是哪里人，她就只晓得家在叶庄。问她哪个省哪个县哪个乡的叶庄，她就不知道了。从说话的口音，我父母断定她是河南人。冬青被带到我们家里，父母告诉我，说她比我小三岁，是给我捡回来的一个妹妹，要我保护她照顾她，冬青就这样成了我们家的人。我父母爱冬青超过了爱我，穿的吃的都先让冬青，我也很喜欢冬青。我和冬青一起上学读书，我读四年级，她读一年级；一起放牛，我牵着牛绳子，她骑在牛背上；一起砍柴，我挑着柴担在前头走，她拿着弯刀在后头跟；一起弄鱼，我在河里摸到鱼了就往岸上那么一抛，她提着笆篓捡，一见到鱼蹦跶，她就又是笑又是叫。有一回，都在河坝玩沙，我们李家湾有个叫强伢子的，骂冬青是捡来的野鸭子，还说了一些丑话脏话，我跟他打了一架，把他打得头破血流。弄得我父母到强伢子家赔礼道歉，还给了医药费。我和冬青先后读完高中，都没考上大学，在家干了两年农活儿。那年，她满二十岁，我满二十三岁，父母选在春节的时候，张罗我们过喜事，我们兄妹成了夫妻。后来我当了基层干部，她考取了小学老师。从冬青来到我家至今，都三十多年了，怎么就没有人找她，你说怪不？

王燕儿说，谁说没有人找她？除了当初她爸她妈讨米要饭找她，我和肖禹从转业到地方工作那天起，一家人就一直在找她，这不就找到你这里来了！

李乡长笑了，对，对，王主任你们在找她，可我这才知道呀。

王燕儿对李乡长说，算来你岳父岳母都六十多了，就冬青这么个宝贝闺女。你开完会请几天假，带着冬青和儿子，我陪你们去一趟河南周口，怎么样？我来想办法要辆车。你们去认亲戚走亲戚，我去酬谢恩人报答恩人，行不行？

李乡长高兴地说，那敢情好，我和冬青感谢王主任！

王燕儿说，你岳父岳母对我有救命之恩，我应当知恩图报，再说，这也是成人之美，善行善举嘛。

李乡长说，那是。

王燕儿连忙给肖禹打了电话，告知了情况。肖禹高兴地说，真是踏破铁鞋无觅处，得来全不费工夫。找来找去，哪晓得冬青她就在王畈，就在我们的跟前，眼皮子底下。

因路安县的三级干部会要开四天，王燕儿不可能等李乡长散会同行，便按肖禹说的，顺路先回王畈，把喜讯告诉老爸，和老爸一起去王畈小学看望冬青，说明原委，好让她高兴，还要把去周口的有关事项安排妥帖，做好准备。

听王燕儿一说，王木匠太高兴了，立马就去王畈小学。一路上，王木匠嘱咐王燕儿，要准备好礼物，还要多带点儿现金和粮票，如果两位老人生活有困难，一定要帮助接济。说着，就到王畈小学了。

果然，冬青和王燕儿一样，也是一位美女，虽是人到中年，还是面目姣好，体态匀称，举止言谈，娴静大方，怪得董石说漂亮就是冬青的特征呢。听说她的故乡叶庄在河南省周口地区的鹿邑县望山乡，王燕儿要陪他们一家去故乡寻亲，刚才哭了，这时又笑了，一连说了好多遍感谢王主任，感谢王大伯。

李乡长开完会，就向县领导和尤书记请了假。冬青也向校长请了假，拜托了代课老师，又到中学帮儿子请假了。

王燕儿和李乡长一家三口，乘坐小车来到了叶庄。

周妈他们二老像是做梦，抱着女儿哭了一场又哭一场，接下来就只有笑了，周妈笑得眼睛眯起，叶老汉笑得胡子撅着。逃难失散三十二年的女儿回来了，不仅回来了，还出落得十分漂亮，还是人民教师；女婿是一乡之长，人又生得器宇轩昂，仪表堂堂；外孙儿读中学了，聪明伶俐，长相既像爸又像妈，称得上英俊少年，外公外婆叫得亲热。王燕儿当年是个逃难的姑娘，如今是地区妇联主任，算是大干部了，也是天生的美人坯子，和他们的冬青就像同胞姊妹。周妈和叶老汉，除了为女儿一家归来高兴和感动，也为王燕儿不忘恩情兑现诺言高兴和感动，他们家可以说是喜从天降。二老心里还有一种高兴，这一群人开着小车来到叶庄，给他们二老增了大光添了大彩，让他们二老不胜荣耀。乡亲们也这么认为，都来祝贺。第三天上午十点多钟，当地乡党委书记和乡长两位领导来到叶家，来欢迎远方的客人，来祝贺二老大喜，来一睹冬青和王燕儿可人的风采。两位领导的到来，让周妈和叶老风光之上又添风光。前客后客都是客，又是寒暄又是握手。王燕儿和冬青给两位领导泡了茶，李乡长和司机小马给两位领导递了烟点了火。落座之后，两边的客人便无拘无束地聊了起来，叶老汉也不时插话。王燕儿和冬青见几位谈笑甚欢，便悄悄抽身去了厨房，做了一桌丰盛的午餐，招待两位领导。两位领导客气了一会儿才笑着入席，叶老汉和李乡长陪饮，两个漂亮女人轮番斟酒布菜，直到午后才告席终。两位领导酡颜可掬，连说告辞。王燕儿见此情状，便让小马开车，送两位领导回家。

第二天上午，《周口日报》来了一男一女两位记者，先采访了王燕儿他们，接下来又采访了周妈和叶老汉，座谈中还数次拍照。采访完毕，两位记者分外高兴，说要好好写个长篇通讯，用一个整版登出，他们的故事太感人，也太有意义。

时间一晃就是一个星期，王燕儿建议，冬青和李乡长经过商量，几次征求父母的意见，问他们愿不愿意迁到路安县去，跟他们一块儿生活，好让他们尽点儿孝心？

二老回答，现在我们的身体都好，家里种着三亩多地，每年有两三头肥猪出栏，日子好过，这回你们和王主任给的钱和粮票，够我们吃用几年，生活更是不成问题，等我们不能劳动了再说。你们放心吧，多给家里写信，如能每年回家看看，我们就更满足了，也就是你们尽孝心了。

次日，王燕儿和冬青一行登车，同二老告别，周妈和叶老汉送到路口，揩着眼泪，笑着挥手，连说，一路平安！一路平安！

（写于 2019 年）

# 荆当远风云侧记

李义山的府第，在江汉平原西部，沮漳二水下游，是荆当远地区的中心所在，地名西平村，因修有高两丈厚三尺的砖石围墙，俨然一座城堡，乡里人都叫它李家围子。

李家围子占地一百多亩，远山而近水。除朝南的大门楼上建有瞭望台外，在向北的后门和围墙东西两侧也建有瞭望台，台高三丈有余，用来站岗放哨。站在任何一个瞭望台上，都可望见近处的村落和远方的田野，却没有任何制高点可以窥视围子内部。因此，对乡里人来说，李家围子有太多的秘密。不过，李家围子大门上挂的乌木横额和对联儿，却是人所共见——

光前裕后

每念水源木本　勿忘稼穑

常思春露秋霜　不弃诗书

李义山何许人也？他是荆当远地区显赫的富豪。

他不光拥有良田千亩，还垄断几个县的粮食、棉花、茶叶和木材生意，真的是日进斗金，乡里人叫他财东，商界人称他大亨，名声响亮。李义山三个字，不说在荆当远地区，就是在整个湖北，也是无人不知无人不晓。

李义山和当局党、政、军各路都有关系，而且关系非同一般，说他和他们过从甚密，还不如说他和他们亲如一家。不说县党部主席和县长都是他家的常客，只说乡公所——国民党的一级政府，就在他家大院之内，李义山不光管住，还管吃管用管车马。

李义山因有国民党这个靠山，加上富甲一方，自然就财大气粗，不仅管家、账房、男仆、女佣，多达数十人，还有十多名枪手，自称护院小队，请过教官指点操练，就差没有像正规军那样全副武装，为他把守围子。

李义山过六十岁生日时，请帖一送，县党部主席、县政府县长和他们下属的头头脑脑，还有车夫、轿夫、马夫和卫兵，再加上亲朋戚友，挨挨挤挤都来祝寿，十分喜气，十分热闹。在庆寿宴会上，兴许是多喝了几杯茅台，李义山竟口出狂言，说共产党的荆当远挺进大队，今天在这里打土豪分田地，明天又在那里打土豪分田地。我李家围子就是不怕，讲软的，我的岗哨警卫森严，他们别想进得来，讲硬的，我的围子固若金汤，他们别想打得开。一句话管总，他们莫奈我何，我现在是风雨不动安如山，过的是太平日子！说得满堂宾客有的举杯，有的拊掌，表示赞许认同。

李义山的高谈阔论，传到挺进大队大队长郭超那里，不是刺耳，而是刺心。

郭超是谁？共产党员，文武双全，一表人才，四十几岁，带领着三百多人的一支队伍，番号儿就叫荆当远挺进大队。挺进大队有时隐蔽，有时公开，打过日本鬼子之后，就成了几个县保安大队的克星和死对头，时不时就给他们来个迎头痛击，不打倒他们几个人，也要缴获他们几条枪。多年以来，挺进大队一直在荆当远地区共产党地下组织领导之下，开展武装斗争。

且说那天，李家围子大门口来了三位操外地口音的客人，两位眉清目朗，温文尔雅，穿长衫戴礼帽，手拄文明棍儿，另一位宽额丰颐，粗手大脚，穿短衣留长发，提着一口不大的皮箱。客人告知门岗，说有公事要找乡公所办理。门岗横枪拦住，盘查再三。客人不耐烦了，便把封面儿印有青天白日党徽、内页盖有国民党省党部关防的证件亮了出来。门岗瞟了一眼，不敢细看，连忙躬身让进。

三位走进乡公所，适逢乡长外出未归，副乡长热情接待。两位穿长衫的客人让副乡长看了证件，然后对他一番耳语，无非是——自己人，为党国效劳，找李义山有事，请予协助，等等。副乡长便吩咐文书去请李义山，让来乡公所一趟，说有要事相商，不用跟随，一个人来方便说话。

李义山一到乡公所，立马被穿短衣的客人铐了双手。两位穿长衫的客人掏出手枪，一人拿枪提在手上，一人拿枪顶着李义山的脑门儿，声音不大，却出语严厉，我们不为难你，你生意兴隆，财源滚滚，这都是好事，我们也都为你高兴，你就是不该偷税漏税，今年的不说，仅去年偷税漏税就是一千多块。我们今天找你先征收三百块现洋，其余的或征或免，以后再说。这三百块现洋给了，你立马回府，我们立马走人，不给或是少给，就请随我们去一趟省党部，然后到征稽处当面交割。李义山战战兢兢，鸡啄米似的点头答应。穿短衣的客人给李义山打开手铐，指了指文书桌上的纸笔墨砚，让写张支款条子。李义山拂了拂纸，掭了掭笔，惊魂稍定，当即写道——支款凭条，见此条立支现洋三百元整，面交来人，不得有误。写了年月日，便从腰包里摸出穿着金链儿的田黄石私章，在签名处轻轻一盖。两位穿长衫的客人拿着条子，副乡长陪同，到李义山账房拿了三百块现洋。三位客人把现洋装进皮箱，便从容不迫朝副乡长和李义山拱了拱手，连说再会，再会。

这事过去不久，一日午夜，李家围子外面喊声四起，枪声就像生铁锅爆炒干豌豆儿，噼噼啪啪，一阵乱响。围子里的人从梦中惊醒，乱作一团，妇女们更是怕得要死，又哭又叫。李义山明白，有人打他的围子，不是谋财就是害命，便立即指挥护院小队，登哨台上门楼进行抗击。打了一阵，听得外面喊声枪声集中到了北边儿后门，护院小队便向后门奔去。就在这时，南边儿大门突然洞开，打围子的人怒吼着蜂拥而入，朝天打了几枪，朝地打了几枪，连喊，缴枪不杀！缴枪不杀！李义山的护院小队见势不妙，一个个双手把枪横着举过头顶，表示投降。李义山一时六神无主，在扈从帮助下夺路而逃，去了县城。

逃到县城的李义山当即得知，打他李家围子的人，并未多作停留，不到半个时辰就都不知去向，除了护院小队所有的枪支弹药被悉数缴走以外，其他一切秋毫无犯。

李家围子啥事儿没有，很快恢复平静。李义山第二天就回到家来，生意照常赚钱，田地照常收课，照常过他所谓的太平日子。

一日，李义山在书房喝茶抽烟，突然想起前些时发生的事情——收他三百块现洋的是什么人？打他围子的又是什么人？可以断定，不是县政府的警察，也不是县党部的保安，那些人的头头脑脑他都有所打点。他认为，不是土匪薛老大，就是溃军麻胡子。薛老大的人枪支不多，只抢富户，不劫贫家。麻胡子是国军里头吃了败仗的逃兵，手下人人有枪，抢劫财物，不论贫富。随即他又觉得自己的判断不对，这两件事情，哪一件都不像是土匪和溃军所为。到底是谁？正在猜测捉摸，门岗递上书信一封。信封正面写着李义山先生亲启，拆开信封展开信纸，见落款处写着荆当远挺进大队郭超上，李义山先是一怔，接下来心里像敲小鼓，好不自在，他把那封信拿在手上，稍微镇定之后才逐字逐句看了下去——

义山先生台鉴：

前些时两次打扰，让先生受惊，今特向先生道歉，并说明原委。

还记得几个月前先生过六十大寿，在寿宴上大夸海口吗？先生说，荆当远挺进大队，今天在这里打土豪分田地，明天又在那里打土豪分田地。我李家围子就是不怕，讲软的，我的岗哨警卫森严，他们别想进得来，讲硬的，我的围子固若金汤，他们别想打得开。一句话管总，他们莫奈我何，现在，我是风雨不动安如山，过的是太平日子。

荆当远挺进大队不信邪，我郭超更不信邪！

找先生送三百块现洋，不是为钱，为钱不会是这个数字，是为证明我们能进李家围子，来软的我们能行。

那天深夜，我们对李家围子开火。李家围子墙还结实，就是人太差劲儿。我们略施小计，佯攻后门，便向大门挺进，空打了几枪，大喊了几声，先生的护院小队便缴械投降，枪支弹药我们理所当然照单全收。拿些战利品不是主要的，主要的是证明来硬的我们也行。有一事不瞒先生，那天我们佯攻围子后门，围子大门随即洞开，我们迅雷不及掩耳随声而入，先生知道是怎么回事儿吗？是先生的人帮助我们，与我们来了个里应外合。

先生看到了吧，李家围子，来软的我们进得来，来硬的我们打得开，而且是敞进敞出，连后门都不走的，要走就走先生的大门。

我要提醒先生，今后，不要再在共产党领导的队伍面前吹牛了。别相信吹牛不上税，那是笑话，有时候吹牛是要上税的，三百块现洋不是钱吗！那么多枪支弹药不是钱吗！

李义山喝了几口茶，抽了几口烟，心情平静了许多，继续看信——

另外，先生听我一句劝，共产党的正规部队，现在都叫中国人民解放军，要不了几年，我们荆当远地区乃至全国就都要解放，成为共产党的天下。先生可得认清形势，看准方向。不能为富不仁，更不能伤天害理。千万记住，富不骄人，强不欺众，多行善举，少生恶念。最为重要的，是尽量向共产党这边靠拢，和国民党那边少些来往，最好是断绝来往。在下所言，别无他意。前人说过，苦海无边，回头是岸，识时务者为俊杰。陶渊明说得更好，悟以往之不谏，知来者之可追。先生是学贯古今的知名人士，对时局不可不察，执迷不悟没有前途，只望先生能给自己留条后路。

耿耿此心，以笔代言。顺祝康宁！

在新中国成立前的三四年时间里，李义山做了几件大事。一是让乡公所从他围子里搬了出去，和国民党开始切割，不再巴结；二是解散护院小队，给足工钱，令那些队员各自回家，从事正业；三是只留下一成儿还不到、把九百多亩水田旱地，白白送给佃户、长工和跟前的贫苦农家，让他们自耕自种，收获归己；四是捐给荆当远挺进大队一万五千多块现洋，两万七千多斤大米，三百四十多套棉衣。

荆当远地区有一股土匪，为首的姓薛名达，乡里人叫他薛老大。另有一支溃军，为首的姓麻，不知其名，乡里人叫他麻胡子。

土匪乃土生土长，其中青壮年农民居多，有些人父老乡亲本就认识。溃军是外来人口，是国军被打败之后纠集在一起的散兵游勇。

这些年来，土匪和溃军井水不犯河水，各干各的勾当。

这两个非法团伙，虽然都属匪类，想法和做法却完全不同。土匪只劫富户，不抢贫家，把兔子不吃窝边草奉为信条，老百姓倒不怎么害怕；溃军眼里只有钱财，打家劫舍，不分贫富，不论远近，老百姓畏之如虎。

不论是土匪还是溃军，对他们国共两边儿都没有好感。国民党当局和地主武装，不欢迎他们，共产党的地下组织和挺进大队，也不待见他们。尽管两边儿都没对他们怎么动手，薛老大和麻胡子还是感到前景不妙，心里总觉不安。于是，这两个当管带的，不是你捎话过来，就是我带信过去，几番勾连，几次串通，终于想到了一块儿，决定联合起来，增强实力，希望他们的团伙能够得以保全。

土匪和溃军，两伙并成一伙，人多了，枪也多了，摊子大了，声势也大了。老话说，家有千口，主事一人。现在，为首的二人不可能平起平坐，只能一人担任头领。

毫无疑问，这个头领，只能在薛老大和麻胡子中间产生，没有第三者可以介入。土匪这边儿，都想薛老大当头领，薛老大想当；溃军那边儿，都想麻胡子当头领，麻胡子也想当。嘴上谁也没有明说，心里却都这么想着。

怎么推举这个头领？有人说画条子（投票），有人说抓阄儿，有人说划拳，还有人说干脆就石头剪子布，一时争执不下。麻胡子手下有个叫辛哲的年轻人，他提议，比武艺，比本事，谁武艺强本事高，谁当头领！

怎么比？薛老大说比刀，麻胡子说比枪，为这又争执起来。

最后，辛哲等三人作为裁判，协商一致，说爱用刀的就用刀，爱用枪的就用枪，各展其长，各逞其能，不过，在靶子上必须有些讲究，不能使用坚硬的物件儿，这要肯定。

第一局比武，刀枪所向是两个苹果。在百步之外，竖立一块木板，木板前面放一条高脚板凳，板凳上一头儿放个茶杯，茶杯口儿上各放一个鹅蛋大的苹果。枪击一个苹果，刀击一个苹果，中者当选，不中者落选。

谁先来？两个人互相推让。又是辛哲说话，先左后右，老规矩。正好，麻胡子站在左边，先来，薛老大站在右边，后来。

比武开始，只见麻胡子从腰间拔出手枪，咔嚓子弹上膛，瞄了苹果一眼，拿枪一指，叭的一声，左边的苹果如灯花一闪，皮肉纷飞，茶杯同时粉碎，枪弹洞穿木板。

裁判宣布，中！

接下来是薛老大用刀，他从绑腿处抽出匕首，瞟了一眼苹果，一挥手臂，右边的苹果倏然不见。裁判近前一看，苹果整整齐齐比着杯口儿削了个干净利落，大半边儿被削去掉在地下，小半边儿还在杯内，匕首插在木板上。

裁判宣布，中！

双方都击中苹果，算是平局，还要再比。

第二局比武，靶子不是苹果，而是番茄。裁判把板凳上的茶杯换成酒瓶，再在酒瓶口儿上各放一个鸡蛋大的番茄。

麻胡子抬手一枪，左边的番茄不知去向，酒瓶也成了几块玻璃碎片，木板被枪弹射穿。

裁判宣布，中！

薛老大运了运气，一挥手，右边的番茄刚好一刀两断，半头儿飞了出去，酒瓶口儿上还有半头儿，匕首插入木板，端端正正。

裁判宣布，中！

两局比武，薛老大的武艺和本事似乎要高那么一点儿，说击苹果就是苹果，没损茶杯，说击番茄就是番茄，不坏酒瓶，不像麻胡子，打苹果把茶杯打了个粉碎，打番茄把酒瓶打了个稀烂。

裁判宣布，又一个平局！

第一局比武，靶子是鹅蛋大的苹果，第二局比武，靶子是鸡蛋大的番茄，第三局比武，靶子换成了鹌鹑蛋大的红枣儿，靶子一次比一次小——红枣儿的蒂把儿用丝线系着，挂在横挑着的竹竿头儿上，微风吹过，红枣儿摆动。

麻胡子放下手枪，拿来三八大盖儿，蹲着马步，肩抵枪托，凝神屏气，瞄了又瞄。枪声响处，红枣儿晃荡了几下。裁判一看，红枣儿被擦去指甲大小一层薄皮，依然挂在竿头，枪弹把木板穿了个窟窿。

裁判宣布，只擦了个边儿，没中！没中！

薛老大放下匕首，拿出两片飞刀。那两片飞刀一模一样，长宽不足一指，形如柳叶，收藏时，合二为一，使用时，一分为二。薛老大站稳身架瞄着红枣儿，突地两抖衣袖，不闻声响，只见竿头的红枣儿也还挂着。裁判跑到跟前一看，不禁惊异，那颗红枣儿，左边儿的枣肉被齐崭崭切掉，右边儿的枣肉也被齐崭崭切掉，中间枣核儿和前后枣肉还在，丝线仍然系着红枣儿的蒂把儿，挂在竿头，随风摆动，两片柳叶飞刀插在木板上，相距半指，不歪不斜。

众裁判异口同声，神了！神了！两刀全中！两刀全中！

薛老大的武艺和本事，一百多号人无不拍手称赞，麻胡子双拳一抱，当面认输，连说佩服，佩服。

名正言顺，薛老大当了头领。

副头领，麻胡子是理所当然的一个，薛老大征得麻胡子同意，增加一个副头领——前不久投奔他的、当过中学老师、为他们的联合出过重要主意起过关键作用的吝有才。

土匪们把头领称作掌柜，叫起来便省掉掌字，把薛老大叫大柜，把麻胡子叫二柜，把吝有才叫三柜。

晚上，土匪们大碗喝酒大块吃肉，说说笑笑，打打闹闹，祝贺三个掌柜，表示服从三个掌柜，听命三个掌柜，掌柜指到哪里，打到哪里！

三个掌柜都不简单，论才气则以吝有才为上。吝有才果真有才，薛老大对他言听计从，麻胡子也很看得起他，两个人开玩笑，称他吝军师。

没错，吝有才真像是土匪的军师，当上三柜不久，这伙土匪便开始变样儿。

吝有才征得薛老大和麻胡子许可，提出一个口号——劫富济贫，唯仁唯义！他对薛老大和麻胡子说，合乎这个口号的做法，就是正确的，否则就是错误的。不坚持这个口号，不把这个口号当作规矩遵守，我们就会犯众怒，犯众怒就难以立足，更别说生存！

吝有才提出这个八字口号，这伙土匪就多少有点儿像水泊梁山了。

麻胡子很快被感化，和薛老大一样，完全认同吝有才的看法和做法。他亲自对部下讲解八字口号，他说，劫富，只是向富人索取钱财，不要人命，我们不论是谁，胆敢害命，就得以命偿还，决不宽贷！济贫，也不是直接救济穷人，一伙百把多人的土匪，是不可能做到的。我们说的济贫，是拿出一些钱来，捐赠给附近的学校，改善教学条件，让贫家子弟免费或减费读书，还可拿些钱修桥补路，让父老乡亲拉车挑担行走方便，少些磕碰颠簸。我们这么做了，就叫劫富济贫，就叫唯仁唯义！

一日，吝有才问薛老大和麻胡子，我们这伙土匪要不要取个名字？我觉得有个名字大家好称呼，说个什么事儿才方便。

薛老大和麻胡子说，要呀，三柜，你给取个名字吧！

吝有才说，在西汉末年，即王莽改制不久，湖北京山的王匡和王凤二人，拉起一支农民起义队伍，在绿林山建立根据地，号称绿林军，荆当远一带是绿林军早期活动的地区，绿林军还在当阳和远安交界的山区建过军营。时间过去一千九百多年了，如今，我们三个人管带的这一帮土匪，虽然不敢和绿林军相提并论，可也在荆当远地区活动，也在当阳和远安两县交界的山区待过。我想把绿林军的两个字借了过来，把我们这伙子土匪叫作绿林兄弟，不知大柜二柜意下如何？

薛老大和麻胡子听了，不光同意，还说，很好，很好，这个名字很好！父老乡亲把我们叫土匪，我们自己也把自己叫土匪，太难听了。今后，我们就叫绿林兄弟，大家身在绿林，彼此都是兄弟！

绿林兄弟此前不仅没有名字，也没有个根据地——土匪窝子，好像水上的浮萍，老是那么漂着，自然也多了些困难。

又一日，吝有才对薛老大和麻胡子说，有了八个字的口号，又有了绿林兄弟的称呼，接下来最为重要的就是根据地了。这个根据地，必须是在深山老林，一来要柴方水便，二来要隐蔽安全。

绿林兄弟多方寻找，那日来到一个地方。这个地方正处荆门、当阳和远安三县毗连之处，靠近漳河，山深林密，远离人户。最让他们高兴得又蹦又跳的是山林中间有一古寺，却没有僧人，连神像也没有——好像是搬走了的，殿宇僧房大大小小好几十间，虽有残破，经过修整打扫，绿林兄弟正好安营扎寨。

吝有才到处转悠，发现山门石额上有字，多已风化剥落，只有漳神寺三个字依稀可辨。他想，洛水有洛神，是个美女，曹植的《洛神赋》可证。这漳河一定也有漳神，一定也是个美女，可惜寺里神像全都不在，见不着妖娆妩媚的漳神，令人遗憾。再看四周，既有青松绿竹，岩壑溶洞，小桥溪涧，又有菜地稻田，水井石臼，茅厕柴房。这里，不仅风景清幽，还可居家兴业。吝有才对薛老大和麻胡子说，大柜二柜，仔细看看吧，我觉得这里真是一处风水宝地，在这里安营扎寨，我们绿林兄弟一定会有好的归宿，好的前程。薛老大和麻胡子满心欢喜，连说，但愿如三柜所言！但愿如三柜所言！

第二年春初，麻胡子一病不起，去了天国。薛老大和吝有才安葬了麻胡子，为麻胡子立了墓碑，并让麻胡子生前呼为小弟的辛哲接班，当了二柜。

一日，三个人在一块儿议事，吝有才说，我在入伙前听人讲过，说淮北有一群土匪，他们把活动范围内的富裕人家登记造册，轮流索取财物，有条不紊。土匪居然学习国民政府税务部门的办法，还真聪明。薛老大听了，说，这办法还真是个办法，我们也可照此办理。不过办理此事，三柜要多辛苦些，二柜识文断字，一起办吧！

吝有才和辛哲立马行动，用了两个多月时间，通过明察暗访，确定了荆当远地区连同邻近的南漳、江陵、枝江、宜昌等县的部分乡镇二百三十多家财东的名单。然后，把每个财东的住址、宅院、田庄、店铺、烟馆、赌坊、放贷的数额和每年收租、取息、盈利等进账，一一记录；连财东家庭的户主、人口、管家、雇工，甚至连有没有抽大烟的、害大病的、遭大灾的以及开支花销，等等，全都记录在册。

有了这本册子，绿林兄弟行事就一目了然，少了盲目乱碰乱撞，找哪个财东索取钱物索取多少，就有了准头儿。

吝有才和辛哲还注意平时察访，若遇事实有变，便及时修改登记，尽量做到精准。

吝有才说给绿林兄弟，找财东帮钱帮物，不能乱来，要智取为主，一般不得强抢硬夺，翻箱倒柜，尽量让财东自己掏腰包。一定记住，只许动口，不许动手，绝对不许动刀动枪，伤及人身。我们的刀枪只能用作防御，在财东面前不能真用！

一天晚上，吝有才和辛哲带着几个兄弟，到了五十公里外的黄家湾黄老财的府第。

一见黄老财，吝有才便双拳一抱，黄先生近来可好？打扰了。兄弟们衣食有些短缺，不好意思，又想请黄先生帮衬帮衬？

黄老财见吝有才身后的几个小伙子，一个个横眉竖目，有的手按枪把，有的手按刀把，哪敢迟延怠慢，便说，你要多少？

吝有才微微一笑，黄先生看着给吧，我知道黄先生是一位慷慨大方的长者，不然，乡里人背后怎么把黄先生你叫黄员外呢！

辛哲补充说，还有人背后把黄先生叫黄善人哩！

好漂亮的花帽儿，吝有才和辛哲现做现送。

黄老财一听，立马叫来管家，吩咐，快到夫人那里去，说是我的话，封两百块现洋来，交给这位大哥！

吝有才收了现洋，几次抱拳，几遍感谢，然后拿脚走人，连夜回山。

吝有才和辛哲起初设想，能拿到十几块现洋和一把纸票子就谢天谢地，没想到黄老财送了两百块白花花的现洋。

吝有才和辛哲去黄老财家弄回两百块现洋，给绿林兄弟做了个榜样。可荆当远地区的一些财东听说，无不倒抽一口冷气，说绿林兄弟手里，掌握着他们的生死簿子。

绿林兄弟有了富余，便捐资助学，修桥补路。没过好久，受益的父老乡亲就把绿林兄弟呼为义匪。义匪二字，让绿林兄弟都嗨了起来，当作荣耀，撞碗碰杯庆贺，热闹了一个通宵。

吝有才趁聚餐之机，给大家来了个布告周知，他说，大柜决定，绿林兄弟除了练武，还要习文，光会用刀用枪还不够，必须识文断字。练武，大柜当师父，习文，我吝有才当师父，二柜文武两兼，协助大柜和我讲课，外带练习。他还要求绿林兄弟不忘农事，栽瓜种菜，喂猪养鸡，捞鱼摸虾，都要搞，都要会，为的是改善伙食。他特别告诫绿林兄弟，弄钱弄物的事，不可经常，半个月二十天才能一次，由大柜下令，选准对象，明确目的，一般是下午出发晚上行动，不允许任何人擅自出山！所有财物必须归公，隐瞒私占者罚！

绿林兄弟正在接受调教，突然来了两个女人，一个漂亮的少妇，一个美丽的姑娘。少妇是吝有才的老婆，名叫谢家玉；姑娘是李义山的女儿，名叫李枝。

李义山养了一儿一女，都有才有貌。儿子李树，娶了县长王丙的千金、他师范学院的同窗王玉为妻；女儿李枝，年方十九，尚待字闺中。

县长王丙见李枝天生丽质，又知书达礼，心甚喜爱，便想让她到王家当儿媳妇儿。王丙先派秘书来李义山家做媒，说两家正好以亲换亲，亲上加亲，随后亲自登门，向李义山提亲，并拿十根金条作为聘礼。

李枝听她哥说过，王丙的儿子王少达，都三十多了，不光是个傻子，还是个瘸子，加上头大身细，口眼歪斜，三分像人，七分像鬼。

李义山没想到，这位座上常客又是亲家的王丙，竟然有这么个打算，太恶毒了，什么以亲换亲，亲上加亲，简直就是无耻！无赖！仗势欺人！他怎么能把掌上明珠投进茅厮粪凼呢？可他不便直截了当推脱，只有说女儿李枝不太愿意，让他无奈，聘礼暂不敢收，容他说动了李枝，再行定夺。

王丙恼羞成怒，竟然翻脸，当着李义山说，李枝她不愿意坐着大红花轿去我王家，那我就只有派兵到府上恭请，到时候莫怪我礼仪不周，搅扰府上！

李枝听说王丙要来抢亲，便哭告母亲，想要离家外逃，说惹不起躲得起。

李义山的夫人刘氏，想起了拐弯抹角的表亲谢家玉。刘氏是个有见识的女人，认为，不论逃到哪里，只要人还在湖北，就难逃出王县长的掌心，但又不能让女儿逃到外省去，那更是危险，思前想后认为，只有绿林兄弟待的那个三县不管的地方，最为安全。刘氏找到谢家玉，求她帮助。

谢家玉一口答应，这不，果然把李枝送到了绿林兄弟的营盘。当然，顺便慰劳慰劳自己久别的夫君，也是美事。

漳神寺突然来了这么两个女人，最是逃婚来的李枝，直接让这个土匪窝子躁动不安，有些人甚至心猿意马。这个李枝，苗条的身材，微圆的脸蛋儿，白额粉腮，一头乌发剪得刚好盖住耳垂，再四六中分，发梢儿略卷，一字眉下长长的睫毛，微微上翘，随着一双又大又亮的眼睛忽闪忽闪。有时，她上穿一件毛蓝色白碎花儿的斜襟短褂，下穿一条大红色的长裤，深灰色的丝鞋，有时她上穿一件月白色的衬衫，下穿一条细花格子的长裙，黑色浅口的皮鞋。不论穿什么样儿的衣裳什么样儿的鞋袜，都适身合体，线条儿明快柔和。这个绝色的李枝，被绿林兄弟说成是漳河女神。这么个李枝的突然出现，一个清一色男人的土匪窝子能不躁动？其中有些人能不心猿意马？

咨有才告诉老婆，你既然来了就不要回去。你回去了，保甲长要是问你去过哪里，你如何回答？还有，你回去了，李枝一个姑娘家，起居怎么办？横直家里没有太多牵挂，你留下来，当我们的火头军，帮厨做饭，顺便照顾李枝。还请你留心留意，我们这一百多号儿绿林兄弟中间，有好些个英俊潇洒读书识字的小伙子，你看中了谁，可以撮合撮合，男大当婚女大当嫁嘛。有机会我找李义山和他夫人解释，只要李枝乐意又过得幸福，他们二人便不会怪罪，说不定还会感谢你我。

王玉从婆婆那里知道一切，便对父亲王丙撒谎，说，李枝去上海上大学了，三年五载不会回来，你放手吧，我哥不配，不能坑害人家姑娘！

王丙说，我听你的。

过了大半年，通过谢家玉穿针引线，李枝和辛哲有了那个意思，谈婚论嫁，你情我愿。绿林兄弟里头有那么几个愣头青，硬是羡慕得要死，嫉妒得要死。可这不像馒头包子，土豆儿红薯，可以你抢我夺。

吝有才与薛老大商量，说，目下兵荒马乱，我们当个家，把辛哲和李枝的喜事办了，今后有个什么行动，就不用为个女子多操心了。

薛老大同意，说办就办。

辛哲自然是积极张罗，忙得不亦乐乎，一连数日，热汗湿衣。

那天，吝有才帮忙布置好新房，还在门上贴了大红的横幅和对联儿——

绿林同喜

美矣　和风倾心抚嫩叶

快哉　细雨着意润鲜花

这伙绿林兄弟，开天辟地办了一场婚庆大典，一个个喝得东倒西歪。有人便借着酒劲儿大骂辛哲，二柜，你个狗日的艳福不浅！你个狗日的太占便宜！你个狗日的二柜，消受得起！你个狗日的二柜……骂得辛哲面红耳赤，只有一遍又一遍地抱拳拱手，感谢兄弟们关照。

随着国民党军队在各个战场的溃败，人心也跟着大变，全国城乡大街小巷，到处都在谈论解放。

就在这时，吝有才对薛老大和辛哲说出了自己的主张，他说，现在西北、东北和华北，大片国土都解放了，我们这里，短则一年长则两年也要解放。我要告诉大柜二柜，共产党绝对不会允许土匪存在。为今之计，我们得变。怎么变？往共产党这边儿变，共产党是为老百姓战斗为老百姓服务的，往共产党这边儿变，就是往老百姓这边儿变，否则，我们绿林兄弟难逃剿灭！

根据当时的形势，薛老大和辛哲同意吝有才的主张——变！并让吝有才先与共产党的地下组织（荆当远地委）取得联系，再进一步暗通款曲，主动请战，监视几个县保安大队的动静，有必要又有条件，就各个击破打垮他们，消灭他们，为荆当远地区的解放扫除障碍。只要有了这些立功表现，绿林兄弟的未来就会是一片光明。

过年不久，吝有才又同薛老大和辛哲一起商议，认为共产党是老百姓的救星福星。事到如今，不如索性就归顺了。吝有才说，归顺不是投降，是投诚，一字之差，性质不同。要给绿林兄弟讲明白，目的是让大家有个好的归宿、好的前程。薛老大和辛哲觉得，吝有才的提议，关乎一百多人命运的抉择，是要大家弃暗投明，奔向阳关大道。于是，当即表态同意再变，接着变，继续变，归顺来个脱胎换骨的彻底变！

吝有才及时说服绿林兄弟，又与地委取得联系，作好安排。

次日上午，薛老大亲自率领绿林兄弟全部，向解放军（荆当远挺进大队）投诚。当日天黑，挺进大队开了个篝火晚会，热烈欢迎绿林兄弟，大家还半生不熟的一起唱起了国际歌——

起来，饥寒交迫的奴隶！

起来，全世界受苦的人……

投诚的绿林兄弟一百多号，经荆当远地委批准，编入荆当远挺进大队。挺进大队的编制由营级升为团级，原大队长郭超还是大队长，另任命吝有才为大队政委，薛老大为大队副，辛哲为分队长。

吝有才担任政委，辛哲不无疑惑，私下问薛老大，政委只有共产党的人才能担任，他原本是个共产党？

薛老大说，他放着按月拿薪水的中学老师不当，跑来当土匪，这不蹊跷吗？你回忆一下，这两三年来，他费了多少心力，一步一步地，不就是在改造我们，最后引领我们归顺共产党吗？

辛哲说，原来你早就知道，就我蒙在鼓里？

薛老大说，不光是你，所有的绿林兄弟都不知道，都蒙在鼓里。就我，也是猜想，从他的所作所为猜想他是共产党，因为是猜想，无凭无据，所以我没有告诉你。

大半个中国解放了，武汉解放了，荆当远和鄂西解放了，老百姓和社会各界无不欢欣鼓舞。

这个时候，还是战争年代，解放军一般的干部战士，是不准家属随军的，谢家玉和李枝必须离开部队。因此，在千头万绪和极其繁忙之中，部队首长批准吝有才和辛哲休假，送爱人回乡，当然少不了再三叮嘱，安顿就绪，立马归队，不得延误！

吝有才和辛哲各自带着老婆离开军营，高高兴兴到了李义山家。

一别三年，李义山见女儿越发出落得花朵一般，又见女婿英俊帅气，高兴得先是呜呜地哭，后是嘿嘿地笑，一迭连声感谢吝有才和谢家玉，说他们二人成就了一桩美满婚姻，胜造七级浮屠。李树和王玉从隔壁屋里赶了过来，一口一个妹子地叫，一口一个妹夫地叫，亲热异常，又教牙牙学语的儿子叫姑姑，和姑姑亲一个，叫姑父，和姑父亲一个。李义山家里，一时其乐融融。

听说辛哲和吝有才很快就要归队，李义山和李树急打急，要给李枝和辛哲补办个婚礼，吝有才夫妇也表赞成。父老乡亲和亲戚朋友，还有乡的和村的干部，闻讯来贺，络绎不绝。

婚礼简单而又隆重，十几张大方桌，摆在院坝里，红烛焕彩，美酒飘香。辛哲换了一身新军装，格外精神，李枝经过她嫂子一番打扮，如仙女下凡。吝有才夫妇，既是司仪证婚，又是伴郎伴娘，领着一对新人拜过天地，拜过父母，夫妻对拜，然后再向所有来宾行答谢之礼。席终人散，婚礼告成。

解放之初，地方党组织和新建的人民政权急需充实，上级决定，从部队选拔一批有一定文化的干部战士到地方任职。吝有才和辛哲回到部队不久，正准备开拔，参加解放大西南的军事行动，决心书都写了，誓师大会都开了，突然接到命令——脱下军装调地方工作！

吝有才没被调回本县，到隔壁县当了县委副书记，辛哲到县下面一个区里，当了公安特派员，两个人还是上下级关系。

吝有才和辛哲工作的地方，和全国许多地方一样，一解放紧接着就是开展两大运动，前后三年多才告完成。

在这两大运动中，李义山怎么来怎么去，根根梢梢，枝枝叶叶，吝有才通过在地委开会听领导讲话，通过参阅运动简报和有关文件，慢慢地全都知道了。

李义山这位富豪，几年前听信了郭超的肺腑之言，向共产党靠拢。除了前面说过的那几件事情之外，接着他又有几个大的动作，让许多人感到诧异，对他硬是没能看懂，甚至有人说他不是傻了就是疯了。

一个动作，拆除李家围子。他先请人工拆除了朝南的大门和北边儿的后门，又拆除了四个瞭望台，把一对偌大的青石狮子搬到西平村道口儿，稳稳地一边蹲了一个。然后，郑重其事地告诉父老乡亲，说建房也好，砌院也好，造桥也好，铺路也好，搞任何建设也好，都可来拆李家围子，要板砖的就拆板砖，要块石的就拆块石，他李义山只有两个字，感谢！李义山这么一说，大伙儿马上就行动起来，錾子钢钎和大锤，叮叮当当地响成一片，用扁担来挑的，用杠子来抬的，用车子来拉的，日夜不歇，比当年修建时还要热火朝天。没过多少日子，李家围子便在江汉平原完全消失。

再一个动作，搬家。女儿李枝去了绿林兄弟的驻地，他便和妻子刘氏搬离禧和堂豪宅，住进了原乡公所占用的三正两偏的那套房子，让儿子儿媳和孙子一家三口，住进了紧挨着的三间平房。其余连禧和堂在内大大小小所有的房舍一百多间，全都交给荆当远地委管理使用，还特地栽了一溜木槿作为篱笆，与自己的两套住房完全隔开。

还有一个动作，学当农民。几年前，他曾让人不可思议，将九百多亩田地无条件分送给佃农、长工和贫苦农家，只留下离家近些的几十亩田地出租收课。这回，他和儿子商量，从留下的田地中拿出几亩，自耕自种，向父老乡亲学习使用犁耙锹锄。工作队进驻西平村，同时选出村干部，他又特地当众表示，接受工作队和村干部的领导，他们家就是西平村的一个普通农户。

李义山是真真正正向共产党靠拢了，到荆当远地区两大运动开展起来，他的不动产，就只剩下几十亩田地和两套住房。

李义山白送穷人田地，已是土改前五六年的事了，因所有权丧失，与划成分和没收无关。他被划为开明地主，这么一定性，不光李义山未受冲击，他儿子李树和儿媳王玉，这两个师范学院毕业的大学生，还被招到县立中学当了老师，按月拿薪水，连李枝也当了西平村的妇联主任。直到这时，人们才恍然大悟，佩服李义山的先见之明——财产算什么，算个狗屁，连狗屁都算不上，生不带来死不带去的东西。只有人才是最为重要的，最为宝贵的，有了人什么都有！

吝有才工作的这个县，情况和形势很是复杂。县委书记郭超领导县的全盘工作，日夜操劳。他吝有才分管政法战线，重点是清匪反霸，也不轻松，直到几十起案件包括伪警局局长和伪法院院长的案件终审，只剩下一个伪法官，而且这个伪法官还自招自供，没有费多少心力案件即有突破性进展，这才松了口气。

伪法官这起案件的始末，说起来还有些新奇。

一个审判别人二十多年的伪法院的法官，在取保候审期间，竟然把自己的父亲认作阎王。

法官姓谭，单名一个成字。运动开始时他突然患病，获准取保候审。虽经中医西医诊断治疗，谭成的病情终是有增无减，接着意识和精神又出现障碍，先是怔忡屡见，再后来真的像是鬼神附体，直接言行失常。

那天，谭成父亲来到谭成床前，关心谭成的病情。谭成突地翻身下床，跪在父亲面前，磕头如同捣蒜，阎王陛下，我认罪，我招供，恳请陛下饶恕，别押我去十八层地狱，我怕刀砍斧劈，更怕水煮油烹。他哭得三把眼泪四把流说，我说，我罪恶深重。我过去办案，不是凭的《六法全书》条款，也不是凭的天理良心，而是凭的个人好恶，凭的私人感情。谁个对我好，谁个的官司就赢。他抹了一把眼泪，陛下问什么是对我好？不瞒陛下，这个好字里头，有钱有物，有酒有色，以钱为多。陛下问钱都在哪里？我家院子桂花树旁埋有两坛现洋，我退出来，一块不少我退出来。他又抹了一把眼泪，陛下问我是怎么做的？很简单，只要我对当事人做个手势就成。当然，前提是当事人确实是有，能够办到。比如索要现洋，我就拿大指和中指指尖儿那么掐着，对着嘴头子一吹，再放在耳旁装听，当事人就知道我是什么意思，要不了三天，就有钱来……

谭成父亲每见谭成一次，谭成就要下跪一次，把他如何制造冤假错案和索贿敛财的种种情状陈述一次。

听了谭成父亲反映的情况，公安局局长黄伯湘认为，谭成病中胡言乱语，未必是真。县委副书记吝有才却深信不疑，断定谭成病中所说不会有假，谭成要是没有病，说不定就不会那么坦白了。

过了些日子，谭成的病完全好了，生活言行一切回归正常。办案人员讯问谭成，问他病中对他父亲讲的那些问题是否真实。谭成莫名其妙，所答非所问。办案人员提醒他，问他有无制造冤假错案索贿敛财的行为，他一概否认，还说他有当事人送的两块金字大匾，一块写的清正廉明，一块写的明镜高悬，那两块匾如今都在。

吝有才和黄伯湘听了办案人员汇报，立即决定，带上谭成，出动干警搜查谭家！果然，在谭家院子桂花树旁挖出两坛现洋，倒在簸箕里清点，计三千八百六十二块。谭成这才低下头来，谭成父亲和谭成老婆他们，直接就傻眼儿了，在公安局没收财物清单上签字，手都发抖，谭成也是。

黄伯湘对吝有才说，还是你分析得对，谭成在病中没说假话，病好了反倒不说真话了。

吝有才说，谭成迷信鬼神，因连日高烧产生幻觉，把父亲认作阎王，真就进入阴间鬼魂的角色了。他特别害怕十八层地狱，民间传说，地狱里有刀砍斧劈和水煮油烹种种刑罚，专门用来惩治坏人，所以，他在阎王面前忏悔求饶，是绝对不敢讲假话的。他的病一好就变了，回到阳间换角色了，这也不知道，那也记不得，还标榜自己明镜高悬清正廉明，想的是政治上蒙混过关，经济上保住赃款。

黄伯湘说，我们办案经常说铁的证据，铁证如山，两坛现洋是什么？是银的证据，银证如山，他不认罪过不了关嘛！

吝有才嘿嘿直笑，说，下次提审定有突破。

办案人员和公安干警，提着现洋押着谭成才走一会儿，谭成的老婆便恶狠狠地埋怨公老，公老不服，一老一少便争吵起来。

儿媳说，婆婆死了，不知道你究竟是丢了魂，还是糊涂油蒙了心。两坛现洋的事，你一个字都不跟我说，反倒跑去向政府报告。这是多好的事呀，你若不报告，谭成不交代，政府不知情，那现洋不就是我们家的吗？谭成坐几年牢，运动也就过去了，你想想，那时候我们家是不是发大财了！拿人民币比着说，到银行一块现洋可兑二十多元，去市场一块现洋可换八十多元。钱哪！那是钱哪！你不知道那是多少钱吗，现在后悔不？我不相信你不后悔。你想过没有，你哪天百年了，棺材在哪里？寿衣在哪里？孝服在哪里？出殡上山的费用在哪里？我们用什么买纸烧给你？你让我们在阳间受穷，我们就让你在阴间受苦，你莫怪罪！

公老确实后悔，听着儿媳机关枪似的一番扫射，说那么多不孝不敬的话，只有捶脑袋，出长气。好一会儿了，他才幽幽地说，我以为谭成疯了，讲的都是胡言乱语，哪里知道他讲的全是真话！

儿媳说，胡言乱语，那你为什么还要向政府报告呢？人家办案人员怎么就把它当作真话呢？一进院子就在桂花树旁开挖，两坛现洋一会儿就挖出来了。酒后吐真言，疯子说实话，不是一个理儿吗？你这么个岁数儿，应该懂的呀！

我不懂，你懂，你这是事后诸葛亮！公老送出一句。

事后诸葛亮也是诸葛亮，总比你这个马谡强，你失街亭，坏大事！儿媳回敬两句。

公老说，你这么数落我，我现在到哪里去找后悔药呀！你怎么就不晓得在自己身上找一找原因呢！你一进门就闹分家，我和你婆婆住在那边，看不见，听不着。你和谭成一口锅里吃饭，一张床上睡觉，同在一个屋檐下十多年，他在屋子里藏现洋，在院子里埋现洋，这么大的一笔洋财，总有一些动静吧，你连一点儿影子都不晓得？难道你先就丢了魂，叫糊涂油蒙了心了！

你养的是个傻儿子，每天回家他的东西我都翻过看过，他根本就没往家里拿过现洋，一定是趁我回娘屋了，或是出门做什么事了，才偷偷地拿回来埋下的。我先要是知道了还会怪你？还会让政府挖了去？儿媳口气略软了些。

我的儿子不傻，一点儿也不傻，他得现洋又埋现洋都不让你晓得，肯定有他的想法。公老说。

他有什么想法？儿媳有点儿疑惑。

你到如今不给他生个儿子，女儿也不生一个，没个一男半女，这就是他的想法！公老说话有点儿带气。

儿媳说，你是说他想换老婆，换个能生能养的老婆？

公老说，我没这么说，你爱怎么想就怎么想！

儿媳说，你就是这么说的，哪个人听不出来，还用想吗？再说，不生孩子能怪我，是你儿子没有用！

公老说，我不相信，哪天我问他，看到底怪哪个，是他没有用，还是你没有用……

翁媳二人没完没了，一直吵得邻居都来劝架，才算罢休。

且说吝有才晚上回家，才坐下一会儿，有人敲门，开门一看，是辛哲。辛哲是来参加全县公安工作会议的，趁晚上来看望他们两口子，同时报喜——李枝生了个胖嘟嘟的儿子。吝有才把辛哲按在沙发上坐下，冲了杯茶，连忙把在厨房洗碗的谢家玉拉了出来，指着她鼓起的肚子说，你看，我马上也有儿子了！两个人开怀大笑，笑得谢家玉满脸通红。

辛哲和吝有才许久不见，喝着茶，说着话，说着掏心窝子的话。

辛哲说，我家在河南许昌附近的农村，十六岁刚读高中二年级，没想到被抓了壮丁，在国军里头给一位团长当卫兵，鞍前马后。在鬼子一次扫荡中，这个团几乎全军覆没，团长战死，只有麻胡子的警卫排且战且退，最后突围成功，这其中有我。我们在高粱地里躲了几天，才安全脱险。麻胡子真名麻辅哉，因长着浓密的络腮胡，大家都叫他麻胡子。他不想去寻找国军，可又无家可归——他是河南驻马店人，家乡被日本鬼子占领。没有部队没有家，怎么活命？他就带着我们打家劫舍。和薛老大合并以后，遇上了你这个共产党员，我才跟着走上正道。我特别庆幸，因为你们两口子为我保媒，我娶了李枝这个有文化又漂亮的媳妇儿，又得了儿子。我可能是上辈子积了德行了善，这辈子才遇上你们两口子。辛哲喝了几口茶，接着说，现在，我心里头只有一件事老是纠结，全县六个区和一个林场，七个公安特派员，有六个是党员，就我不是。

吝有才说，你这么年轻，只要有这个理想，又有决心和信心，努力工作，好好表现，迟早会成为党员的。我本身就是个例子，读完高中，考上师范学院，毕业后在本地中学教书。正赶上日本鬼子侵略我国，我通过读书看报，加上耳闻目睹，初步了解共产党的思想主张，但不明确不清晰。我们校长是共产党，与荆当远党的组织多有联系，我开始毫不知情。课余时间他经常与我交谈，谈理想，谈抱负，也谈共产党和国民党，谈两党的区别，时局的走向，国家的前途，让我逐步萌生了一种信仰，也就是社会主义和共产主义的信仰。当我向他袒露心迹，他知道我想成为一名共产党员时，便带我去了荆当远中心县委，就是后来的荆当远地委，地委的同志，看了我的入党申请，还让我写一篇为什么要入党的文章，我花一个星期写了送去了，半年以后，校长作为我的介绍人，才领着我入党宣誓。当时党组织交给我一项任务，就是注意学生动向，教学生学知识的同时，培养学生抗日救国思想，自觉抵制国民党的反共宣传。吝有才给辛哲茶杯冲了开水，接着说，麻胡子和薛老大两个团伙，给荆当远这个革命老区带来妨害，组织上便派我做土匪的工作，争取土匪倒戈，然后收服麻胡子。我便投奔薛老大，当了一名土匪。我找机会接近薛老大，通过宣传鼓动，晓以利害，促成土匪和溃军双方联合——土匪和溃军联合，我是起了一定作用的。薛老大发现我能办事，可以信赖，联合后让我当了三柜。我利用三柜身份，逐步改造引导和感化大家，化阻力为助力，最后让大家成为解放军地方武装的新生力量，事半功倍地完成了党交给的任务……

辛哲和吝有才谈到半夜，才告辞离去。走了老远，他又折了回来，说，明天上午在大礼堂听你管政法的书记做报告。

吝有才说，我就是讲一下形势和我们县政法工作的情况，主要是清匪反霸和土地改革阶级斗争的一些情况，没有什么别的。明天郭超书记的讲话很重要，他才从省委开会回来，有中央和省委的指示精神要在会上传达。

再说伪法官谭成，在白花花的两坛现洋面前，不得不低头认罪，表示愿意坦白交代问题，争取从宽处理。

吝有才开完政法会议，便在黄伯湘陪同下，旁听办案人员审讯谭成。

谭成这回是竹筒倒豆子，讲了如何制造冤假错案和索贿敛财的许多事实。

谭成讲了一个毕维的案子，他说，毕维，原是县交通科的一位科员，负责管理车辆。上级给了我们法院一台无牌号的旧车，我让司机去找毕维核发车牌。车牌倒是发了，可牌号儿是250。我当时一看气就不打一处来，250不就是二百五吗！我要毕维换个牌号儿。毕维说，牌号儿全省统一，排到什么号儿就是什么号儿，县里无权决定牌号儿，当然也就无权调换牌号儿。再说，不就一个车子牌号儿吗，没有必要那么讲究，更没有必要作那种莫名其妙的毫无意义的联想。没有想到，山不转路转，河不弯水弯，没过好久，毕维被捕入监，三转两弯案子到了我的手上。通过阅卷和提审，我发现毕维不构成犯罪，可我硬判了他三年徒刑。毕维上诉，上级法院改判无罪，可毕维已经被关押半年有余，该受用的都受用过了，我心里舒坦。当时有人问我，为什么明知毕维无罪偏判有罪？我说，毕维给我一个二百五的车牌，我就给毕维一个二百五的判决。深层次的原因，是毕维的仇家找我，送了我两百块现洋，还有好烟好酒。仇家的最终目的，是在牢房里把毕维弄死。

讲了毕维的案子，谭成又讲了何胜的案子，他说，就为鸡毛蒜皮的小事，何胜家和隔壁肖林家发生纠纷，竟至打起架来。肖林一纸诉状就把何胜告了，说何胜打了她八岁的女儿，她女儿头部被打，耳朵聋了，连老师讲课都听不见，法医鉴定说是重伤，诉请法院判决何胜坐牢赔款。何胜因此被捕，案子由我审理。肖林是个年轻漂亮的女人，在我面前不仅卖弄风情，主动投怀送抱，还给我拿来一百块现洋。我了解了案情，知道两家打架，何胜根本不在现场，在现场的是何胜他哥何良。肖林一口咬定，说打她女儿的就是何胜。这是为什么呢？因为何胜是中学老师，拿公家的薪水，判决何胜坐牢赔款，她肖林就有钱拿，那个何良乃是短工一个，杀无血剐无皮，判也是白判。还有个原因，何胜不光是何家的顶梁柱，还为何家撑着门面，中学老师嘛，受人敬重，只有告倒何胜，才能把何家打垮。她还起心赶走何家，何家承租的住房和他家的住房共山合脊，她好接手承租，连成一体，然后争取买下，永远为业。一句话，就是借我的手死整何家，以解她肖林心头之恨。我还知道，根本没人打肖林的女儿，耳聋是装的。肖林硬说女儿被打，教女儿装聋，打雷都听不见，让法医定个重伤，何胜才构成犯罪，才能判他坐牢赔款。我不隐瞒，我硬是昧着良心制造了这起冤案，完全按照肖林的意思下了判决，判处何胜三年徒刑，赔偿一百五十块现洋。何胜年迈的父母，受不了这样的冤屈和打击，一病不起，先后去世。我把一个好人，一个中学老师送进监狱，造成他父母双亡，一个好端端的家让我全给毁了……

县人民法院经过审理，根据罪行轻重和民愤大小，判处谭成有期徒刑五年，送农场劳动改造。

吝有才领导清匪反霸，区乡一级的一般案件，他只听汇报，传达党的方针政策和国家规定，同时交代一些工作方法，不审查个案。县一级的大案要案，虽有公安局局长黄伯湘会同检法部门负责办理，他却还要亲自过问，不敢疏忽。县一级的大案、要案一共四起，除了伪法官谭成以外，先行结案的已有三起。

一起是伪警局局长李盛，抓人关人，捆绑吊打，刑讯逼供，敲诈勒索，这些对他来说简直就是家常便饭，更为恶劣的是滥杀无辜，残害妇幼。经查证属实，几年时间，他枪杀贫苦农民三人，打伤致残四人，强奸民女十六人，其中幼女二人，在他家搜出现洋一万多块。李盛罪大恶极，决定判处死刑，立即执行。

一起是伪法院院长林大志，罪行严重，决定判处有期徒刑十二年。

一起是伪保安大队大队长陈富，罪行比较严重，决定判处有期徒刑十年。

谭成被押送劳改农场三天，分到棉花生产大队干活儿。没想到，在棉田碰上了他原来的顶头上司林大志，谭成叫了一声院长，二人便张开双臂相拥一起，又高兴又激动，泪水在眼睛里直打转转儿，差点儿就流了出来。

打歇的时候，二人坐在树荫底下，喝水休息。

林大志说，真没想到，我们过去判别人坐牢，现在我们自己都被判坐牢了，难道这就是报应？

谭成说，世道变了，就像共产党说的，天翻地覆。国民党没有用，怪谁呢？我们自认倒霉！

林大志说，我在农场认识了一个名叫王丙的人，原是我们隔壁县的县长，他分到水稻生产大队。

谭成说，当县长的人，吃香的喝辣的，去哪里不是骑马就是坐车，平时有事也不过动动嘴皮子，如今落得这个下场，肯定十分痛苦。

林大志说，我们县保安大队的大队长陈富，也在这里劳改。我原来跟他打过些交道，你该认识的，大个子，长瓢脸，喜欢把手枪斜着挎起，在屁股上一摆一打，走到哪里嘴上都叼着烟，他在副业大队养猪。

谭成说，陈富我仅仅是认识，不太熟悉。过去，他就靠一百多根烧火棍抖抖威风，在我们县也算个人物。

哪天有机会我带你见见他们两个，今后，我们要抱成一团才好，能照应的就互相照应。林大志带着感情，低声小气地说。

谭成和林大志一年多不见，没想到命运让他们两个在劳改农场碰上，便有了他乡遇故知的那种亲切，心里也想见见那两个难兄难弟。便嗯了一声，算是同意了。

农场的犯人，每半个月轮休一次。两个月后的一天，就陈富没到，林大志、谭成和王丙三个人同时休息，好不容易凑到了一块儿。

刚好，谭成的老爸那天探监，带来卤牛肉、豆腐干儿、猪肉包子和腌菜，三个人美美地吃着。林大志说，有佳肴，无美酒，真乃憾事。王丙说，监规第三条怎么写的，喝酒，你敢？谭成的老爸说，我带了酒的，被门岗扣下，答应出门时还我。林大志说，门岗还你，你不能真要，就说他们辛苦，送给他们解乏，不然，你下次来，他们不让你进。谭成的老爸说，我上次也带了酒，被门岗扣下，出门时，他们让我把酒带走，我不带，说送给他们。他们坚决不要，说，你不带走我们就不让你出门，再三再四，非让我带走不可。今天我来，除了把酒扣下，说出门时别忘把酒带走以外，他们对我没有任何刁难。

这天吃得舒服，一个秘密行动就像一粒种子，也在这天开始萌芽——谭成的老爸一走，林大志就煽动谭成和王丙越狱。他说，这里真不是人待的地方！我不相信，二位愿意在这里咬紧牙关硬熬。听说国军还有一支队伍在湘西活动，招兵买马，特别是为党国效劳未去台湾的人，他们一律欢迎，我们县县党部主席和县长听说都在那里。长沙有他们的联络站，我们到了长沙，就算到了家了。

谭成说，我听从院长安排。

王丙没有说行，也没有说不行。只说，岗楼，电网，探照灯，还有巡逻哨二十四小时盯着，再就是我们的衣服，每件都印有监号，老远就能望见。这两个难题，怎么个办法？

林大志说，办法是人想出来的，大家都动动脑筋。我再找机会见见陈富，他肯定是想离开这里的，我知道他的秉性，他不会逆来顺受，说不定他还有些好的点子。

谭成连连点头，表示赞成。

王丙再没有说什么，支吾着说去厕所就不见回来。

林大志觉得王丙不大可靠，过去他是外县人，没见过，现在他是外队人，不常见，对他，不知道心性，不了解脾气。因此，林大志除了与陈富加紧联络，便是与谭成进一步勾结。谭成原来是伪警局监狱的一名狱卒儿，可以说连个牢头儿都算不上。是他林大志找警局调人，谭成才到法院，从当押解员和记录员起步，最后当到主审法官，这个关系他必须利用。

谭成对越狱有过动摇，他在心里说，我们过去监狱关押共产党，是怎么样虐待人家的。别的不说，就说吃的米，不是变质的，就是最次最差的，沙子硌得牙齿掉末末儿，那样的饭也不管饱，弄不好不打就骂，脚镣手铐，那才叫受罪。这里也是监狱，一日三餐饱饭，小菜有得吃，自己养猪自己杀，一个星期打一回牙祭，回锅肉每人一碗，就是劳动累点儿苦点儿。要说劳动，乡里的农民一辈子都搞劳动，冬冒寒风，夏顶烈日，在土里刨，在粪里扒，不苦吗？只是，在这里是坐牢，不自由。他林大志要在这里待十二年，确实难熬，自己要待五年，也是够呛。又想到林大志对他有知遇之恩，他便豁出去了，决心跟定林大志，他说越狱就越狱！

林大志真的了解陈富，三言两语，就把陈富说得陀螺转，嘎嘣脆地答应。他说，这里我一天都待不下去，你们不逃，我一个人也会逃的，越狱的打算我早就有了！

说到电网、岗楼等，陈富说，我们要走就走大门，农场经常请外面的工人做事，我们装扮成外面的工人混着出去，或是硬冲出去，翻墙越网绝对不行，那只会成为哨兵的活靶。说到衣服上的监号，陈富说，养猪场附近，经常有管教干部洗晒衣服，说准哪天走，我偷几件换上不就行了。

他们具体怎么越狱脱逃，除了办案人员谁也不知详细。人们那天见到的，是公安干警逮住了三个越狱脱逃的犯人，除戴了手铐，都给加了五花大绑。这三个人，正是林大志、陈富和谭成。

这时已是1951年夏天，《中华人民共和国惩治反革命条例》业已颁布施行。经过侦查起诉，人民法院在农场开庭，参照条例的规定，以越狱脱逃罪，判处林大志有期徒刑六年，加原判合并执行十八年，判处陈富有期徒刑五年，加原判合并执行十五年，判处谭成有期徒刑四年，加原判合并执行九年。三个人被关禁闭十天之后判决生效，林大志和谭成还是干原来的农活儿，陈富被调到了水稻生产大队。

越狱脱逃的案子审结，王丙被农场认定立了大功，因他提前举报，使林大志等人越狱脱逃未能得逞。经人民法院审查裁定，王丙获得减刑二年。裁定书送达当日，王丙便从水稻生产大队调到了劳动生产办公室，专搞生产统计。

林大志他们，都对王丙心怀仇恨，尤其是陈富，硬是咬牙切齿，想着怎么报复王丙，把王丙弄死，以解心头之恨。

一日，王丙到水稻生产大队找监工老刘核对进度，填写报表，陈富看到，分外眼红。后见王丙进了厕所，他觉得报复的机会来了，便快步跟了进去，拿起门旮旯的长把粪瓢，照着王丙的脑袋就砸。王丙一边招架，一边呼救。老刘赶到，喝令陈富住手，拉起王丙。陈富想要王丙就死，便又撵上照着王丙的太阳穴猛击两拳。见王丙满脸鲜血再次倒地，陈富这才冲向大门，妄图脱逃。一番搏斗，陈富终被哨兵和狱警制伏。

农场诊所安排担架，急送王丙到人民医院，住院抢救。

陈富被上了脚镣手铐关在禁闭室，等待处理。经侦查起诉，人民法院认定，陈富因越狱未果，反被加刑，深怪王丙举报，便起心杀害王丙，还想再次越狱，虽然二罪未遂，但其主观恶性已足够严重，确系顽固不化不堪改造。根据《中华人民共和国惩治反革命条例》的规定，判处死刑，立即执行。

王丙已服刑五年，立功减刑两年，这次被打，造成严重脑震荡，又是因公负伤，再减刑一年，余下两年。人民法院根据农场建议，考虑王丙年已六旬，立过功，又因公重伤，剩余两年刑期，裁定假释，也就是监外执行。

翌日，王丙出狱，由农场干部陪送，到当地派出所办了登记，上了户口。

王丙的老家本在乡下，地名王家山，当了县长，全家才迁至县城。

他与姜老财的女儿姜英青梅竹马，二十八岁结婚成家，养下一儿一女。儿子王少达，先天性既傻且残，读书不会，做事不能，闲人一个。女儿王玉，靓丽惊人，1945 年大学毕业，嫁给了李义山的儿子李树，伉俪情深。

荆当远解放，王丙县长垮台被捕，姜英便带着傻残儿子回了老家。土改工作队把他家划为地主，没收了多余的土地，按人口留给他家四亩水田两亩旱地。因为没有劳动力耕种，姜英只有把田地都交给王家山村作了公产，生活靠女儿女婿供给。

王丙出狱回到老家大约半年，儿子王少达一病不起，医治无效，不幸身故。白发人送黑发人，王丙多日不干老泪，姜英更是大病一场。儿子五七之后，王丙和姜英商量，说，我和你现在是一伤一病，与其要女儿女婿寄钱寄物养活，两处锅灶冒烟，不如我们就去县立中学，和他们一起生活，不仅节省用度，我们还可帮他们招呼孩子，岂不两便。

女儿女婿就在县城，王丙和姜英说来也就来了。

王丙和姜英对两个外孙儿爱得不知如何是好，两个孩子也非常喜欢从乡下来的外公外婆，放学回来，女孩儿要他们讲故事，男孩儿要他们讲作业。王丙读过十几年私塾，姜英读过高中，平时都阅读广泛，辅导两个孩子学习没有问题。

就在这时，学校领导找王玉和李树谈话，开门见山，说得直截了当，你们父母的阶级成分和政治面貌，你们不是不知，和你们住在一起，不仅有碍你们的晋升提级，对你们孩子的成长不利，对我们学校也会产生负面影响，趁现在宣传部和文教局还没查问，你们看怎么办吧，越快越好……

李树和王玉无奈，便去城郊王庄租了两间民房，将两个老人安顿住下。

好在王丙和姜英会过日子，也会为人。特别是王丙，当年强迫李义山的闺女做他儿媳妇儿那种锋芒已不存在，其他方面的棱角也都磨去，变得随和小意，谦卑低调，加上一笔难写两个王字，不久就和左邻右舍建立了良好关系。村里人见两位老人都有学问，女儿女婿都是中学老师，无不敬重。

正好，国家前两年有个规划，要求用三年左右时间在全国大部分地区基本扫除文盲。王庄因没有老师，老村长又重视不够，扫盲夜校办了垮，垮了办，办了又垮，没有完成上面布置的任务，受到乡里批评。新任村长便找到王丙和姜英，请他们担任夜校老师，村里负责他们的烧柴作为报酬。王丙告知村长，他当过国民党县长，新中国成立后判过徒刑，担任老师不大适合，就让他老伴儿担任，他只能到校陪同。村长同意，知道到校陪同就是接受任务，对外不说他是老师就是。

王庄重新开办夜校，不久就有了名气。学员由十几人增至四十多人，其中有十多名学员来自邻村。这名气是怎么来的？因为姜英除了按照《农民识字课本》教学，对部分学员另外加了内容，把王丙默写的《四言杂字》也当教材，什么牛马骡驴，猪羊鸡鸭，犁耙锨锄，箩筐扁担，锅碗瓢盆，酒壶茶杯，油盐酱醋，稀饭馒头，这么些饲养的，使用的，还有吃的喝的，天天都在眼面前看着口头儿上说着的，却不知道字是什么样儿的，怎么个写法，现在对照学习，先认后写，进步很快。

一年以后，村长听了王丙的建议，说扫盲这个叫法，许多人都不受用，上学不大积极，便把王庄扫盲夜校的牌子换了，换成了王庄文化夜校，不说扫盲。牌子一换，不光不识字的，识字不多的，就是上过几年学的青年男女，也来夜校报名学习。李树和王玉对夜校非常支持，买来一些浅显的读物和中小学课本，赠给夜校。学员选择阅读，两个老师教辅结合，大伙儿兴趣大增，除了认字写字，还学了许多文化和社会知识。

王庄的扫盲工作不光得到了乡的肯定，还受到了区的表扬，村长开会拿回一面大红锦旗，上面七个大字——王庄民校办得好！村长把锦旗挂在黑板的旁边，又到街上做了一块牌子，白漆刷过，让王丙用红漆写了四个隶体大字——王庄民校。夜校又改叫民校了，学员不光夜晚上学，下雨下雪，干不了农活儿，也可上学，老师照样讲课的讲课，辅导的辅导。

王丙和姜英，在王庄扎下根来，办了迁移，便把老家的房子卖了，在王庄新建了三间瓦屋，还有厨房厕所。因为路近，女儿女婿隔三岔五带着孩子过来，一家人快乐团聚。

再说隔壁县的辛哲，理想终于实现，经过区委书记和组织委员介绍，那年的7月1日，在党旗下他举手宣誓——我志愿加入中国共产党……

入党次年，辛哲被调到县公安局，担任预审股股长。工作由生疏到熟悉，也算顺风顺水。接着单位又给分了住房，生活更是方便安定。

一日，岳父李义山、妻子李枝和儿子辛幸，突然来公安局了。

因事先没有告知，搞得辛哲手忙脚乱，连忙让进屋里，说了些话，搂着儿子亲了几口，便去食堂买来饭菜，还买了瓶好酒。

李义山对辛哲说，你来信说分了房子，我才把李枝和辛幸给你送来。李枝在村里既当妇联主任又当会计，前几天辞职了，和新会计办了交接，因为辛幸到了上学的年龄，要让他在城里上学。我不让李枝事先告诉你，是想给你一个惊喜。

辛哲说，真的给了我一个惊喜，喜出望外，感谢你老人家。因为房子才分不久，加上工作较忙，家具什么的都没来得及添置，厨房连锅灶都还没有，所以就没有回家去接他们娘儿两个。李枝辞掉村里的工作是对的，把户口迁到县城，再在县城找个工作。辛哲望了一眼李枝，接着说，我还有个想法，不知你老人家是否同意？树哥和玉姐，把王伯和姜妈接到了身边，都安顿好了。我的父母都被日本鬼子杀害，你们二老是李枝的父母，也是我的父母，能否迁到这里来和我们一起生活？一来帮我们招呼孩子，我们工作少了后顾之忧，二来我和李枝也可对二老尽点儿孝心。都快七十的人，没有个年轻人相帮，田地的力气活儿就做不了，迁移手续我负责办妥。农村马上就要搞合作化，横直田地都要归公，把家里那些田地都送给村里算了，你老人家之前把九百多亩水田旱地都送给了父老乡亲，如今就再送一回，寸土不留，我和李枝赡养二老没有问题！

李义山同意辛哲的安排，说他去对李树和王玉讲一声，过些时日就和老伴儿迁移过来。

李义山出现在李树和王玉面前，也是个老大的惊喜，两口子乐得手舞足蹈。

李树忙给老爸泡了杯茶，乐呵呵地说，你老人家来得正好，两个孩子都等着爷爷取学名儿呢。

李义山说，我早想好了，你叫李树，你妹叫李枝，你儿子就叫李叶，你女儿就叫李花，老根都在我这座山上。

王玉笑得合不拢嘴，连说，这名字取得好，这名字取得好，有你老人家这座大山扎根，树、枝、叶、花，一定会欣欣向荣，繁茂鲜艳！

李义山笑着说，再有个李果，就齐了，我正等着呢！

李树笑得嘴角儿扯到了耳根子，望着王玉。王玉不好意思叫了声，爸，一张粉脸立马通红。

李义山见状便换了个话题，说，辛哲和李枝向你们学习，要我和你们的老妈迁移到他们县城去，和他们共同生活，你们说行不行？

李树和王玉都说，这么更好，我们县城到他们县城，公路都修通了，来往非常方便，今后我们互相走动，互相照应，各尽各的孝心。

县立中学的老师们，早就听说李义山，把他当作传奇人物。说他仗义疏财，把九百多亩田地分送给贫苦农民，又把李家围子拆了，把几万立方的板砖块石送给父老乡亲砌屋修房，还给荆当远挺进大队捐过大量钱物。因此，新中国成立后被工作队称为开明地主。有人了解过，说荆当远地区，开明地主他是唯一的一位。这回来学校了，大家都想见见这位老人。

果然，那天晚上一大群老师到李树家串门儿，坐的坐站的站。王玉泡茶，不知奉给谁好，李树陪着父亲，和老师们打开了话匣子。

老师们一口一个李老，说到他的过去，无不表示钦佩。

李义山说，不像诸位说的，我没有那么高的境界，实际上我很自私，为了我们家，为了保全自身和家人，我听了挺进大队郭超大队长的规劝，才那么做的。郭超现在是隔壁县的县委书记，他当时写信给我，说有识之士对时局不可不察，未来的中国是共产党的天下，要我给自己留条后路，他援引陶渊明的诗句——悟以往之不谏，知来者之可追。不是他那封信，我肯定执迷不悟，不瞒诸位说，那我就是荆当远地区誓与人民为敌的死不悔改的恶霸地主，那我和我的家人就不会有今天，我儿子儿媳很可能就当不上人民教师，女儿也不会有今天的幸福。说到底，我得感谢共产党。

老师们以笑表示赞同。

过了两天，李义山问儿子，你岳父岳母现在可好？

李树听见老爸这么发问，便顺势提议，你老人家率我们一家去一趟王庄，不就知道了。

李义山想起王丙蛮横无理，硬逼他女儿李枝当儿媳妇儿的往事，便有点儿不太情愿。

王玉说，我爸当时就后悔了，你老人家要肯见他，他一定会赔礼道歉的。

次日，恰好是星期天，李义山率儿子儿媳孙儿孙女，浩浩荡荡，去了王庄。

王丙老两口儿见了李义山，激动得热泪盈眶，一面让座，一面叫王玉泡茶。

果然，寒暄之后，王丙对李义山说起了以前那件糗事，他说，主要是我有点儿得意忘形，那天在你府上又多喝了几杯，见李枝那孩子才貌双全，喜欢得不得了，就没想过自己的儿子是个什么样子。王玉当时就极力阻止，让我放手，说她哥不配，不要坑害人家李枝姑娘。我当时就后悔了，不该在你面前那么狂妄，听了王玉的话，也就真的放手了，只因碍于面子，当时我没对你明说。我对不起你，请你原谅！你是老哥，你一定要原谅小弟！

李义山说，事情已过去这些年了，说开了就行，别再提了。你这些年苦也受够了，现在身体到底怎么样，听说你当时伤情十分严重，真的没带残疾吗？

王丙说，劳改农场嘛，就是当农民，干活儿苦点儿累点儿，干部对我们犯人没有什么不好的。主要是隔壁县的三位，林大志、陈富和谭诚，串联越狱脱逃，我怕受到牵连，便举报了，不料陈富起心报复，对我狠下毒手，想的是我死，我被他两次打倒在地，头破血流，我没死了，他自己反被判了死刑。我住了二十多天医院，在农场休息了一个多月，法院裁定，让我出狱。我被判十年徒刑，真正服刑只有五年多点儿，两次减刑三年，剩下两年不到，说是监外执行。几个月前我刑期届满，派出所受托给了我农场的释放证明。我和姜英已在这里安家落户，成了这里的社员。去年我们提出申请，这里区政府同意接收，给我们开了准迁证，老家区政府给我们开了迁移证。至于身体嘛，我和姜英基本康复，没觉得哪里不好。这几年，晚上两个小时，下雪下雨半天，我们两口子带村里年轻人学文化。就做了这么点儿事儿，不光村里表示感谢，乡里和区里也给好评，我们知足了。

李义山说，你们两口子做的是正事儿，对后代对国家有利，应该肯定。我要向你学习，只要对群众有益，能干什么就干什么。他喝了口茶把话锋一转，我还得感谢你王县长呢。

王丙一怔，啊，你感谢我？你感谢我什么，还王县长呢，瞎叫！

李义山说，你促成了一桩美满婚姻，你自己还不知道？我的李枝逃到土匪窝子，嫁给了文武双全、英俊帅气的辛哲——辛哲现在在隔壁县的公安局工作，我外孙儿都快上小学了。

王丙听了，喊了一声王玉，啊，王玉她当时骗我，说李枝到上海读大学了，三年五载不得回来，其实是去了漳神寺？

李义山说，可见你女儿冰雪聪明，她要说李枝逃到了漳神寺，躲在土匪绿林兄弟的营盘里，你派兵攻打，那麻烦不就大了。她说李枝去上海读大学了，你敢派兵攻打上海吗！

王丙听了哈哈大笑，我不光不敢派兵攻打上海，就是绿林兄弟的营盘也不敢攻打。

李义山说，此话怎讲？

王丙说，因为我们打不赢，真的，我们打不赢。

李义山和满屋的人听了，都不禁大笑起来。

（写于2021年）

# 宜昌有条廖家船

在民生公司的第一艘火轮出现在长江重庆码头之前，进出长江三峡的机动船只，就只有那么几艘外轮。不论那些外轮出于什么目的，进出三峡都付出过一定的甚至是惨重的代价，英美等国都有船只过峡被撞沉没。

那时进出长江三峡，以非机动的木船为多。进三峡，它们通过南津关逆流而上，须得风帆推送，纤夫拉拽，喊着号子挣扎前行，速度非常缓慢，赶急不得。出三峡，它们通过夔门顺流而下，速度倒是快了几倍，也不用升帆拉纤，可走礁过滩，亦非易事，常常是险象环生，让人惊心动魄。

大南门作为宜昌的码头之一，靠水运为生的人家不少。其中有个船家名叫廖德，一条木船，上跑万县，下走沙市，偶尔也上跑重庆，下走武汉。一年有多半时间，廖德差不多就生活在船上，拼搏在船上。

廖家三代务船，廖德现在所驾的船，是他父亲手里打造的，人称廖家船，载重二十吨。在当时，这船并不算小。

廖家船当家的是廖德，执篙的也是廖德，一个后生。还有一个重要角色，就是舵手，先是廖德他老爸，后是廖德他媳妇儿。走上水的时候，船上还有二人，称为水手，主司推船划桨。一般情况下，走上水四五个人（上滩就地现雇纤夫），走下水两三个人，廖家船就能进出三峡完成货运。

说廖德他媳妇儿掌舵，廖德他媳妇儿在哪儿？千里姻缘一线牵，廖德他媳妇儿在万县，在三峡上游，已经在准备办喜事呢。说廖德他媳妇儿掌舵，当然是将来，不是现在。

那天下午，廖家船从重庆下来，调转船头，平平稳稳靠在万县码头。一个上穿救生衣下穿六分裤的小伙子，将竹篙插入水中，搭稳跳板，把缆绳往码头碇礅上一绾，然后站立船边，招呼搬运工人卸货。此人生得孔武有力，又不失英俊潇洒，他就是廖德。廖德生性豪放豁达，力行于外，智藏于内，读过私塾，上过公学，成人后从父辈那里学会了驾船，接任了廖家船老板，算得上文武双全。这时候，他正看着搬运工人扛货起坡。

老爸横过舵柄，在舱里张罗发货出货，点数记数，应接不暇。

廖德剑眉下的一双眼睛，正看着来往上下的搬运工人。码头旁边的一棵黄桷树下，站着一个女子，一双水汪汪的眼睛，却在注视着他，向他挥手。此时的廖德，无暇同那女子打声招呼，只能送去那么深情的一瞥，便立马收回目光，他一双眼睛不够用啊！

注视廖德的女子名叫郑水英，是万县镇上数一数二的美女，有人说她是巫山神女转世投胎，生在郑家。

水英的美，美在脸蛋儿，稍椭而略圆，额净白而腮洇微红，一字眉下一双星目，忽闪忽闪，小嘴两角儿轻轻上翘，总带笑意，一头浓发黑得发亮，用红头绳儿扎成一根后辫儿，后辫儿不让后甩，却从肩头拉到前胸一侧，在那个拱起的部位随意摆动。水英的美，美在身材，高挑个头儿，腿长腰细，臀收胸挺，四肢匀称，肌肤白嫩。今天，她上穿月白色中袖斜襟短褂儿，下穿老蓝色长裤，净袜丝鞋，鞋帮上绣着两枝雏菊，鲜活的一般。在码头岸上，她临风而立，牵动着许多男人惊艳的目光。这许多男人里头，有个名叫王森的船家，看得眼珠子都差点儿滚了出来。

这个水英，是京广杂货万县商号郑荣发和杜秀妹的独生女儿，掌上明珠。荣发现在发福了，长成了个大胖子，年轻时也是个帅小伙儿，他妻子秀妹，更是漂亮，人称绝色。两个人的优点，特别是秀妹，把她靓丽娇美的基因全都传给了水英。

原来，荣发虽然是个船家，年轻时不仅帅气，还生就慷慨大方助人为乐的豪爽性情。

一日，在沙市码头，碰到一个乞讨的女孩，蓬头垢面，破衣烂裳。出于怜悯同情，荣发不仅给女孩许多食物，还给女孩一些路费，嘱咐她快些回家，说一个女孩，孤身一人在外乞讨，大人怎么放心得下，说得女孩嘤嘤而泣。次日午后，女孩找到了船上，说要给老板当佣人，帮他洗衣做饭。女孩哽咽着说，她父亲几年前死了，母亲跟着外地的一个摇铃鼓的货郎走了，不知去向，一个哥被抓了壮丁，杳无音讯，就剩下她了。现在，她无家可归，希望老板不要嫌弃，她手脚勤快，会做家务。她没有别的要求，给口饭吃有个安身之所就行。荣发收留了那个女孩，她就是秀妹。

荣发估量了一下秀妹的个头儿，买了衣裳鞋袜，带着秀妹去到近旁的饭店，嘱咐老板娘，招呼秀妹沐浴更衣，让她把身上的衣裳鞋袜都给换了，他在前堂等候。秀妹沐浴更衣完毕，从后屋走到前堂，完全换了一个人，她身材匀称，容貌姣好，一身极普通的粗棉大布衣裳，她穿着竟是如此好看，若是时尚的好些的衣裳穿在她身上，那她不就是仙女下凡！荣发看着直接就呆了，不禁哎呀咳叫出声来。

荣发带着秀妹回到万县，一家人见了无不高兴称好。荣发的母亲，对秀妹喜爱非常，待她比待自家的闺女还好，白天带她一桌吃，晚上带她一床睡，还请裁缝师傅来家，比着身子给她做了好多衣裳。郑母对荣发说，秀妹才十六岁，等满十八岁了，我给你操办喜事。从现在起，我不想你还当船家，让我提心吊胆，最好把船卖了开个铺子，赚多赚少都不打紧，图个安然无恙。你父亲就是不听我的劝告，四十八岁就在崆岭滩把命丢了。说着不禁老泪纵横，唏嘘不已。

荣发听从母亲教导，也想早晚在家能看到秀妹。务船，一出门就是十天半月甚或更长。于是，便卖了船开了个铺子，取名京广杂货万县商号，彻底改行了。

秀妹在郑家，除了读书认字，就是挑花绣朵，两年多时间，出落得越发光鲜靓丽。十八岁过了生日不久，那年的八月初八，说是黄道吉日，同二十四岁的荣发拜堂成亲，洞房花烛。二人婚后恩爱无比，当地人有句俏皮话形容他们，叫作齆鼻子吃冲菜——好得轰。

一晃二十年过去，现在，他们的女儿水英，都二十岁了，站在船码头那棵黄桷树下，正瞅着她的心上人哩。

水英和廖德的婚事，是双方大人几年前做主定下的。荣发早先务船，与廖家船老板廖强即廖德他爸，关系很好，后改行经商，二人仍旧时有过从，他经营的京广杂货有的就是廖家船从武汉和重庆等大地方带运来的。廖德十八九岁，水英十五六岁，两个年轻人因大人的关系也经常碰面，每到一起，一个叫德哥，一个喊英妹，有说有笑，亲密无间。廖强见此，便请媒人上郑家说合。荣发见过廖德好多次了，觉得堪配他的宝贝女儿，说给秀妹同意，便当即应允。

现在，廖德二十三岁，水英二十岁，男大当婚，女大当嫁，两家大人便为儿女安排了终身大事。廖德家给水英家送了花红彩礼，水英家给廖德家送了年庚八字，双方都已谢过媒人，把腊月二十八定为两个人的大喜日子。

近日，荣发和秀妹听到一些言三语四，说水英和廖德的婚姻要出大拐。什么大拐？说是廖德那小子不守规矩，仗着他年轻，一表人才，又能挣钱，就走到哪里嫖到哪里，沿江一路大小码头，都有他相好的女人。秀妹对荣发说，廖德果真那样，那我们的闺女岂不怄死，还谈什么美满幸福！

此话水英就是不信，从她几年来无数次的接触中，她认定，她的德哥是个正派人，不会拿血汗钱去干那种下三烂的事。可街上几个熟悉的姐妹，碰见水英也都议论，说凡是长得好、有能耐的男人，特别是务船的男人，个个都是那种德行，他们不以为耻，反以为荣。什么青滩的姐、泄滩的妹，一个一个都有味，又懂风情又能干，船哥就想搂着睡；什么快划桨，紧撑篙，岸上的妹子手在招，哥的心里似火烧；什么两岸猿声不住啼，哥有小妹在香溪，三天不见小妹面，脚酸手软快稀稀。这些乱七八糟的脏话，他们都是挂在嘴上当歌儿唱的。三个五个的得闲聚在一起，说的都是女人，只要说到女人，全都呵呵哈哈，什么样儿的辛苦劳累，全都抛到了万里长江。

有个已婚的姐妹名叫桂花，更是说得有鼻子有眼儿，她说，云阳、奉节、巫山、巴东，这几个码头，每处都有女人和廖德相好，有的是暗中的情人，有的是明里的娼妓。

水英便问桂花，你这都是听谁说的？

桂花说，我是听我男人说的，我男人是听务船的王森说的，王森熟悉你的德哥，都是同行嘛。

水英一时心乱如麻，不知是直接向廖德寻根究底好，还是对他不理不睬，冷着他，晾着他，逼他坦白交代好，抑或是干脆向他摊牌，退婚拉倒好。

站在黄桷树下的水英，本来是要等她的德哥忙完卸货走上岸来，她像过去一样跑了过去，挽住他的胳膊，把他带回家的。一时想起姐妹们的那些言语，心里很不受用，便改了主意，想到了三条，决定第二条首先执行，对他不理不睬，冷着他，晾着他，逼他坦白交代事实真相。于是，她一扭身拿脚走人，离开码头，径直回家。

回到家里的水英，一时百无聊赖，顺手拿起桌上的一本《论语》，随意地一翻，那句她已熟记于心的话，正好就跳了出来——子曰，已矣乎！吾未见好德如好色者也。想着，便把门一闩，她要给那个美其名为德实则好色的男人吃一回闭门羹！

廖德刚才还望见他的英妹站在黄桷树下，含情脉脉地瞅着他哩，怎么一转眼就不见人影儿？他没多想，卸货完毕，脱掉救生衣，换了一身裤褂，嘱咐老爸守船，便向水英家走去。到了水英家门口，大门紧闭，敲门不见门打开，喊人不闻人答应。

这时，荣发正好从商号回家，见此情景，便知大概，即令水英开门，廖德这才得以进屋。

不出水英所料，廖德果然主动说事儿。廖德说，你可能不知道，王森垂涎你的美貌，不是一天两天。他想和你走得近些，达到他不可告人的目的，便捕风捉影，甚至捏造事实，把我说得一塌糊涂，破坏你我的关系。只有戳散了你我的婚姻，他才好乘虚而入。如果英妹你不相信我的这个分析，可以测试。

水英问，怎么测试？

廖德说，你对你的那个姐妹桂花说，你和我的关系就此拉倒，一拍两散，解除婚约了，你想另寻如意郎君。话传到王森那里，再看王森如何动作。

水英说，这话怎么能说，什么就此拉倒，什么一拍两散，多不吉利？

廖德说，没有关系，只要说的是假话，就不会灵验。

水英依计而行，第二天，便把和廖德退婚的假话当作真话给桂花说了。末了她说，我现在没有了廖德，总得找一个合适的吧，我都二十岁了，你不也才二十岁吗，娃儿都抱上了，我着急呢。记住，有像样儿的就给我牵个线搭个桥，让他请媒人到我家说去。

廖德的船装了货，顺流而下先回宜昌，后到沙市。时过月余，他的船再到万县。有同行便告诉廖德，说王森花了一百多块现洋，央求好几个人给他保媒，水英家的门槛儿都让媒人给踢断了。廖德不禁好笑，说，王森他多的是钱，一百多块算什么。再说，人家媒人总不能白跑路吧，鞋也要钱买呀，门槛都踢断了，那鞋还不破吗！

晚上，廖德去了水英家，水英面若桃花，笑得前仰后合，说，德哥你简直就是当今的诸葛亮。

廖德说，一个多月前，我说王森想和你好，所以就诬我清白。我说他想和你好，已经得到证实，我说他诬我清白，还没得到证实，起码是没得到完全证实。如果他讲的是真的或者有些是真的呢？所以，我想你再陪我走一趟宜昌，过几天随船回来，王森说的那几个码头我都靠一靠，还歇一夜，让你打听打听，了解了解，看我廖德是个什么样儿的人。你嫁给我了，就是一辈子，事后再发现我有什么不轨行为，你岂不就悔之晚矣？

水英知道，她的德哥说的打听他、了解他，也就是调查他，那是幌子。他是想她陪在身边，撑篙划桨就不累了，还来力气，还长精神。当然，她也想到外面走一走，陪她的德哥到处逛逛，自己同样开心，前两次随船，只顾赶路，几个大些的码头都没靠过，她没玩好，这次要找补回来。便说得父母允许，真就收拾好衣物用品，包了个大包袱，等待廖德开船之前来家接她。

廖家船头天装了货物，次日一早，廖德就买了早餐，把水英接到了船上。

掌舵的老爸特别欢迎水英，见水英上船，一撮山羊胡子乐得连翘直翘。他叫水英先到他的舵舱，穿好救生衣，看他掌舵，学习掌舵。

廖家船顺流而下，当天太阳老高就到了云阳，在一处码头靠了。

廖德站在船头，把竹篙插入水中，让船稳住，搭好跳板，在码头碇礅上绾了缆绳，便朝岸上打望，像是找人。

水英站在一侧，顺着廖德的目光看去，看见一个女人也在打望廖德，与廖德四目相望，便互相招手，一个喊杨姐，一个叫德哥，心里不禁咯噔一跳。

因为坡度大，到船跟前得下几十步台阶，女人没往下走，就只站在岸上。

廖德连救生衣都没脱，钻进船舱，拿出两个条状的小花纸盒儿，举着对水英说，这是我答应杨姐带的苏州扇子，我给她了就来，她腿脚不便，走不了这么多台阶。

杨姐接过扇子，便笑着问，德哥，那站在船头和你说话的，是不是你的水英妹子，要是的，快叫她上来，让我看看，行不？我只看一下。

随你怎么看，看十下百下都行。廖德嘿嘿笑着便喊水英，英妹，你快上来，杨姐要见你！

水英心想，要见我，行，看我不把你比成个黑乌鸦！你要是廖德他相好的女人，莫怪我先把你撕成碎片，再和廖德算账！想着便把辫子一甩一拉，搭在面前，挺起胸脯，噔噔噔便到了岸上。

水英妹子，你长得真好，天仙也不过如此。杨姐拉着水英的手，对水英从头到脚看了又看，说，姐不随便儿夸人，我说的真话，像你这么漂亮的妹子，在我们云阳一个也找不出来，德哥艳福不浅！

水英刚才还是老大的不自在，听杨姐这么夸赞她，心里的醋味儿一下子变成了糖味儿。随即，便也打量面前这个杨姐，她三十上下，也是个美人坯子，脸型好，头发好，身材好，肤色好，上穿阴丹士林小褂儿，下穿湖蓝青长裤，丝鞋净袜，很有风采。只可惜她腿脚有点儿残疾，走路见跛，让她的漂亮打了折扣。

杨姐说，到我那里吃饭，我那口子已在准备，有两个菜是德哥最爱吃的，一个焦盐排骨，一个干煸麻鱼，都备下了。餐馆只有几个客人，一吃一喝就都要走的。你们两位安顿好了就来，就让老爸守船，晚上回去，给他老人家带饭带菜带酒，一样不少，这样行不？

廖德说，让我们又吃又拿，哪有不行的。我是这么想的，在你那里吃饭，晚上让英妹在你屋里歇息，船上太不方便，明早我们解缆开头，赶到奉节。

是夜，杨姐把她那口子赶到客房睡了，让水英和她同榻而眠。

枕畔闲聊，水英得知，杨姐丈夫也姓杨，人称大杨，杨姐，人称小杨。熟人开玩笑，说他们一个是公羊，一个是母羊，他们不恼反倒乐和。夫妻两个开着个云阳餐馆，生意不错。他们有个两岁多的女儿，让乡下的公婆照料着，两口子爽脚爽手做生意。廖德只要船靠云阳，都是来他们餐馆吃饭。廖德不学别人，大杨小杨的叫，也不叫老板什么的，他把大杨叫杨哥，把小杨叫杨姐。大杨和小杨两口子，也把廖德叫哥，德哥，本该叫兄弟的，叫哥是尊重，也是亲切，和年龄大小无关。川东一带的男人，喜欢这个称呼，也喜欢这么称呼别的男人。

杨姐侧过身子，说，我那口子说是个老板，其实就是个厨子，粗人一个，却喜欢看书听戏，还喜欢苏杭那边既能用又能玩的东西。去年夏天，见一客人拿把折扇，三十二根骨子，扇面黑色，用金墨绘着一株兰草，雅致得很，便起心要人家出让，客人不愿割爱。我们隔壁开县那边，有种扇子也很不错，两角钱一把，客人的那把扇子好是好，充其量也不过一块钱，我那口子给他五块现洋，他嘿嘿地笑着，说多少钱他也不卖，因为扇子是他心爱的女人给的，他拿着扇子，就像挽着他心爱的女人。那位客人是个情种，说着洋洋得意，我那口子是个痴汉，听着闷闷不乐。此事说与德哥，德哥一口答应，说要扇子包在他身上，他在宜昌和沙市都有朋友常去苏杭贩货，把式样说给他们，请他们带一把两把都行。德哥说话算数，去年送了把宜兴的紫砂茶壶，这回又要一奉二，送了两把苏州扇子，我那口子不知有多喜欢。说了不怕你笑话，去年那天，他抱着紫砂茶壶睡觉，说比新婚之夜的感觉还好，你说他爱到什么程度。今天给他一白一黑两把苏州扇子，那把黑的就是去年客人拿的那种，只是兰草画的稍有不同，白的那把更是讲究，白绫子扇面儿，中间的骨子是紫竹做的，两边儿的梃子是乌木做的，右边儿的梃子上，刻着清风徐来四个楷字，填的绿墨，字下有方小印，填的朱漆。这时他肯定躺在床上把玩，一时看这把，一时看那把，一时打开，一时抿拢，不到半夜过后，他是不肯熄灯睡觉的。不信，明天你问他欣赏扇子的感觉，他肯定会说，比新婚之夜还好。

水英把杨姐的脖子一箍，说，我哪敢问他，他那样回答，不羞死我了。

杨姐拿指头儿在水英腰间一戳，戳得水英身子一扭一筛，小着声儿说，到时候你就不羞了，还会说好。

水英咯儿咯儿地笑过，便旁敲侧击地问，杨姐，德哥到云阳，难道就不到别处，吃住就在你们一家？

杨姐说，除了上街买东西，他哪里也不去。云阳是川盐的主要产地，他有时到盐行批发几袋好盐，请人送到船上，带到宜昌或是沙市，有些钱赚。他不敢长时间离船，特别是晚上，老爸同伙计守船他不放心，怕强盗抢劫。你不知道，江上的强盗可厉害哩，两个人驾着个划子，摸黑行事，拿挠钩抓住你的船舷不放，搬几件货就跑，眨个眼睛就不见踪影。只要船上有货，德哥他日夜都不离船，在我这里多半时间也是只吃不住……

听着杨姐的娓娓说道，水英进入了甜美的梦乡。

第二天廖德开船虽早，可天已黑定，还没到奉节。顺流前行，船在山影遮不到的开阔处，星月的光辉洒向江面，但见波光粼粼，晃人眼目；船一进入山影深处，除了眼前马灯的萤火虫似的一点儿亮光，稍远处便是漆黑一片，伸手不见五指。

晚上八点多了，廖家船才到奉节码头。从船头跳板到奉节城门，起坡很陡，要上百把步台阶。还是老爸守船，廖德和水英上岸。这时奉节大街小巷，多数店铺都已关门，二人在一家饭馆吃了晚餐，给老爸买了饭菜，还灌了两瓶开水。

廖德要送水英去住旅社，水英不同意，说就在船上住。廖德觉得船上洗漱什么的，到底不便，让她受委屈。

水英说，就在船上住，我也不是没住过，你忘了，前年和大前年，也是顺水到宜昌，逆水到万县，也是有时住岸上，有时住船上，有好几个晚上，你和老爸睡个床，我在你的床上睡，你那个狗窝我睡着倒还舒服。说着自己咯儿咯儿笑出声来，把廖德也逗笑了。

第二天一早，廖德带着水英再次上岸。台阶上完，二人驻足抬头，城楼牌坊横额上“依斗门”三个大字赫然在目，给人一种沧桑古老的印象。为什么叫依斗门？里面的讲究他们不得而知。进得城来，青石路面纵横交错的大街小巷，做买卖的已是熙熙攘攘，无疑，奉节人勤快，时兴早市。

两个人边走边看，走不多远，旁边一家挂着“安寓客商”四字招牌的旅馆，门轴吱吱嘎嘎响过，走出一个男人，边走边打哈欠边揉眼睛，一个蓬着头趿着鞋的年轻女人跟着出来，扬了扬手，嗲声嗲气地喊，森哥，下一趟一定来呀，我就只等你啊！

廖德拉水英往墙根儿一闪，避开那个男人的视线，小声说，看到了没有，王森，嫖了女人还没睡醒。

水英不认识王森，刚才听见那个女人叫森哥，这又听廖德一说，便望着王森的背影朝地上呸了一口，说，自己嫖娼宿妓，还把屎盆子往别人头上扣，什么东西!

廖德和水英在一家馆子吃了早餐，给老爸买了包子，正要出城下坡回船，忽听一旁有人喊了声，德哥。

二人同时扭头一看，原来是个十六七岁水灵水灵的姑娘。廖德便叫，小翠，是你?

那个叫小翠的姑娘说，德哥，是我。

廖德问，这么早，你在忙什么，累得额角上都出汗了?

小翠说，我刚才到码头找船老板王森要钱，才上坡来，累死我了。他拿了我的四斤半天麻，许的昨天下午船到给钱。可从昨天下午直到今天早上，船确实是到了，靠在那里，就是见不到他的人，他船上的伙计不管这事。我刚回来吃了个早饭，再去江边，他的船就走了，别人告诉我，是刚才走的。德哥你说，一个船老板，该不会赖我的几块钱吧?

廖德没说早上见到过王森，只问，四斤半天麻多少钱?

小翠说，讲的两块现洋一斤，一共九块钱。

你家里还有天麻吗?

还有，还有，全干的上品，五斤二两，正要去卖哩。

走，到你家去，我给你两块五一斤，都给现洋。廖德说着，便把水英拉了过来，这是英姐，我就要过门儿的媳妇儿。

我其实已经猜到了，就是不敢说。小翠叫了声英姐，又叫了声德哥，就说，走，到我家去!说着就在前面带路，拐进一条小巷，直往里走。

廖德和水英在后面跟着，见小翠一根辫子在背后左一摆右一摆的，水英说，看她的那根辫子，就知道她是多么高兴，多么来劲儿。

廖德笑着点头，小姑娘天真烂漫。

在小翠家，小翠拿出奉节的特产红橘，一人塞给几个。两个人都没客气，边吃边和躺在竹椅上的小翠她爸打招呼，寒暄问候。吃完橘子，廖德拿出十三块现洋，接过小翠的天麻。小翠高低只收十二块，要退回一块，说她从未卖过这么高的价钱，十二块就多给了。还把一杆盘秤拿给廖德，要廖德称一下天麻，廖德放下盘秤，以讲好的价钱和带出去他有钱赚为由，没让小翠退钱，也没拿天麻过秤。

廖德问小翠，你哥呢？

小翠说，到黑虎岭挖天麻去了，去了半个多月，这一两天就该回来，他只带了半个月吃的，穿的也该换洗了。

走出小翠家门，水英就问，你为什么要多给小翠几块钱，天麻两块一斤，你出两块五，怎么回事儿？

廖德说，小翠可怜，母亲不在了，父亲是个瘫子，你刚才看见了，就靠一个哥钻深山拱老林挖天麻养家糊口，一年挖到头，也就挖那么几斤十几斤。她这天麻是上好的成色，价钱本就高些，我把天麻拿到宜昌药铺，最少要卖四块一斤，拿到沙市药铺，最少要卖五块一斤，要是拿到武汉药铺，最少要卖六块一斤，我现卖现赚。

水英说，没别的意思就好，我相信你。好事要做就做到底，你帮她把王森的钱要回来，好事就算做到底了。

廖德说，我本不愿意和王森打交道，你这么一说，我找他就是。我去找他，他还不敢不给。

他怎么就不敢不给，他怕你不成？

他当然怕我，他造谣诬蔑，破坏你我的亲事，想把你从我身边挖过去，做他的媳妇儿，已把我得罪得干干净净。我找到他，把袖子那么一绾，他心里不打鼓才怪，还敢赖账！

见义勇为，这才像我的德哥。水英笑了。

妻贤夫祸少，这才像我的英妹。廖德也笑了。

你还没说怎么和小翠认识的呢？

去年的一天，一个粉嫩粉嫩的女孩在码头卖天麻。没人买，反被一个二流子调戏，拉着她的盘秤不放，我刚走过去，二流子就松了手。我把天麻买了，让她快走，她听别人叫我德哥，她也跟着叫我德哥，说了许多感激的话，说她姓刘，名叫小翠，还把她家的情况也告诉我了。

水英说，原来是这样，你这是英雄救美。

廖德说，你以为是哪样，我这是扶助弱小。

两个人走出小巷，边说笑边出城下坡。

山高日出晏，沟远水来迟。一点不错，奉节县城在半山腰上，街上已是阳光灿烂，二人下完百把步台阶，解缆上船，太阳才从山崖的树缝里露出脸来，向码头洒下几缕金色的亮光，几只江鸥，飞得很低，在那亮光里穿进穿出。

船开不久，水英从老爸的舵舱出来，站在货舱外的围栏里，笑眯眯地看着她的德哥。她的德哥手持竹篙，左挑右拨，只听水声哗哗，船似箭发。

廖德见水英凭栏而立，江风吹来，让她胸前的辫梢儿和额上的刘海儿时摆时飘，橘红色的救生衣，映衬得她粉脸生春，心里骤然泛起一阵莫名的甜蜜。便笑了笑说，英妹，我打个谜子你猜，看你猜得到猜不到？

水英说，你打我猜，兴许我猜得到。

廖德说，这是个诗谜，你仔细听着——在娘屋绿鬓婆娑，到婆家青少黄多；孤零零落入郎手，悲切切受尽折磨；听厌了流水潺潺，看腻了浪花朵朵；奔的是深深浅浅，走的是坎坎坷坷；每遇上艰难险阻，打头阵就我一个；不提起倒也罢了，一提起泪洒江河。你记住了吗，打一件船上的用具，一件极其简单但又极其重要的用具，你猜是什么？

水英让廖德又念了一遍，便哈哈大笑，一拍围栏，连说，我猜着了，我猜着了，就是你手里的竹篙！

廖德笑了，我的英妹真行，脑瓜子灵光得很。

水英说，我也打一个谜子你猜，也是诗谜，也是船上的东西……

水英的谜子还没打出来，老爸在舵舱就喊开了，过夔门到瞿塘峡了，前面就是燕子窝！水英，你到我这里来，不能站在那里，浪头会把你打倒的，你快些过来！

燕子窝又叫滟滪堆，是长江三峡第一滩。过滩时如何使舵，水英注意着老爸的一招一式。老爸也正要把他几十年的真知灼见，利用这次随船，毫无保留地传授给这个准儿媳妇儿，以后，她就是廖家船的舵手。他还告诉水英，英国人的一艘商船，叫瑞生号还是什么号，就是在滟滪堆沉没的，务船人必须记住。

过了夔门瞿塘峡，水英出了舵舱，扶着栏杆，看着她的德哥，一根竹篙劈波斩浪。

廖德也不时看她，过了一会儿，说，英妹，你不是要打谜子我猜吗，打吧。

水英说，哦，过滩差点儿过忘了，我打的也是诗谜，你听着啊——想当年满腔豪气万里驰骋，看如今剜心剖腹铁链缠身；每日里江河湖海风吹浪打，可怜见挨挤受轧泪似雨淋。记住了吧，我们这船上就有，不是用的东西，算是设施吧，你猜是什么？

廖德已经猜着了，故意不马上说出，还假装思索，说，这个东西早先还得充气，还千里万里奔跑，现在它被挖空只剩个躯壳，还身缠铁链，啊哈，啊哈，英妹，我猜着了，远在天边，近在眼前，便拿竹篙往船舷那里一指，就是它，船两边拴着的防碰撞的汽车轮胎，我们这船上一边儿三个！这个谜子作的真好，又形象又有意思。

水英说，刚才你打的撑船竹篙的谜子，形象和意思更好。像是说一个女子，出嫁到了婆家，遭受虐待，孤零零落入郎手，悲切切受尽折磨，好可怜啊。

廖德便逗水英，说，你就要嫁给我了，怕不怕我折磨你？

水英说，你敢！你敢折磨我吗？我不折磨你，你就烧高香朝南天门磕头了！

两个人猜谜子逗乐子不禁哈哈大笑，一对江鸥追逐着他们船尾的浪花，咕嘎咕嘎地鸣叫，同他们的笑声互相应和。

下午四点多钟，廖家船到了号称渝东门户的巫山县城下的码头。

巫山县城是个很美的集镇，地势较高，在江边码头靠船，要想上街，得上将近两百步台阶。

在万县、云阳、奉节，廖德都没问过老爸是否想下船上街，在巫山码头，廖德却两次问老爸，要不要上街走动走动？

老爸说，前年我就不行，试了试上不了，去年又试过，还是上不了，今年就不用试了，更上不了，腿脚不听使唤。你们去吧，该办的事，一定要办好！

廖德和水英脱下救生衣，拾级而上，到得街门已是汗流浃背。

巫山县城有条望霞街，街头，有一棵古老的黄桷树，据说树龄已近千年。树干粗大，四个人指尖儿对指尖儿才能勉强抱住，往上看，枝繁叶茂，荫蔽一个偌大的场坝，往下看，粗粗细细的乌黑的树根，如群蛇一般，不仅爬出了地面，还爬上了墙壁。树下有石几、石台、石凳、石桌，是人们闲暇小憩打牌下棋之处。站在这里向东南眺望，巫山十二峰隐隐约约，比较打眼的是北岸的神女峰和朝云峰，南岸的翠屏峰和聚鹤峰。其余南北奇峰，全都高耸于逶迤连绵的丛山峻岭，加上不时云雾笼罩，烟雨空蒙，连当地人也难分彼此，不能准确地叫出它们的名字。

二人观赏一会儿，在餐馆吃了晚饭，廖德请老板另备一份饭菜，让水英先拿了回船，说他过一会儿回来。

水英问，你干什么去？

廖德把提包一拍，说，我去看个人，把东西给她。

什么人？

一个女人。

什么东西？

有药，还有钱。

水英立马警觉起来，我陪你去，别想撇开我！老爸的晚饭等一会儿带回去就是，他老人家要是饿了，船上有卤猪蹄，有榨菜丝，有矮子饼，有锅盔粑，还有五粮液。

廖德说，你陪我去，好呀。

走不多远，水英又问，她叫什么名字？干什么职业？

廖德说，她叫倩姑，现在是个闲人。

啊！你跟这种人也有来往？我不去，去了妨碍你的好事！水英说着气话，就往转走。走了不远，就又折了回来，悄悄跟在廖德身后。川东一带说的闲人，都不是好人，多为男盗女娼之类，可廖德怎么毫不掩饰呢，她水英必须看个究竟。

在巫山县城的一条小街尽头儿，有栋老旧但不减气派的房子，门口坐着一个老迈清癯的女人，正晒着将要落山的血红的太阳。

廖德老远就喊，倩姑！

那个女人喜出望外地答应，站起身来招呼廖德，德子来了，快到屋里坐！快到屋里坐！

水英偷眼看着，心想，这个上了年纪的女人就是倩姑？原来是这么个闲人？于是，她赶紧几步，也跟着进屋，也叫了一声倩姑。

倩姑答应了一声，惊喜的目光便在水英身上扫来扫去，正要问这位好看的姑娘是谁，廖德说话了。

廖德对水英说，你还是来了，我还以为你回船上了。说着便拉着她给倩姑介绍，她叫水英，姓郑，万县人，是我未过门儿的媳妇儿。

倩姑一手拉着廖德，一手拉着水英，你们这一对儿，真是天设地造啊。你们两个人都好福气。一个有英俊的丈夫，一个有漂亮的妻子，实在是难得。人生能够如此，足矣！足矣！边说边就打开了柜子，把花生、柿饼、苞谷糖，都拿了出来，摆在两个人面前，一个劲儿地叫，快吃，快吃，我给你们弄饭去。

两个人异口同声地说，我们在街上吃过了，你老人家别劳累。

水英坐下来，打量眼前这位老人，看她的身材和面容，特别是她月牙儿眉下的那双凤眼，明亮有神，更兼额端腮正，鼻直唇红，年轻时绝对是个美女。

廖德边吃苞谷糖，边从提包里拿出一个很精致的有个洋人头像的盒子，说，我爸知道你老人家身体虚弱，这是英国人研制的一种补品，叫氨羧糖丸，一天吃两颗，早一颗晚一颗，可以提高免疫力，少得病痛。

倩姑接过盒子，不禁热泪盈眶。站起身走进卧室，从枕头下面拿来一个红绸子小包儿，里面是一枚金戒指，连包儿一起给水英。她说，五十多年了，德子他爷爷送给我的，叫我当他媳妇儿的那天戴上。这枚戒指我一天没戴，因为我没有福气当他的媳妇儿，我转赠给你，算是我的祝福。

水英听倩姑的话里，什么五十多年了，德子爷爷送的，没有福气当他的媳妇儿，虽没明白到底是怎么回事儿，但觉得这枚戒指非比寻常，本该是倩姑留作纪念的。便趁倩姑眼错不见，把戒指包好塞给廖德，示意他走时退还。

廖德问倩姑，这大半年没来看望你老人家，近来觉得身体怎么样，虚弱是肯定的，有没有哪里不舒服？

倩姑说，我的身体还好，七老八十的人，就这样儿。你妈身体可好？两年前就听你爸说她发福了，人太胖了并不都好。你爸才六十多点儿，连巫山县城都上来不了，可见这两年他的身体差了许多。

廖德说，我妈的身体还好，就是胖了有些气喘。我爸主要是两个膝盖疼，说是风湿，上坡下坡不利索，走平路没事儿，饮食起居都还正常，暂时没发现其他病痛，还在我的船上掌舵呢。他也在吃氨羧糖丸，说膝盖疼得好些了，哪天，他上得了码头到县城的台阶，一定会来看望你老人家。

倩姑笑着说，不用惦记我，我没事儿，他自己要保重。

在回船的路上，水英便打破砂锅问到底，你爷爷和倩姑有什么故事吗？

廖德说，我爷爷临终告诉我老爸，一定不能忘记倩姑的恩德。前些年，是我老爸来看望倩姑，现在，巫山码头到街上不到两百步的台阶，已让他望而却步，这两年都是我来看望倩姑。

水英问，你爷爷那是为什么？倩姑对他有什么恩德？

廖德说，倩姑当时家境很好，你看她住的房子就知道，人不仅生得标致，又识文断字，说媒的多次登门。倩姑就放出话来，说她要走出大山，否则，坚决不嫁。我家世居宜昌，算是在大山之外，又小有产业。我爷爷当年也是务船，常来巫山，得此信息，便请托媒人说合，没想到一说即成。这样，倩姑就成了我爷爷未过门儿的媳妇儿，二人情投意合，就像现在你和我一样。

水英问，后来倩姑怎么又没过门儿呢？

廖德说，祸从天降，一个晚上，倩姑被土匪掳了去了，五年多音讯全无。这期间，宜昌和巫山，两家人营救无方，还惊动了地方军警，花了不少钱，军警们不仅没找到土匪窝子救出倩姑，连一个土匪崽子也没捉到。后来，倩姑自己经过九死一生逃回了巫山。我爷爷得到消息，连日连夜赶来看望。倩姑坚决不见我爷爷，说她被土匪糟蹋，已无脸见人，更不配再为人妻。她让家人告诉我爷爷，只当她已经死了，今生今世决不相见，要相见只有来生来世。没过多久，倩姑就到神女庵当了尼姑，带发修行。我爷爷等了两三年，想等倩姑改变主意，不料倩姑居然出家。我爷爷三十五岁才和我奶奶结婚，三十七岁生我老爸。

水英颇有感慨，你爷爷也算是有情有义啊，对得起倩姑。

廖德说，首先是倩姑对得起我爷爷，让我爷爷终生不能忘记，并叮嘱后人也不能忘记。除刚才说的婚姻那件事情以外，还有一件事情——我爷爷四十九岁那年，驾船到万县卸货完毕，回来船靠巫山，准备次日装货到沙市，不料也遇上了土匪，还被绑票，土匪要一百块现洋赎人。我奶奶那天随船，答应到宜昌筹钱，说少则三天多则五日，把钱送来。土匪不干，说两天之内不送钱来，他们一准撕票——撕票就是杀人，把人捆了手脚绑上石头丢进长江。我爷爷让我奶奶到巫山钱庄借钱，说他身上有二十多块现洋，能借到八十块现洋就行了。我奶奶上岸进城，到得钱庄说明来意，掌柜告知，钱庄那天总共只有一千五百多块现洋，被县政府税务局上午借走了，一块不剩，说是急着要到省里交差。我奶奶垂头丧气正往回走，不意碰见倩姑。倩姑也是胆大，竟把她经管的善男信女捐赠为神像贴金的钱拿了八十块，给了我奶奶，我爷爷这才获释。

水英说，这怎么能行，赶快把钱给她补上呀！

廖德说，没过几天钱就补上了，倩姑不愿见我爷爷，我爷爷不敢来，怕倩姑尴尬会出意外，钱是我奶奶送来的。钱补上了，可神女庵住持还是对倩姑做出了最严厉的处分——逐出山门。偏又祸不单行，在此前后，倩姑的父母先后去世。倩姑把维持生计的商铺给卖了，安葬父母。她没有兄弟姐妹，突然间便成了个孤人，生活无着。

水英叹息，太可怜了，她的命运怎么就如此不济？

廖德说，从那以后，直到我爷爷七十三岁病逝，每年都要给倩姑寄钱。我爷爷临终告诉我老爸，说那次土匪绑票，是倩姑救了他一命，我奶奶找到钱庄，没有借到钱，若不是倩姑相助，土匪肯定撕票，他的小命就没了，倩姑对他不仅怀着深情厚谊，还有救命之恩。遵照我爷爷的遗嘱，我老爸每年得给倩姑送二十块现洋，可一次送也可分两次三次送，要让她衣食无忧。为什么不再邮寄，而要亲自送呢？我老爸说是爷爷的意思，比钱更重要的是看望，他不能看望，就只能邮寄。我老爸必须看望，心里头要像孝敬我奶奶一样孝敬倩姑。十多年来，我老爸一直是送钱，看望倩姑，问寒问暖。从前年起，我老爸就上不了码头到县城的那些台阶，看望倩姑给倩姑送钱，就落在了我的头上。

水英问，今天没见你送钱呀？

廖德说，你和倩姑说话没注意，我把二十块现洋连同你给我的那枚戒指，都放在花生筐箩下面了，她一拿筐箩就会看到。当面给，她又不收，说给她的钱还没用完，推推攘攘耽搁时间，还让她受累，好多回她都那样。

水英哦了一声，说，倩姑已是七老八十的人了，一旦生活不能自理，该怎么办？

廖德说，我爸我妈有个安排，我奶奶前年就不在了，等我和你结婚成家，把倩姑的房子卖了，把她接到宜昌去，她不愿去，抬也要抬她去。不然，她不能动弹了，吃的不能到口，穿的不能上身，生病了连个求医问药的人都没有，那如何是好？只能由我们廖家养老送终。

水英称是。

廖德说，你知道我为什么叫她倩姑，不叫她婆婆或是奶奶吗？因为她说过，她没和我爷爷结婚成家，没有造化也没有资格当婆婆当奶奶。倩姑是她上学时的名字，我们廖家不论何人，只可叫她倩姑。

水英说，她真有个性，算得上一个奇女烈女。

二人带着饭菜回到船上，给老爸说了倩姑的情况，老爸便说，她太可怜了，我们廖家一定要照顾她，直到她寿尽终老，送上我们廖家的坟山。末了，他对水英说，水瓶里有热水，你掺些冷水洗脸泡脚，早些睡吧，我同你德哥喝几口酒也就睡了，明天船靠巴东！

一宿无话，早晨起来，廖德上街灌了开水买了包子，大家吃过，随即解缆开船，顺流而下。

巴东城下，因为泊位比其他码头要多，人称水码头。上完半里路的台阶，就算进城了。城里只有一条主街，笔直笔直，两头儿稍低，中间一段略高，被人称为扁担街，大大小小的青石路面的巷子倒是不少。

在一个开阔处，一个皮肤较黑的瘦子，光头赤膊，束着一根红布条子腰带，把胸脯拍得叭叭直响，摆出一副勇猛刚强的架势，顷刻之间便围了一圈儿观众。

黑瘦子双手抱拳，一边转着圈儿忙不迭地向观众拱手，一边吆喝，在下我姓侯，人送外号瘦猴子，莫看我这一身肌肉不太发达，不太结实，可每根肋条都是功夫。因儿时到武当山学艺，师从了凡道长，参星拜斗，烧丹炼汞，学成之后游走江湖，几十年来卖艺售药，一是悬壶济世，二是混个温饱。说着便打开他的药箱，拿出几个皮纸小包儿，高高地举着，说，我这药来自武当山，名叫祛痛灵，腰痛、腿痛、腹痛、背痛、头痛、脚痛，不管哪里痛，喝上一小包儿，半个时辰减轻，一个时辰全好，保你十年不会复发。半块钱买两包儿，另送一包儿，一块钱买五包儿，另送两包儿……

廖德和水英刚要加入人圈儿，看个究竟，一个女人走过来叫了声廖老板，随即说，廖老板，你的船到了？太好了，我婆老让我每天下午到码头看望，说廖老板的船到了，一定请廖老板来家做客。走吧，到我家去！

女人对一旁的水英竟是视而不见，廖德拉了一下水英，对女人说，这是我未过门儿的媳妇儿，上街来买东西，我老爸一个人在船上，今天我没时间到你家去，请你回禀夫人，说我谢过。

女人说，哎哟，好漂亮的妹子，还没过门儿就在一起，真的是夫唱妇随！水英正要发作，顶撞女人几句，还没开口，女人又说话了，廖老板，你都有媳妇儿了，那我家姑娘怎么办？当时不是说了的吗，我婆老要把姑娘许配给你的呀！女人身材不显笨拙，相貌也还清秀，怎么就是个直肠子，也不看人脸色，说话不知拐弯儿，一点儿也不顾及水英就在跟前。

水英虽然一时难堪，但并不怎么在乎，她想了想便说，去，德哥去，我陪你去！看看她家姑娘是个什么模样儿，嫁不出去，硬要塞给我的德哥！

廖德说，英妹别瞎说，我不去不就完了，我压根儿就没答应过娶她家姑娘。突然又一转念，让水英知道事情的来龙去脉也好，免得自己作许多解释，还不一定说得清楚，也免得人家老是挂记，耽误人家姑娘。便说，我们去，一起去！

女人原本没想到来了个水英，更没想到水英要跟廖德一起去，她又不好叫水英不去，只有带路。来到一条巷口儿，只见墙上嵌有一方灰白色石块，上刻寇准巷三个大字，所填黑漆多有剥落。走不多远，到一门楼跟前，女人便闪在一旁，摊着双手让二人前行入内。

这是一户殷实人家，四合小院，院内一蓬紫竹，数盆幽兰，左堂右舍，俨然有序。廖德见堂屋正面挂着一副中堂，写的是——宝鼎呈祥香结彩，银台报喜烛生花。那字行草双兼，堪称墨宝，却不见落款。廖德先就知道，这是个老少四口之家，母亲郑氏，儿子何其俊，女儿何其丽，邀请他们来家的是儿媳伍妹子。对廖德和水英的到来，这一家人无不高兴，寒暄之后，便忙不迭让座端茶，巴东有名的柿饼和橘饼跟着就摆上了案头。

没等郑氏开口，廖德便指着水英介绍说，这是我媳妇儿，名叫水英，有幸和夫人共着一个郑字。

一时间，郑氏的神情似显沮丧，伍妹子见了便插嘴说，廖老板，你刚才不是说水英妹子是你未过门儿的媳妇儿吗，怎么这会儿就成媳妇儿了？

廖德笑着说，未过门儿的媳妇儿也是媳妇儿嘛，过门儿的日子都定下了，所以我才敢如此说话。

伍妹子说，未过门儿和已过门儿那可大不一样……

未等伍妹子说出未过门儿和已过门儿有何大不一样，郑氏便给打断，她说，老妇恭贺你们，祝福你们，我看你们这一对儿真的是好，天作之合！天作之合！我原想廖老板救了我女儿的性命，乃是我家恩人，我无以为报，故不揣冒昧，学古人行事，说把女儿许配恩人，我女儿很是懂事，也顺从老妇心意。既然廖老板已有了妻室，老妇这话只当没说就是了，请廖老板不要介意。说着便叫，丽儿，你快来拜谢恩人。

何其丽知道母亲和嫂子同廖德谈论她的婚事，便自觉回避，去了闺房。这时听母亲叫她拜谢恩人，便款款移步来到客厅，望着廖德倒身便拜。

廖德一时不知所措，站起身哈着腰伸着两手，连说，使不得！

使不得！

水英见状，上前一把拉起何其丽，丽妹不必如此，快快请起，快快请起，别弄脏了衣裳。

何其丽幽幽地说，廖老板救命之恩，小女子没齿不忘。说完便后退几步，轻轻走到母亲身边，半傍半倚，满面娇羞，艳若桃花。

廖德和水英略坐片时，便起身告辞。

郑氏用红纸封了二十块现洋，要廖德收下，见廖德坚辞不受，便说，你为救我女儿，本就耽误了生意，少赚些钱了，还有，二位将要成亲大喜大庆，水英姑娘和老妇又是宗亲，老妇就这一点儿意思，都在里头。你若不肯笑纳，我全家于心不安，也是不给老妇面子。

廖德见郑氏把话说得如此恳切，再不好推让，便说，恭敬不如从命，只是晚辈受之有愧。

郑氏说，该当的，该当的，不成敬意。说着便率全家相送，廖德再三让回，并说，廖德辜负夫人美意，抱歉得很，愧疚得很，真不知说什么好。今后，只要用得着廖德，比如有什么物件儿要带上带下，或是要购买什么货品，尽管吩咐，廖德一定尽心尽力。

郑氏连声称谢。

在回船的路上，水英说话了，德哥你仔细看了没有，何其丽可是个美女咧，真和她的名字一样，何其丽也。我知道，我长得还算漂亮，可何其丽比我还要漂亮。你看她，那身材，那脸蛋儿，那言谈举止，那音容笑貌，还有那袅袅婷婷、小鸟依人的模样儿，没有哪一点儿不好，书也读得比我多，我自愧不如。

见水英如此评价何其丽，廖德便说，人家姑娘再好是人家姑娘，我廖德与她没有那个缘分。

水英便问，搞了半天，到底是怎么回事儿，人家郑夫人怎么就要把闺女许配给你呢？

廖德说，要说也很简单，去年六月，我不记得是哪一天，是上午七八点钟的时候，在江边码头，一群人守着一副担架，担架上躺着个病人，锦被盖着身子，从头脸上可以看出是个女子，一声赶一声地痛苦呻吟。一位大娘，就是郑夫人，急得六神无主，搓手跺脚，说病人是她女儿，腹痛厉害。巴东只有三家中医诊所和一家西医医院，中医看了，束手无策，叫快去医院，西医看了，说要做手术，叫快送宜昌。当时巴东到宜昌没有旱路，只有水路，水路就一条客船，驾船的老大被军队拉了差，船开不了。我和老爸正等装货，见此人命关天的急事，便主动对郑夫人说，我们是廖家船，快把病人抬上来吧，你们几位也都上来，我们的船就到宜昌。上船之后，郑夫人先自我介绍，然后把病人和其他几个人包括一名帮工的名字，都一一指着告诉我了。因船是空载，又是顺风顺水，过了巴东宽谷和泄滩，很快就到了香溪，进了西陵峡。我们的船，绕三处暗礁，过两处险滩，太阳还老高就出了南津关，到了宜昌。宜昌有三家医院，两家中国医院，一家英国医院。何其俊和帮工抬起担架，郑夫人和伍妹子两边扶着，我在前带路，就近把病人送到了英国医院。医生诊断，说病人是阑尾炎穿孔，幸好来得及时，不然会有生命危险。一个多钟头儿，就做了手术，安排了病床，病人转危为安。英国医院的手术费、住院费都很高，郑夫人要给我船钱，我决意不收，还撒谎说，本就该回宜昌，横直船空着也是空着，顺便的事，算不了什么。这件事让郑夫人感激不已，说我人好心好。从和我老爸的谈话中，她得知我还没结婚成家，便说，只要我不嫌弃，她愿意把女儿许配给我，说她女儿不仅人生得好，还知书达礼，和我很是般配。你说我能答应吗？就算没有你，我也不能随口答应啊。可我又不能直截了当回绝，让郑夫人难堪，只好一边笑着，一边支吾说船上有事，几个大步就溜之乎也。

水英说，郑夫人可能认为你是不好意思当面答应，才匆匆离去，其实是默认了，同意了。

廖德说，你说的很对，不然，她不会让伍妹子去看我的船，去接我的人，要我到她家做客，伍妹子也不会说她婆老把姑娘许配我了。

德哥，何其丽才貌双全，又是她母亲主动许婚，你不答应。我才貌不如她，还要你再三追求，有时我还耍点儿小脾气，还要你哄着宠着，你不后悔？

廖德说，在我的心目中，英妹你就是我才貌双全的媳妇儿，就是我必须再三追求的媳妇儿，也是我愿意哄着宠着的媳妇儿！你不知道，女人尤其是年轻的女人，耍点儿脾气，有时是变相撒娇，就算不是撒娇，男人放下身段，满脸堆笑去哄她宠她，本来就是一种乐趣，也是正常的夫妻生活。不信，你现在就耍脾气，看我怎么哄你宠你？

水英听了咯儿咯儿地笑，这时候我耍不起来，到时候，有你哄的有你宠的就是了！

回到船上，廖德把何家如何邀去做客、郑夫人如何酬情答礼，对老爸说了，接着就问老爸，何家那条巷子怎么叫寇准巷，寇准不是宋朝的人吗？

水英也问，是呀，怎么叫寇准巷呢？

老爸说，寇准，还有欧阳修，都是北宋人，都被皇上下派到边远地区任过县令。寇准到巴东任县令在先，欧阳修到夷陵就是我们宜昌任县令在后，先后相距好几十年。寇准的县衙和住所，就在你们才去过的那条巷子某处。从北宋、南宋直到元、明、清、民国，历朝历代，那条巷子不论怎么变，巷子里的房子和居民不论怎么变，那条巷子就叫寇准巷，从没变过。

廖德听得眉飞色舞，说，欧阳修任夷陵县令，我倒是听说过，也看过一些文章，寇准任巴东县令，今天头一回听说，你老人家怎么都知道呢？

老爸说，寇准任巴东县令，我是听我的小学老师刘康宁讲的，刘老师的原籍就是巴东县，寇准巷内有他刘家的老屋，他五十多岁才移居宜昌，在大南门小学教书。我和爷爷务船，那次走上水，船靠巴东，出于好奇，我去过那条巷子。

水英有些诧异，是去寻找刘家老屋？

老爸说，是的，没看到刘老师说的写有刘宅二字的老屋，却看到一处院落，大门旁边儿挂了块中国国民党巴东县党部的牌子。别人告诉我，县党部的那个院落就是刘家老屋。

县党部怎么进驻刘家老屋了，廖德和水英不明就里，便问老爸。

老爸说他也不知道，没人对他说过缘由，估计是刘老师过世之后，才发生的事情。

次日一早，廖家船顺风顺水，径发宜昌。

过了泄滩，经秭归到香溪，老爸先让水英掌舵，像前年那回一样，直到要进西陵峡了，才把舵柄接了过去。水英没忘记前年那回随船，船过巴东宽谷，因为风平浪静，老爸直接把舵柄交到她手上，让她掌住，然后站在一旁，一时左三，一时右四，一时正舵，一时偏舵，指导她实地操作，顺流而下，走了四十多里。

老爸告诉水英，进了西陵峡，前面不远就是青滩，又叫新滩，是长江三峡有名的也是船家十分忌惮的险滩。过了青滩，还有个崆岭滩，船家更是心存敬畏，有两句话不知你听说过没有——青滩泄滩不算滩，崆岭才是鬼门关！崆岭滩不是经验老到的人执篙掌舵，不敢说过就过，就是我务船三十多年，你德哥务船也有四五年了，都不敢粗心大意，稍有疏忽。崆岭滩本就狭窄，中间又兀立着一个小山包似的名叫对我来的石堆，最是危险，石堆两侧各有一条深槽，那是上下船只的通道，上水，走它的左侧，下水，走它的右侧，不论上水下水，只能从深槽通过，半点儿都偏离不得。中国人的非机动船在这里出事的，可以说不计其数。听说，民国十几年，美国人的一艘商船，是叫民熙号吧，就是在崆岭滩沉没的。水英不知听你奶奶你爸爸讲过没有，你爷爷四十八岁那年，船过崆岭滩，就因不慎撞上了对我来，结果把命丢了。

过了青滩，不过半个多钟头儿，崆岭滩就到了。老爸刚打招呼，只听廖德大吼一声，哟嚯嗬，过滩嘞！哟嚯嗬，过滩嘞！过崆岭滩嘞！

果然，船一进滩，两边山崖如壁，峻峭嶙峋，江面波山浪谷，一个个漩涡有如巨大的漏斗，发出轰隆隆滚雷般的响声。到得滩中，船时上时下，时左时右，颠簸不已，一时像要腾空，一时像要坠地，江水就像是被地火煮得沸腾起来，带着白色的泡沫，直扑船舷，浪头溅起一人多高，一时间水雾迷蒙，天光昏暗。只见廖德，一根竹篙横划竖拨，左挡右拦。脚下的船像被追逐的一头巨兽，找不到脱逃的出路，先往左冲，忽地向右，才冲出不过丈许，船头一抬再往左冲，突地一个急闪，船头一低直向前方，正对着江心小山包似的那堆巨石——对我来，迅猛地冲了过去。说时迟那时快，廖德把竹篙直插石壁，竹篙头儿上的铁钎，紧紧扎在石壁上不让丝毫松动，他前倾着身子，后蹬着腿脚，拼命杵着抵着，把浑身的气力都注入竹篙，竹篙弯得就像一张弓，眼看船就要撞上对我来。廖德双腿双臂突地发力，嗨起一撑，竹篙由弯而直一个反弹，老爸看准方向，把船舵牢牢扳住，船头先左后右一转，船尾先右后左一摆，便从对我来右侧飞流直下，几浮几沉，几起几落，好一阵子才趋平稳。过了对我来，廖德和老爸才松了口气，喊了一声好！水英两手捏着汗，展眼一望，船已过了滩了。

一场胆战心惊的过滩，让水英一时豪情迸发，禁不住也大喊起来，哟嚯嗬，过了滩喽！哟嚯嗬，过了滩喽！过了崆岭滩喽！一声声清脆嘹亮，直喊得山水共鸣，鸥鹭齐飞。

水英听她父亲荣发讲过船舵的相关知识，他有一个比喻，说船就像一条鱼，执篙的是鱼头，划桨的是鱼鳍，掌舵的是鱼尾，鱼必须灵活敏捷地摇头摆尾，才能畅游江河湖海。她爷爷那次过崆岭滩，就是船舵出了故障，聘请的舵手见势不妙，便跳江逃命。她爷爷有个倔脾气，从来不穿救生衣，加上艺高人胆大，想仅凭一根竹篙闯过滩去，结果没有避开对我来，造成船毁人亡。

崆岭滩算是三峡的最后一处险滩，过了崆岭滩就是三峡最长的宽谷，人称庙南宽谷。

水英问老爸，崆岭滩那一堆巨石为什么叫对我来？

老爸说，那个巨石堆原本叫大珠，它下方还有二珠和三珠，对我来的名字，是务船人叫出来的。大珠像个小山包，兀立江中，奔腾而来的江水遇上它拦江挡道，只有一分为二，形成了左右两条深槽。左槽上水拉纤能走，下水绝不可行，只能走右槽，这也是经验。久而久之，务船人进一步发现，过崆岭滩，必须在六七十丈之外，就得把船头对准那堆巨石，离巨石大约十丈，再急向右打，从巨石堆右侧的深槽通过。一些缺乏经验的务船者，不敢对准那堆巨石，老早就扳舵右行，反倒多出事故，因为偏右一路滩底有无数的暗礁和暗礁形成的漩涡，不是造成翻船，就是颠簸幅度太大，船只失控，撞上前边的巨石堆或是右边的山崖。所以，务船人就把那个小山包似的巨石堆想象成一个人，见到上游来船了便大声喊道，对我来！不知从什么时候起，有人说，是从美国人那艘商船过滩沉没之后，大珠的名字就少有人叫，对我来反被越叫越响，就像某个人因为某个特点得了个绰号，真名实姓反倒被人遗忘。

水英听明白了便哦了一声，又问，长江三峡两岸的县城都有码头，为什么唯独秭归县城没有，却把码头建在下游十好几里的香溪？

老爸对水英说，正好，我们的船就要到庙南宽谷了，来，你来掌舵，我把秭归为什么没有码头讲给你听。

水英心里明白，每逢宽谷老爸就让她掌舵，这分明是在带她实习，对她进行技能训练，于是，高兴地接过舵柄。

老爸说，秭归县城临江一带，有五龙奔江之说。五龙奔江，其实就是五条巨大的岩石余脉，从秭归县城所在的山下，由高到低伸向江中。那些石脉，宽窄高低，参差交错，沿江分布，水涨它们全部或部分没入水底，水落它们全部或部分露出水面。随着长江水涨水落，它们时隐时现，时明时暗。因有所谓五龙奔江，船在秭归城下根本就无岸可靠，当然也就没必要修建码头。香溪那里水深港阔，码头只有建在香溪。我们这回靠过的码头，都是一县专用，唯独香溪码头，是秭归和兴山两县共用。在香溪起坡，沿长江上行有马路到秭归县城，沿香溪上行有马路到兴山县城。香溪码头，既方便秭归的船只进出长江三峡，也方便兴山的船只进出长江三峡。

水英哦了一声，原来是这样。

老爸喝了口茶，接着说，我们从万县下来，已经是第五天了，廖德想今天赶回宜昌，大家好洗个澡换身衣裳，早些休息，缓解疲劳，到香溪又没什么事，就没靠船。船若靠了香溪码头，上下一耽搁，天黑之前就出不了南津关，到不了宜昌。务船人都知道，西陵峡是不适合夜晚行船的。

水英又哦了一声，我明白了。按照你老人家讲述的和我看到的，三峡其实就是时狭时宽，时宽时狭，由狭谷和宽谷连贯而成的三百八十多里的一个江段。

老爸赞赏地说，水英你说的一点儿不错，狭谷和宽谷差不多是一半儿对一半儿。长江三峡，每个峡都有险滩，峡与峡之间和每个峡里，也都有宽谷。等两天宜昌有一船棉布到云阳，廖德已答应接货了，我们的船又要逆流而上，到云阳一般要走十一二天，一路上我再讲给你听。说着，船已出了庙南宽谷，老爸从水英手里接过舵柄，说，现在刮起了南风，前面一段浪头很大，让我来吧。过了太平溪，到宜昌就算太平了。

水英走出舵舱，拿起廖德的紫砂茶壶，掺上开水，用手背试了试，又用嘴唇试了试，不凉不烫，便扶着围栏去到船头，举着茶壶叫了声，德哥。

廖德一见高兴地说，英妹，我口渴正想喝水，你怎么就知道?

水英递上茶壶，带着一点儿调皮味儿，笑着说，这半天了你没喝水，过滩又出了汗，肯定口渴，我想得到，这就叫知冷知热嘛。

廖德一手把住竹篙，一手接过茶壶，含着壶嘴咕噜咕噜喝了个痛快，用手背搌了一下嘴唇和下巴，说，这话我爱听，知冷知热，知我者，英妹也！说着，把茶壶递还水英。

水英笑着说，你还之乎者也转起文来了。

廖德说，说起转文，我想起了李白的诗《早发白帝城》，他从奉节出发，千里江陵一日还。我们不算万县到奉节两天，只从奉节开船算起，三天才到宜昌，宜昌离江陵还有两百多里，要去江陵，满满一天还未必能到。都是从奉节发船，古人一天就到了江陵，我们三天才到宜昌。英妹，你说，什么原因？

水英说，李白乘坐的是轻舟，又是早发，我们的船是货船，重载，又没刻意起早睡晚，不能相比。

廖德说，你只说对了一半儿，奉节到江陵只有六百三十多里，日夜兼程，一天可到。他为什么要写千里江陵？因为不能写万里，也不能写六百里或是六百余里，格律诗的字数有严格规定，少不得也多不得，诗又忌讳写得太真太实，他斟酌来又斟酌去，只有千里江陵一日还，最为合适。

水英笑了，李白写《早发白帝城》，你好像就在跟前。

廖德也好笑，说，在小学时读这首诗，老师就是这么讲的。不过，李白写诗凡是涉及数字，最喜欢用千字，什么桃花潭水深千尺，什么千金散尽还复来，什么飞流直下三千尺，还有什么白发三千丈，等等。扯远了，我们的船从奉节到宜昌，说整数儿就算四百里，竟走了三天，还有个原因……

没等廖德说完，水英就抢过话头儿，我知道，德哥，你开始几天根本就没有起心赶路，凡是王森说过的县城你都靠过。有的县城可靠可不靠，你不仅靠了，还歇了一夜。过了巴东，你才加速行程。我当然知道，你是让我调查你，证明你没有王森说的那些龌龊事儿。可我想的不是这些，我想的是，这四个县城，我只到过离我家最近的云阳，有三个县城我没到过，这回都到过了，观光好玩儿外带还长了见识，调查你只是顺便儿。遗憾的是，王森只说了四个县城，要是把秭归也说上，我不就会多逛一个县城，听说秭归县城很是繁华。

你是嫌王森对我泼脏水只泼了四个县城，还泼的不够，该从云阳一直泼到秭归？

不是不是，绝对不是，我就是好玩儿，想多逛个县城，特别是秭归县城，我很向往。

廖德听了哈哈大笑，你想逛秭归县城，太简单了，过几天船走上水，在香溪靠岸，我带你逛去。秭归县城还有周边包括香溪，那故事可就多了，有屈原的故事，有王昭君的故事，到秭归县城住上一晚，我和老爸讲给你听，还可到茶馆请说书人讲给你听。

水英说，那敢情好，我特别期待。

廖德换了个话题，你知道我老爸为什么像前几年教我一样教你掌舵吗？

水英说，为什么？无非是在水势平缓的江段，让我替换他休息休息，抽袋烟喝杯茶呗。不过，我是真心实意学习，艺多不压身嘛。

廖德说，你这想法正合他的心意，他想的就是你学艺到家，过几年他干不动了，让你接班，给我们廖家船当舵手。

水英说，我就怕当不好。

正说着，船已出了南津关，望得见宜昌城了。

（写于 2021 年）

# 故事村的故事

石峰村坐落在两山之间，左边的山名叫大石峰，右边的山名叫小石峰，除开接进来的媳妇招进来的女婿，上千号人全都姓石，没一户杂姓。

因为山高坡陡，谷远沟深，山外的人，特别是上级领导，以往很少有来石峰村的。有人记得清楚，过去几十年，带长字的领导来石峰村的总共只有三次。一次是土地改革时，工作队长来过；一次是公社化时，区长来过；一次是伟大运动方兴未艾时，县长来过。工作队长来，是为贫苦农民分田地的事；区长来，是为农业合作化转公社化的事；县长来，是为他自己躲避揪斗的事。近几十年，石峰村因为风光秀美，民风淳朴，农家饭菜让人开胃，民间故事让人开心，加上公路和索道安全便捷，不光上级领导不期而至，远近游客更是纷至沓来。

那天，来了三男二女，一行五人。他们不是上级领导，也不是组团游客，而是市里来的采风小队。这五位，除开名叫王城的领队大约四十出头儿，其余的两男两女都是二十二三的年轻人，男生潇洒，女生漂亮。

采风小队首先拜访村长，王城介绍说，我们采风小队，是市民间文艺家协会组织的，我是协会的专职干部，四名小青年是实习的大四学生，来石峰村的任务是采风。什么是采风？王城说，你们石峰村被市里叫作故事村，名气很大，我们是专门来搜集故事的，把搜集来的故事加以记录整理，就是采风。

村长觉得好笑，说，什么故事，过去讲的，多半是上不了台面儿的东扯葫芦西扯瓢的那些名堂。在田里在山上干活儿累了，打歇的时候，讲的讲听的听，讲的人有中途忘了下文接不上趟的，听的人有半路插话添枝加叶的，大伙儿笑一阵子乐一阵子，疲劳就溜走了，劲头儿就回来了。自从建成了景区，要接待游客，有的游客不满足游山玩水和美食佳肴，偏就爱听那些六爻八卦的名堂。村里这才选了几个有点文化且口齿清楚的中老年人（其实就是故事员）专讲故事。村里有条规定，所讲内容不能照搬田里讲过的、山上讲过的，不说全部都要正能量，起码不要荤的黄的那些东西。真没想到，我们村讲故事还引起了市里的关注和重视。

王城说，市里先后发现了民歌村，谜语村，笑话村，这又发现了你们故事村，所以派我们来采风。我们准备用两个星期的时间，完成这项任务，希望村里大力支持。

村长说，那是当然。

采风小队要在石峰村待上两个星期，五个人的吃住，村长不知如何安排。心想把他们安排到村办旅社和村办餐馆去，简单倒是简单，可那是要他们掏钱的，而且还不便宜。人家不是来旅游的，而是来工作的，从某种意义上说，他们还是来为我们石峰村工作的，如果赚人家的钱，那岂不是不近人情！

王城见村长为难的样子，便说，这好办，我们学习当年的土改工作队，五个人分住五家，干部家群众家都行，同吃同住同劳动，加上早晚晨昏，说不定还能多搜集些故事哩。

此话一出，采风小队两位漂亮的女生陶娃和刘蓉，立马就被村里的美女石小丽和石小雅一人一个领到了家里，其他三位由村长分派，领队王城就住他家。至于两个男生，陈强住书记家，李明住妇联主任家。

村长笑着说，这么安排太好了。不过，当年工作队住农村不论谁家，都是要交伙食费的，每人每天三毛。现在物价上涨了，你们每人每天我看得交三块，对的，就交三块。

王城说，交太少了，一碗素面都要五块，一天三顿饭只交三块，那我们不是来吃剥削吗？

村长说，比那时候翻了十番，不算便宜了。这事不容讨论，我说了算，谁也不许少收，谁也不许多交！

四五个人特地来村里搜集故事，当然是件新鲜事儿，村里人又高兴又好奇，都很关注。

次日，除开王城另外有事，采风小队的四个小青年，随大伙儿去蔬菜队参加劳动，主要是到菜地拔草，农活儿倒是不重。

大伙儿特别是年轻人，和采风小队的四个小青年一见如故，各人的话匣子先后打开，不一会儿就熟悉起来。

年轻人谈资广泛，什么读书呀、工作呀，什么恋爱呀、结婚呀，什么大学的生话呀、实习的补助呀，什么石峰村的工资制呀、打工哥带回个打工妹呀，好多好多的话题。

妇联主任一本正经地对陶娃说，我们村有几个长得很帅的小伙子，可以说英俊潇洒，有大学已毕业的，有大学没考上的，我帮你挑选一个，你就嫁到我们村里来，怎么样？城市不一定能找到适合你的工作，再说，城市又有什么好呢，粮食不新鲜，鱼肉不新鲜，蔬菜不新鲜，水果不新鲜，连水和空气都不新鲜。

刘蓉笑着说，陶娃名花有主，都要谈婚论嫁了，哪里还用妇联主任你来介绍。

李明便骂刘蓉，满园是青草，就你个多嘴驴！你这是告诉妇联主任，你现在还是无主名花，待字闺中，让妇联主任帮你挑选一个风流倜傥的白马王子，三天半就谈婚论嫁！说得刘蓉脸一下子就红了。

打歇的时候，那才叫热闹。

采风小队的李明、陈强和村里的石基、石础，还有几个小青年，扎一堆儿。村里的石小丽、石小雅，还有几个女孩，和采风小队的陶娃、刘蓉，扎一堆儿。男一堆儿咕咕哝哝，女一堆儿叽叽喳喳，都有说不完的话，说起话来又十分投机。

几个岁数大些的汉子，不好意思同年轻人特别是女孩扎堆儿，便大着胆凑到几个嫂子跟前，多年的老习惯，荤的黄的都是现买现卖，不仅动眼动口，还动脚动手。

没过一会儿，不知怎么把嫂子们惹毛了，一哄而上，把汉子里领头儿的石发达捉住，大喊，脱他的裤子！吓得陶娃、刘蓉几个女孩撒腿就跑。嫂子们果真把石发达按倒在地，用纳鞋底的索子捆住他的双手，解开他的裤带，拉开他裤子的拉链儿。这是要干什么？不干什么，把他的脑袋塞进他的裤腰，再把他的裤带拉上来系在他的后颈窝儿上。完成这些了，嫂子们便拍手打掌，一边笑一边喊，石发达在玩虾公看崽喽！石发达在玩虾公看崽喽！

不一会儿工夫，就听见石发达嘶声哑气地哀求，我投降，我投降！

嫂子们说，投降可以，不过，你要大声点儿，要说，姑奶奶们，我石发达再也不敢了，饶了我吧，我服你们了！

石发达憋得受不了，颈脖子腰杆子真的都要揉断了，只有照着说。只说一遍不行，嫂子们说没听见，还要再说，直到嫂子们说听见了，才被松开。

嫂子们用虾公看崽之法整某个男人，其他男人是不能解救的，谁敢解救，为首的很可能同样被整。嫂子们特别团结，又肯下狠手，男人们一般不敢招惹，可是，就像小孩放鞭炮，又怕又爱，不敢招惹又想招惹，偏爱招惹。一旦惹毛了那些嫂子，一个二个，便装赖的装赖，装孬的装孬，甚至打躬作揖，故意让嫂子们搞赢。嫂子们乐和，他们才跟着乐和。

那天，气温下降，淅淅沥沥下起雨来，大家不能上山下田干活儿了。

王城便向村长提议，说，能不能选几个故事员到村委会来，给我们采风小队讲上半天，其他群众喜欢讲故事听故事的也可参加。

村长同意，说，干脆下午就开个故事会，请书记和妇联主任也都出席。

村委会会议室济济一堂，嘻嘻哈哈，热闹非凡。

书记作开场白，他说，采风小队来我们石峰村采风，提升了我们石峰村的知名度，这是件大好事，我代表石峰村两委对采风小队表示热烈欢迎和衷心感谢，你们辛苦了！接着便对故事员提出要求，他说，有些故事内容不雅，荤腥太重，颜色太黄，在这样的场合就不要讲了，比如老爷子听房、新婚之夜、二人世界、大嫂逗小叔、板壁那边儿有响动、两妯娌比那个，这一类的东西，留着到田里到山上干活儿再讲吧！

书记这么一说，几个故事员就愣怔了，有的就说，不让讲这些，光讲正儿八经的，那还不如在家里看电视，电视节目也不都是潦汤寡水呀，沾荤的带黄的也有嘛！

书记说，要看场合说话，这不是在田里在山上。我先讲一个不沾荤不带黄的试试，大家听了看行不行？要是行，那就顺着讲呗！

一阵掌声之后，会议室里立马安静下来。

书记清了下嗓子，喝了口水，便开始讲了——

我们村左边的大石峰，松树漫山遍岭。很久以前的某年，我们石姓的老祖宗建房造屋，柱头、大梁、檩条、椽子，都要木料，便锯了一些松树。一天，观音菩萨和老君一行，云游来到大石峰，见茂林修竹，奇花异草，瀑挂岩前，泉流石上，更有燕语莺歌，蜂喧蝶闹，便按落祥云，在山岭上优哉游哉。正观赏美景，看到了那些锯了松树的蔸子，一个一个就像摆着的木凳，说了声休息，便撩袍掇带在树蔸子上坐下。坐了一会子，休息得差不多了，观音菩萨起身说走，不料屁股被松油紧紧粘住，扯得嗞嗞啦啦地响，好不容易才站了起来。观音菩萨很是气恼，指着松树蔸子便骂，看你真够大胆，竟敢粘我的屁股，你该断子绝孙！老君听了忙说，菩萨发话，三山五岳诸路神灵都得遵从，这么一说，今后四海之内就没有松树了，岂不可惜？观音菩萨觉得老君所说在理，便手挥拂尘，指弹仙露，作了个补充，说，松树听着，允许你们飞子成林！自那以后，锯了松树的蔸子，都不分蘖发芽，另成小树，松树的繁殖，全靠松子落地生苗。

王婆听了书记讲的故事，便说，这样的神话也算，那我顺着也讲一个——

五帝尧的时代，天上不知怎么就有了十个太阳，有人说是太阳女神羲和的十个儿子，每天俯瞰下界，叫作十日并出。十个太阳一个比一个厉害，把长江黄河都晒干了，别说庄稼，所有的一切草木全都晒死，我们村后的大石峰、小石峰，原本是一个山头儿，被晒得一爹两开，才分为一大一小。当时，有个叫后羿的人，就是嫦娥的老公，此人有神箭穿天之术，为救人民苦难，他持弓搭箭，嗖、嗖、嗖，嗖、嗖、嗖，接着又嗖、嗖、嗖，瞄准太阳连发九箭，九个太阳一个跟着一个掉了下来。一个掉在冀州，一个掉在兖州，一个掉在青州，一个掉在徐州，一个掉在荆州，另外四个太阳，一个掉在豫州，一个掉在梁州，一个掉在雍州，一个掉在扬州。剩下一个太阳，见九个兄弟都被射落，直吓得魂不附体，瞅见我们村北那块黄土田里，长了些马齿苋，细小的黄花正在盛开，便收敛火气熄灭光芒缩小身躯，躲在马齿苋下。一时天昏地暗，后羿找不到这个太阳，没法儿射了，再说，天下只有九州，这个太阳射下来了，往哪儿放呢，况且，人间也不能没有光明和温暖呀。于是，后羿他挽弓插箭欣然作罢。第二天一大早，这个太阳从东方喷薄而出，望着马齿苋说，你对我有救命之恩，从今以后，我保你曝晒不死！不知大家是否留意，拔起马齿苋来，放在太阳底下，怎么晒它都活着，就是把它切碎摊在石板上头，十天半月也晒不死它……

王婆讲的故事还没结尾，就见绰号木杠子的石印站了起来，抢过话头儿。木杠子说——

我听老辈子讲，现在这个太阳，不是在马齿苋下躲出来的，是回头青入药叫香附子的一种野草，伸展花叶给它掩护遮挡，使它免遭射落，才存活至今的，因此回头青不怕太阳。大家都听说过马齿苋、铁绊根儿和回头青，这三种野草斗狠吧？马齿苋说，我被切碎做腌菜，放在太阳底下曝晒多日，只要见到泥土，照样生根发芽。铁绊根儿说，我被乌鸦、喜鹊那些鸟儿衔到树上做窝，不论三年还是五载，一旦被风从树上吹落，马上长叶牵藤。回头青说，我生长在地里，农民薅草把我薅掉，打歇的时候转身一看，才薅过的地块儿又见点点葱绿，那是我才冒的幼苗，所以，我的雅号就叫回头青。回头青还说，这当然算不了什么狠气，我的狠气是根上长有两头儿尖像枣核儿一样的小坨坨儿，农民把我挖出来洗净晒干，卖给药铺，药铺把我切碎配伍，卖给病家，病家把我同其他药物一起放进瓦罐，加水煎熬，一般都是煎熬三道，每煎熬一道，就滗一次汁液，最后把药渣倒在路上，不知经过多少行人踩踏，我在药渣里不哼不哈，届时下起雨来，药渣被雨水冲到路边沾上泥土，要不了几天，我就一丛一丛长了出来。救太阳的是我们村南大沙田里的回头青，太阳敕封的最有狠气的野草当然是回头青，怎么是马齿苋呢？你还拿村北那块黄土田说事儿，我看你是想贪天功为己有！

王婆正要还嘴，石登老汉，绰号铁杠子，拿拐棍儿在地上几捣几敲，然后哈哈大笑，说，王大妹子和石印老弟，你们二位讲的故事，粗听还可以，细听就不行，主要是不能自圆其说，自相矛盾。你们别拿眼睛瞪我，听我说出道理来。既然十个太阳把所有的草木全都晒死，那马齿苋和回头青怎么还活着并且还那么茂盛呢？难道马齿苋和回头青不在所有的草木之列，而是铜头铁脑的另类？可你们没说这两种野草是另类呀！这两种野草果然是另类，是十个太阳都曝晒不死的另类，又何须一个太阳敕封它们曝晒不死呢？十个太阳都不怕，还怕一个太阳么？还有，你们二位都想贪天之功，大哥莫说二哥。老辈子讲这个故事，说救太阳的是马齿苋也好，说救太阳的是回头青也好，都没说是长在自家田里的。你们二位倒好，一位说救太阳的马齿苋长在村北的黄土田里，那不是你王婆家的田吗？一位说救太阳的回头青长在村南的大沙田里，那不是你石印家的田吗？你们怎么不说，现在这个太阳，就是你们家院子的那个大灯泡儿呢！

听众们一阵哄笑，几个女孩笑得特响。

村长见铁杠子把木杠子和王婆批得够呛，担心两根杠子杠了起来，弄得都不愉快，连忙就打圆场，他说，故事嘛，总是有些荒唐、有些怪诞的，有点儿纰漏、有点儿破绽原则上也是许可的，不能要求像科学家研造宇宙飞船和航空母舰那样精密，联系一下自家也不过是为了逗乐子好玩儿，你老人家就不要求全责备，太较真儿了。

铁杠子愤愤不平，说，你就是会和稀泥！

王城说，石登老爹的分析，确实逻辑严密，合情合理，很是到位。村长说的也对，故事这东西，不可能都顺理成章，更不可能都天衣无缝。

铁杠子说，王先生，我看你也是个和事佬！

王城笑了，说，在我的家乡，直接就把讲故事叫作讲瞎话，既然是讲瞎话，哪有那么缜密严谨的，充其量也是似是而非，名真实假。《红楼梦》里有副对联儿，说的大概就是这个意思——假作真时真亦假，无为有处有还无。我们搞文化工作的有个说法，说假的不仅比真的好听，也比真的好看。这个说法，不少人是认可的。现在，我就来讲篇瞎话，大家听了，就知道是不是这么回事儿——

我们村有个叫李有才的老汉，人送外号瞎话大王。他说，抗战时期，他十六岁，被征召参加了中国远征军，开赴缅甸与日本鬼子作战。一次，他乘军车行驶在缅甸西部一条公路上，看到前方有棵像剃光了枝丫的大树，横在公路中间，汽车开不过去。司机下车查看，不禁吓出一身冷汗，那不是什么剃光了枝丫的大树，而是一条特大蟒蛇，比桶还粗，头搁在公路左边的土坎上，尾摆在公路右边的水塘边，像是在睡大觉。当时车上只有三个人，都没带武器，就司机有支手枪。司机蹑手蹑脚走过去，照着蟒蛇，叭，开了一枪，想的是打死蟒蛇，就算是打不死蟒蛇，蟒蛇挨了枪子儿护痛，也会溜之大吉，给汽车让路。岂料蟒蛇只略微扭动了一下身子，便满不在乎地继续睡觉，还呼哧呼哧地打起鼾来。就在这时，日本鬼子的飞机来了，前后两架，飞得很低，连机身上的膏药旗都看得一清二楚，那响声一时像是撕布，一时像是推磨，一时又像是炸雷由远而近滚了过来。两架飞机，一边在天上转圈子，一边往下扔炸弹，他们几个人躲在车下，有幸安然无恙，那条特大蟒蛇却被炸成几截，直接就开膛破肚了。飞机走了，他们上前围观，发现蟒蛇肚子里有一团皱巴巴的军服，一顶微瘪的钢盔，一双钉掌的皮靴，一支带套子的手枪，一个没有皮肉的人头和一堆骸骨，还有一个断了箍散了板儿的橡木酒桶，接着便闻见一股刺鼻的血腥和酒臭。敢情蟒蛇是吃了活人，吞了酒桶，酒在肠胃里发作，使它烂醉如泥，溜走不得，才在公路上摊条大睡。他李有才胆大，又不怕龌龊，从蟒蛇肚子里掏出那支手枪，洗净后发现，那是支上好的勃朗宁，德国制造，弹夹里还有十多发子弹。

王城喝了口水，接着讲——

李有才老汉当过远征军是实，但他讲的特大蟒蛇吃活人吞酒桶醉卧公路，他从蟒蛇肚子里掏了支手枪，分明不是真话，可村里的男女老少就是爱听，老缠着他讲，他已讲过好多遍了。

王城讲完李有才和大蟒蛇的故事，书记带头鼓掌。

村长见天色不早，同书记和妇联主任咬了一下耳朵，便说，我知道大家还有故事要讲，可今天讲不完，留待茶余饭后，给采风小队的各位单独讲吧。没讲完的，过几天我们再开个故事会，继续讲，今天就到这里，散会！

茶余饭后，采风小队搜集的故事自然不少，据说汇总起来有一百多篇，都是些什么故事，没在外面流传。只有李明听来的男人睡客房，陈强听来的长工戏东家，陶娃听来的施怀劝架，刘蓉听来的张罕给银杏树量腰围，这几个故事，大家知道得比较详细。

妇联主任的爱人石柱，同住在他家的李明聊天，讲了个睡客房的故事。李明马上就给陈强讲了，陈强马上就给石基讲了，石基马上就给石础讲了。石础听了觉得很有意思，马上就在村里传扬开了。妇联主任知道这事，便大骂石础，说他是个小广播，不留口德，小心一辈子找不到媳妇儿！据说，妇联主任还把她爱人石柱的耳朵揪着教训了一顿，说不该把他们小两口儿床笫之事讲了出去，太丢人现眼。石柱作了自我批评，妇联主任才一笑了之。

这个故事，李明在采风小队汇报会上做了交流——

晚饭过后，小两口儿为看电视吵了起来。一个要看足球比赛，一个要看动物世界，男人拿到了遥控便不肯相让。女人一气之下，进得卧室便把门一闩，倒头睡去，不理会男人。男人看完球赛洗了澡，便去卧室睡觉，推门门不开，叫人人不应，一时又觉瞌睡已到了眉毛尖上，只有去到客房，打算对付一宿。岂料客房的帐子破了个大洞，蚊子你邀我约，争赴盛宴。男人怄气又遭蚊子围攻，虽然非常困倦却不能入睡，只有辗转反侧。约莫晚上十二点多钟，女人觉得过意不去，便拿了块护膝膏悄悄进入客房，想着补好帐子那个破洞，再用扇子把蚊子赶了出去，让男人好睡。因破洞挨近墙壁，在外边儿手够不着，女人只好钻进帐子。男人乜眼偷看，见女人下穿三角内裤，上穿紧身胸衣，肌肤丰润，胸脯凸挺，绾着一把短发，耷着几缕刘海儿，星目含情，粉脸生春，便禁不住心旌摇荡，丹田火起，但仍装熟睡，还故作鼾声。女人拿着护膝膏正要补帐子破洞，不意碰到了男人的手臂，男人一跃而起，把女人就势一抱，两个人立马扭成了一团，绞作了一堆。女人说，我向你赔不是，今天是我不对，不该使性子。男人说，我向你赔不是，今天是我不对，不该发脾气。二人争着认错，互赔不是，一时乐不可支，男人禁不住就嗨嗨叫出声来，女人随手就是一下，巴掌大一块护膝膏贴在了男人嘴上。男人只能嗯嗯，女人笑着说，我还没出声儿哩，你叫什么？就在此时，一阵稀里哗啦，帐子垮了下来，一网打尽，把两个人全都网在了里面。

陶娃、刘蓉听了，说，这个故事既荤且黄，不雅得很，亏你李明讲得出来！

王城说，这是个夫妻间相亲相爱的故事，讲得比较含蓄，没什么不雅的，别滥贴标签儿！

陶娃睃眼摇头，刘蓉撇嘴鼓腮，都没吭气，转过身来又都暗自笑了。

接下来陈强汇报，讲了个长工戏东家的故事——

有个土老财姓明，人送外号明刮子。他雇了一张一李两个长工，专门为他种田兴地。虽说他没像《半夜鸡叫》里的周扒皮那样虐待长工，不让长工多点儿休息，连睡觉也只能睡到半夜，就得起床劳作，可对长工的刻薄，也差不了好远。明刮子刻薄，主要是给长工吃得太差，每天都是糙米煮稀粥，下饭的只有殃萝卜、老白菜和臊黄瓜，潦汤寡水，见不到一丁点儿油星子。此外，明刮子的一张婆婆嘴，喜欢搁在长工身上，生怕长工做活儿敷衍，故意使坏。长工插秧，他嘱咐说，一定要让秧根伸展，不能拽着，否则，秧不发棵。长工给棉花薅草间苗，他嘱咐说，遇到两棵棉苗长在一起，只能拔掉小的弱的，留下大的壮的，不能相反。这这那那，絮絮叨叨，不一而足。长工当然知道怎么插秧，怎么薅草间苗，都是农家子弟，哪个不懂农事？明刮子偏就嘴碎，喋喋不休。长工并不怨恨明刮子怎么啰唆，还觉得他说得不错，怨恨的是明刮子待他们过于刻薄，伙食开得太差。两个长工为发泄心中的不满，便借插秧和薅草间苗一些农活儿，戏弄明刮子，既是报复又是抗议。那日，明刮子在堂屋接待客人，谈兴正浓，张长工从田里回来，老远就喊东家。明刮子闻声离座，见张长工卷着个裤脚，拖泥带水站在门外，便问，老张，什么事？张长工说，今日插秧，秧根总有一些拽着，老是捋不直，秧根又比手指长，插下去就不伸展了。特请示东家，这事怎么办？在客人面前，明刮子不便发火，只说，你去吧，该怎么办就怎么办。今后，农活儿上的事不必请示！又一日，明刮子去集上办事，刚到集上，李长工扛着锄头随后跟来，直叫东家。明刮子忙问，老李，什么急事，你跑集上来了？李长工说，早间，我在棉花地里薅草间苗，遇到两棵棉苗长在一起，一般高、一般大、一般粗壮，连叶子都是一般多，不知该拔掉哪棵留下哪棵，特来请示东家。明刮子气得吹胡子瞪眼睛，大街之上，又不好大发雷霆，只有耐着性子说，你想拔哪棵就拔哪棵。今后，农活儿上的事该怎么做就怎么做，不必请示！经过这么两回，明刮子明白了，两个长工是为伙食，借烟囱出气。于是他决定，今后厨房只做一样的饭菜，他和老张老李他们一桌，其他家眷一桌，吃的大家荤素一样！从此，两个长工尽心尽力为明刮子种田兴地，明刮子年年都是丰收，棉花满囤，稻谷满仓。

王城听完陈强讲的长工戏东家，说，长工很懂智斗，妙极！

陶娃汇报，讲的故事是施怀劝架——

黄老二火爆脾气，那天因故和妻子吵起架来，他嘴头子笨了些，妻子伶牙俐齿，他吵不赢，直气得三焦冒火，七窍生烟。邻居施怀听见黄老二家发生吵闹，便过来劝解。施怀说，老黄，千万不能打人啊，人可不比物件，物件打了还可添置，人若是打个怎么样了，得吃官司，你的几个舅佬倌儿也不会善罢甘休！黄老二的妻子听了，一张嘴越发猛烈，冲着黄老二说，怎么样？怎么样？你凶神恶煞的，未必还敢当着施大哥的面，动我一个指头儿？借你个胆子，量你也不敢！被妻子这话一戗，黄老二更是怒火中烧，牙齿咬得吱吱响，拳头捏得咕咕叫。施怀见状又说，老黄，千万不能打人，人可不比物件啊！黄老二气冲囟门，跑进厨房，抱起一摞碗就往院子使力一扔，院子全是铺的石板，只听哗啦一声脆响，一摞碗一个没剩，全都成了瓷瓦子。施怀赶紧说道，千万不能砸锅，那可是弄饭的家私，砸不得！黄老二立马拿起厨房劈柴的斧头，啪嗒一声，灶上的锅，便成了几块生铁掉进灶膛，溅起一团灰雾，灶上放锅那里，便留下一个老大的黑洞。施怀急着大喊，水缸，水缸，真的砸不得，砸了水缸吃水怎么办，水缸真的砸不得！施怀话音刚落，只听得一声咣当，缸破水流，一间厨房顿成泽国。施怀偷偷地笑了，连忙溜走。

王城听完陶娃讲的故事，说，什么施怀，我看就是个使坏。一句话，说得大家都笑起来。

刘蓉汇报，讲的故事是张罕给银杏树量腰围——

说是山东某处，是叫刘庄还是叫牛庄，就牛庄吧，有一棵两千五百多年的银杏树，被当地人尊为神树。银杏树下纸灰飞舞，香烟缭绕，银杏树上披红挂彩，牌匾高悬。那些牌匾做得精致，有的写着赐福万方，有的写着神光普照，有的写着救苦救难，有的写着有求必应。那棵银杏树的树龄多长，家喻户晓，那棵银杏树的树干多粗，却没人知道，因为父老乡亲都敬畏神灵，没人敢用抱呀拃呀量过银杏树的腰围。有个叫张罕的汉子，为人实诚，几个后生撺掇怂恿，让他量去。张罕果真跑到树下，先捡了个土块儿在树上画了个记号儿，然后张开双臂，抱了七抱，一美女见了，便跑来倚树而立，她要阻止张罕亵渎神灵。张罕不能抱了，便揸开拇指中指，一拃一拃地量，量到美女手臂右边儿，记住是五拃，又从美女手臂左边儿，一拃一拃地量，量到画的记号那里，记住是三拃。完了，几个后生便问张罕，你量了好一会子，银杏树到底多粗呀？张罕说，七抱八拃加一妹子。从此，七抱八拃加一妹子，就是那棵银杏树的腰围。

刘蓉讲的张罕给银杏树量腰围，短小有趣，几个人听了都笑。

石峰村的第二次故事会，比第一次故事会还要热闹，参会的多了几位小学老师，还有一批外地的游客。

故事会一开始，石小丽她爸石钢，讲了个二人深夜赌胆的故事，很有点儿吓人——

那年，石峰村实行土地承包责任制，当年大获丰收。石喜和石红两户，白天忙完了脱粒，金灿灿的稻谷堆在场上，像两座金灿灿的小山。晚上，石喜和石红一起守场，要赶明天的太阳晒谷。二人把被子铺在软绵绵的稻草堆上，仰面朝天地躺着，两张嘴天南地北东扯西拉。时近夜半，二人谈兴正浓，忽见数颗流星划破夜空，落到了遥远的地平线下，又见满天繁星闪闪烁烁，似在眨着眼睛俯瞰人间。石喜突换话题，他问石红，你说，我们村谁的胆子最大，敢独自一人守场过夜？石红不假思索，说，只有石武，他不信神，不怕鬼，甚至不惧豺狼虎豹。你记不记得，那年腊月三十的晚上，伸手不见五指，他一个人从三岔口工地摸黑回来，六十多里路不说，还要翻三处荒山野岭，穿两处大壑深沟，硬是在正月初一天刚亮赶到了家里，没耽误当家男人祭祖先和送灶神，你说他的胆子大不大？后来，他就得了个外号，叫石大胆。不过，他石大胆不敢同我比，我敢半夜三更去黑松林墓地一游，量他不敢！石喜说，吹牛不上税，我有点儿不信。就这个时候，你不拿电筒，不带狗子，去墓地转悠一圈儿回来，我输你三百斤谷！石红说，我去转悠了，你说我没去，怎么证实？石喜说，这个好办，旁边儿就是窑场，你去捡些瓦片，直接就去墓地，搁在正中那几座坟前，每座坟前一块，那是我们石家的祖坟。天亮了我去检查，坟前确有瓦片，证明你晚上到过，我称三百斤谷给你，麻城到孝感，县过县（现过现）。说着拿电筒照了一下谷堆，说，谷就堆在这里，简单得很，撮几箩筐一过秤，往你的谷堆上一倒就是！石红听了，二话没说拔腿就走。夜如漆黑，只有借助天上极其微弱的星光，辨认依稀恍惚的小路。石红抱着一摞瓦片，大概是为了壮胆吧，哼着一些乱七八糟的小调儿，时而还吹几声口哨儿，高一脚低一脚地往墓地走去。接近墓地，忽然听见呜呜咽咽的像是哭声，时高时低，时断时续，石红汗毛直竖，背心发凉，便立马站住。定了定神，石红一声大吼，什么东西，还不给我闭嘴！呜咽之声戛然而止。石红猜想，不是猫头鹰，就是果子狸，这两种动物，晚上觅食或是找伴儿，喜欢哼哼唧唧地叫唤。石红朝着声音传来的方向又连吼了几声，再无动静。就在这时，黑松林里有一星微弱的青绿色的光点儿，跳动了几下，灭了，又跳动了几下，灭了，那正是农村人说的鬼火。石红不禁头皮发麻，心里怦怦直跳，但他想起了读书时老师讲过，那是一种磷火，确实是死人尸骸里窜出来的，坟场常见，不用害怕，要相信科学。石红没有却步，借着星光摸索到了墓地正中，然后放慢脚步，依次放置瓦片。在第一座坟前，石红念叨，深夜打扰，你老人家莫怪，为了清明好压纸钱，特地送来一块瓦片。在第二座坟前，石红又念叨，深夜打扰，你老人家莫怪，为了清明好压纸钱，特地送来一块瓦片。刚到第三座坟前，突然间，墓后传来低沉嘶哑的声音，也请给我一块！石红啊的一声惊叫，扑嗒就栽倒在地。原来，石喜趁石红到窑场捡瓦片，利用这个时间差，抢先一步到了黑松林，他先做呜咽之声，这时又装神扮鬼讨要瓦片，起心要吓石红，石红果被吓倒。石喜摁亮电筒，见倒地的石红两眼翻白，伸了伸腿子便不动了，觉得玩笑开出了问题，石红说不定吓了个猝死，便双手把石红抱起，顺势往肩上一推一送，驮起就跑。石喜边跑边喊，石红你死不得，我是石喜！石红你死不得，我是石喜！石喜累得大汗淋漓，内衣湿透，驮着石红跑回稻场，忽然，一双冷冰冰的大手掐住他的喉咙，又听见说，我都死了，你还想活！石喜吓得身子猛地一颤，便使劲儿把石红往稻草堆上一掀，自己跟着也倒在了稻草堆上。

石钢讲到这里便打住话头儿，见大家还张着嘴巴支着耳朵，就说，完了，我讲的故事完了！

听众里头有人发问，石喜和石红最后怎么样了，你得讲个结果呀？

石钢说，一定要听结果，那我就告诉你们，石喜称三百斤谷给石红，石红坚决不要。石红说，真正胆大的是石喜，不是他石红，石喜吓倒是假，他石红吓倒是真。多亏石喜救他，驮着他一路抖搂一路呼唤，他才苏醒过来，不然，他可能真就吓破胆导致心脏运转骤停。在座的兴许有人听到讲过，我们石峰村相邻的青峰村，真的出过人吓人吓死人的事件。

村长说，我就听到讲过。

听众里头好几个人就喊开了，村长，那你就讲一讲嘛，怎么人吓人吓死人？我们听书记讲过故事，还没听村长你讲过故事呢！

村长说，好吧，我是几年前听到别人讲的，今天当一回二道贩子——

青峰村一个父亲，养了两个儿子，老大偏爱赌博，老二喜欢读书。那天半夜了，还不见老大回家，父亲就叫老二去找。老二虽已十七八岁，还是个淘气包，他关掉书本，把他才用纸壳子做的给侄儿玩的一个孙悟空面罩拿了，出门就戴在脸上，借着朗月疏星的光亮，往赌场走去。走到巷口那儿，见老大从对面来了，垂头丧气的样子，估计又是输了个精光，便闪在近旁的一个墙角，待老大走近，他猛不丁冲了出来，迎着老大嘿嘿一笑，只听老大不是腔不是调儿的一声惊叫，接着就扑嗒倒在了地下。老二起先想的是好玩儿，要逗哥一乐，见此状况，连忙就喊，哥呀，哥，是我呀！你这是怎么啦？哥呀，哥，是我呀！你这是怎么啦？不论老二怎么喊，老大就是不应。老二急了，连忙把父亲叫来。二人把老大抬回家放在床上，掐人中，刺耳根，扎脚板，吹肚脐，喷凉水，都不中用。老妈跑过来，扯开嗓子给老大收魂，我的老大儿呀，你吓掉魂了，回来吧！你快跟妈回来吧！我的老大儿呀，你吓掉魂了，回来吧！

你快跟妈回来吧！老大最终还是没有回来。

故事讲完，村长说，青峰村这个事件发生以后，我才真正相信，人吓人吓死人。

石小雅她爸石铁，和石小丽她爸石钢，是同胞兄弟。石铁见兄长讲的故事颇受大家欢迎，本想接着也讲一个，仅仅是开口慢了一点儿，他哥话一分岔，加上听众一鼓动，村长便乘机接上趟了，讲了个人吓人吓死人，这时候才轮到他的名下。他要讲什么？题目是三个医生夸能耐——

有个眼科医生，爱在人前夸能耐。说他发明了一种人造眼珠，盲人一安上立马重见光明，不仅能读书看报，还能穿针引线。有个外科医生，对眼科医生说，你这算什么能耐，也值得宣扬。去年，一个患者右手食指被机器轧掉，我给他接上个奶嘴儿，从此，他不仅功能恢复，做事灵便，还不用再买牛奶，只要含着那根食指，就有奶喝，分文不花又极其方便。后来，市面上出现了驼奶、羊奶、牦牛奶，他想喝哪种奶，只要点个名儿，然后把那根食指含着一吸，他要的奶就源源不断，想喝多少就喝多少。不光他本人喝，他老婆，他儿子，每天都要抱着他的右手，含着那根食指，咕嘟咕嘟喝个痛快。眼科医生说，你说的这事可有人见过？外科医生说，你给安眼珠的那位患者亲眼所见，不信你问他去！二人相视而笑。有个心理医生，虽然觉得眼科医生和外科医生讲的技艺，已经是九天玄女娘娘，却不表赞许。他对他们说，医者人各有招儿，本人的医术，不谦虚地说，不在二位之下。眼科医生和外科医生说，愿闻其详。心理医生说，前年一位患者求诊，自诉一到冬天便打寒战，身上就像在淋冰水，整天都瑟瑟发抖，波司登羽绒服穿着，格力空调制热模式开着，都不解决问题，冻得他上牙直磕下牙。我给他画了一张暖阳图，嘱他挂在堂屋正中。立马，他家便阳光灿烂，暖意融融，患者寒战当即痊愈。眼科医生和外科医生说，冬天晒晒太阳当然是好，夏天怎么办，三十八九度乃至四十多度的高温，再加上太阳晒着，不会把人热死？心理医生轻声一笑，说，我刚才只说了一半儿，还有一半儿没说哩。我画了暖阳图之后，又画了一张清风图，嘱咐患者，到了大热天，就把清风图挂上，家里自然就凉风习习，暑气尽消，始终保持二十二度至二十三度的恒温。总之，患者可根据寒来暑往，或冷或热，该用哪张图就用哪张图。春秋两季一般来说，都是气候宜人，自然是什么图都不用挂的。眼科医生和外科医生说，患者只要遵照阁下的医嘱，冬挂暖阳，夏挂清风，那空调不就成了多余？心理医生一笑，说，正如二位所言，我给治的是患者一人，却惠及患者全家老小，连电费也省下了。不过，也给他家带来些困扰和麻烦，夏天，邻居们喜欢到他家纳凉，冬天，邻居们喜欢到他家取暖，他家得贴些茶水不是。眼科医生和外科医生不禁咋舌，说，只有阁下才称得上悬壶济世，我们二人真的望尘莫及，佩服得很！佩服得很！心理医生笑着说，二位过谦了，我等三人，可以说是彼此彼此。

三个医生夸能耐的故事讲完，村长只是摇头，说，纯粹的十足的一篇鬼话！

王城见村长对石铁讲的故事不以为然，担心石铁难堪，就连忙转移目标，替石铁掩护。他望着听众大喊，故事会嘛，书记讲了，村长讲了，妇联主任也该讲一个吧。都是村委会的领导，大家说是不是呀？

听众们一声吼，是！

妇联主任咯儿咯儿直笑，说，王队长，采风小队来，目的是搜集我们乡村的各种故事，你现在要我讲，那我可要反过来，讲你们市里的故事了，行不行，要是行，我就讲一个。

王队长说，行，当然行。他回过头来向听众挥手，大家说行不行啊？

上百名听众齐声回答，不是行！是特别行！

妇联主任说，我讲的故事没有题目，横直比天上掉馅儿饼还要玄乎——

市里有位美女，不知为什么和男友吵了一架，男友说分手就分手，气冲冲拂袖而去，头也不回，从此音信不通，人影儿不见，真的就这样把她甩了。这不是一般的失恋，美女又伤心又痛心，想要大哭一场，以排解心中的苦楚。可到哪里去放声大哭呢？在家里不合适，在市区的任何去处都不合适，许多天了，想哭找不到地方。那天，美女漫不经心地上了一辆开往郊区的公共汽车，下车后漫不经心地走到一处山坡之下，又漫不经心地抬头往那山坡之上看了一眼。她看见两个女人，在那山坡的一座新坟面前呼天抢地大哭不止，哭声是那样的凄惨。触景生情，让美女悲从中来，忍不住喉哽鼻酸，热泪盈眶。于是，她上得山坡来到墓前，扶着墓碑也哭了起来。开始，她大放悲声，号啕中夹怨带恨地诉说，你好狠心呀，你太无情呀，说去就去了，真就水流东海不回头了；后来她转为嘤嘤地、柔柔地泣不成声，好不悲切感人。两个女人见此情景，直接就呆了——这是哪儿来的一位美女？老东西前妻死得早，没有生养，我们后来的两个，也没有给他生个一男半女，亲戚中亦无此等女子。这位美女究系何人？两个女人收起眼泪止住哭声，不约而同想到了一处，不用猜，也不用问，肯定是老东西的小三儿，从她高一声低一声的数落中就听得出来。他们老少二人是什么时候勾搭成奸的？我们竟然一次都没逮着，甚至没有发现任何蛛丝马迹。美女选在这个时候找到山上来，找到坟前来，三人对六面，无疑是动了一番心思的。常言道，来者不善，善者不来。非常明显，她今天来，不是要钱就是要物！老些的女人把小些的女人袖子一拉，两个人就钻进了树林。干什么？研究对策呗。一个说，怎么打发？她想三一三十一地平分，那绝对办不到！一个说，给她两百万现款算了，她不一定知道老东西有两个多亿的财产。一个说，那些存款都没到期，一时半会儿取不出来，也转不了账，还有那些债券和黄金，目前也没办法变现。况且，所有票证，都是老东西的名字和印鉴，密码我们也不全知，要取要转要兑，还得打证明办手续，这都要时间，很麻烦的，看来给她钱不太现实。一个说，把江南的那栋别墅给她算了，闲置也是闲置，那最多也就两百万吧，反正江北还有几处房产，就都是我们的。一个说，她该不会嫌少吧？一个说，这就看姐姐你的一张嘴了，能不能哄得住她。两个女人商量了一会子，钻出树林，决定向美女摊牌。老些的女人首先开口，小妹，小妹，你不要哭了，小心哭坏了身子。看你脸上的妆，再哭可就得补了。美女还在抽泣哽咽，听见有人叫她小妹，便睁开泪眼，见是刚才在这里哭得死去活来的两个女人，便用纸巾搌了下眼泪，说，两位姐姐，你们不知道，我见不到他是多么难受啊，不哭出来，不数落他一番，心里头就像有团抹布塞着，一天到晚都不舒畅，这下好多了。小些的女人接过话茬，你和他什么时候相识的，感情还真是深厚嘞！美女说，我和他相识五六年了，要说感情，不瞒二位姐姐，确实深厚。我真没想到，他和我就这么匆匆分手！老些的女人拉着美女的手，指着身旁小些的女人说，小妹，我们两个算是你的姐姐，刚才商量好了，死者江南有栋别墅，给你住吧？刚好房产证和钥匙在我包里。说着，拿出房产证和钥匙，往美女手里一塞，你不要嫌少，你还是个姑娘，还可恋爱结婚，幸福生活等着你哩，这权当给你作陪嫁吧，你记死者的好、领死者的情就是了。老些的女人又指了指小些的女人，这位姐姐虽说小我几岁，也年近半百了，没有什么奔头儿。小些的女人望着眼前的坟墓说，我们姐妹两个跟着死者一场，侍候死者一场，死者的遗产我们多得点儿，你千万不要窄心肠，好妹妹呀，千万不要窄心肠，啊。美女拿着房产证和钥匙，如坠五里云雾，完全懵了，心里头怦怦地直跳。这是怎么回事？这岂止是天上掉馅儿饼？比天上掉馅儿饼还要玄乎。美女想问个清楚明白，又不便问不敢问，只有稀里糊涂地把房产证和钥匙放进坤包儿，移步下山，回头对两个女人说，都节哀顺变吧。望着美女远去的背影，两个女人破涕为笑。一个说，没有想到，一栋别墅就把她给打发了，年轻人毕竟单纯！一个说，她拿着房产证和钥匙，虽是有些犹豫，有些迟疑，到底还是什么都没说，我估计，她手里没有死者写的遗赠文书之类，不会扯皮。再说，一个大姑娘家，不过给死者当了几年小三儿，得了一栋别墅，也该知足了，还敢铆着同我们纠缠不成，难道她就不怕丑，偷来的锣鼓还敢敲打一番！两个女人，都以为办妥了一件烦心棘手的大事，顿觉一身轻松。

妇联主任见大家疑惑不解，喝了口水，接着讲——

这究竟是怎么回事？原来，死者是外地人，有说是江苏的，有说是浙江的，早年丧妻，无儿无女，老家也别无亲眷，在市里搞房地产多年，发了大财，成了两个多亿的富翁，续弦之后又雇了个小些的女人当保姆。这个小些的女人，不久就像是他的二房，关系逐渐公开，老些的女人只有认可。两个女人心里都清楚，看在富翁巨额财产的分儿上，谁也不嫉妒谁，谁也不挤对谁，就像一双姐妹和平共处，把富翁侍候好就行了。关于财产，富翁生前闲聊时说过，二人平等。两个女人就此当然不会有多的话说，彼此只有心照不宣，老东西都七十了，迟早是要走的。到那一天，一个粑粑掰两半儿，不分谁主谁从，也不争多讲少。然而，两个女人都没想到，富翁会走得那么快，更没想到，富翁还有这么个小三儿——两个女人错觉误会外带瞎想胡猜，把美女当成了富翁的小三儿，把美女痛失男友的哭诉，当成了小三儿来要钱要物。

妇联主任讲完故事，石峰小学的吴老师带头鼓掌，还连声叫好。他说，那位美女失了男友，得了别墅，美女高颜值又有了别墅，还愁找不到男友？她再不会哭了，只会笑，恐怕做梦都会笑醒喽！

吴老师的评语，又博得一阵掌声。

村长便说，吴老师，听你的学生石基、石础说过，你在课堂上，常常结合相关故事讲解课文，同学们可爱听了，也记得牢实。现在，你就把你的故事篓打开个缝缝儿，给大家分享一点儿嘛。

吴老师不好推辞，便讲了个两老汉争人马的故事——

恩赐老汉常看《三国演义》，问他看的遍数，他说，横直有空就看，几十年，没有十遍，八遍是有的。村里老少都喜欢听恩赐老汉讲三国，什么桃园三结义、三英战吕布、大闹凤仪亭、煮酒论英雄、千里走单骑、走马荐诸葛，还有什么三顾茅庐、舌战群儒、蒋干盗书、草船借箭、赤壁鏖兵、三气周瑜，等等，讲得绘声绘色。那天，恩赐老汉正在锅灶前炕饼子，新麦的香味儿老远就能闻见。康元老汉直流口水，便笑嘻嘻地走了过去。恩赐老汉没像往日那样，顺手就扔给他一个饼子，让他大快朵颐。康元老汉心中不快，便无话找话，说，恩赐哥，我常常想，曹操七十三万人马，取襄阳，破荆州，指江陵，望夏口，搞得刘备似漏网之鱼，孙权如惊弓之鸟，那是何等的不可一世！没想到，诸葛亮和周瑜联手，一把火把他七十三万人马烧了个乌焦巴弓。不是关羽仁义，放他逃走，他就是阶下囚了，那种宁叫我负天下人、休叫天下人负我的盛气、傲气和霸气，岂不是就成了怄气、晦气和丧气！恩赐老汉一听，便问，你说曹操多少人马？康元老汉说，七十三万。恩赐老汉把眼睛一瞪，把锅铲儿一板，说，曹操分明是八十三万人马直下江南，怎么是七十三万，那十万人马哪里去了？康元老汉不慌不忙地说，你急什么嘛，七十三万就是七十三万，这是历史事实。恩赐老汉脖子都粗了，说，历史事实是八十三万，不信看书！康元老汉说，历史事实是七十三万，看书就看书！恩赐老汉说，那你等着，我教你这个死硬睁眼输得口服心服！说着便跑到里屋拿来《三国演义》连翻直翻，可一时半会儿没能找到那个段落，把锅里的饼子也给忘了。老伴儿在里屋闻到了焦味儿，便连声大喊，饼子煳了！饼子煳了！恩赐老汉说，你喊什么嘛？现在的头等大事是少了十万人马！等他找到八十三万人马那段文字，一锅饼子都冒火星子了。饼子报废了，但恩赐老汉赢了，回头便质问康元老汉，要他认输。可康元老汉早已溜之大吉，不见人影儿。恩赐老汉气得直吹胡子，连叫你个糠壳子——康元老汉的绰号，你还想吃我的饼子，门儿都没有！

吴老师讲的故事，博得听众热烈的掌声。石基、石础是吴老师的学生，带头喝彩，还像过去开会拉歌儿一样煽动大家，大喊大叫，吴老师的故事篓里，多的是故事，要不要再来一个？

会议室里整整齐齐一声大吼，要！吴老师再来一个！

吴老师难拂众人美意，接下来又讲了个故事，内容是吴家老爷子给儿女改名字——

好多年以前，我们吴氏祖上续谱，继二十四代之后，接下来又排了十六代子孙的派别，又叫辈分，念起来就像一首四言诗——维德继世，福泽绵延，诗书启后，礼乐承先。我们吴家有位老爷子，他真好造化，养了四儿一女，男儿生得俊朗，女儿长得清秀。按照十六字一代代地排下来，他老人家的儿女辈分便是个承字，和《西游记》的作者吴承恩不同时代，却同辈分。老爷子是个小有名气的学究，熟谙五经四书，当过多年的私塾先生，满肚子的子曰诗云之乎者也。于是，他在承字之下续以温、良、恭、俭、让，作为儿女的名字。那一年，改名字一度成风。什么卫东、永革、胜美、超英、继红、兴社，这一类带政治色彩的词语，一时间便成为更名者的首选。一日，几个戴红袖章的来家，通知老爷子，说他五个儿女的名字要改，现在不能讲温良恭俭让了，不改不行！老爷子听了，一天一夜搜索枯肠，不知改成哪五个字为好。儿女都说，你老人家记住一条，别再钻故纸堆就行了，名字要体现时代精神，那就必须丢开那个承字，别和吴承恩攀亲搭故了，他姓他的吴，我们姓我们的吴！老爷子这才当机立断，不再犹豫，说，我立马就改！老爷子是怎么改的？他没有同任何人推敲斟酌，四个儿子，吴承温改叫吴一斗，吴承良改叫吴二斗，吴承恭改叫吴三斗，吴承俭改叫吴四斗，老幺是女儿，原名吴承让，改叫吴卫国。戴红袖章的那几位看了吴家老爷子的更名启事（那时候改名字是要写启事贴在墙上的），连声称赞改得好。他们为什么说改得好？因为他们认为，这四个斗字，就是与天斗、与地斗、与敌人斗、与一切不合理的事物和现象斗，正好适应当时的形势。可他们不知道，这四个字在老爷子这里，根本就不是那个意思，而是过去粮食的计量单位石、斗、升、合的斗。东晋时候有个诗人叫谢灵运，他说，天下才共一石，曹子建独得八斗，我得一斗，自古及今共用一斗。曹子建就是曹操的第三个儿子曹植，七步成诗的就是他。谢灵运此话流传开来，人们赞许某个人有学问，诗文兼善，便爱说才高八斗。我们吴家老爷子四个儿子的名字，一斗加二斗加三斗，再加四斗，正好是一石，乃十斗之才，一斗也不分给他人，可以说是妙极！老爷子深藏心底的这层意思，他人都不知道，儿女起先也不晓得，之后才明白过来。老爷子就此给儿女几个讲了石、斗、升、合如何计量，并特地讲了石和合这两个字的读音和意义。他说，石和合都是多音字，石，在这里不读十，也不读时，要读担，合，在这里不读和，也不读喝，要读各。十合为一升，十升为一斗，十斗为一石。过去说到粮食的数量，不说多少斤，一般都说多少石。

时候已经不早，村长正想以吴老师讲的故事压台，宣布散会，没想到，吴老师的故事刚讲完，大家的掌声还没打住，铁杠子石登老汉拐棍儿一举，把村长吓了一跳，以为他在吴老师讲的故事里发现了什么矛盾，要同吴老师抬一杠子，原来是他自己要讲故事。铁杠子扯开了他的大嗓门儿，说，吴老师讲了他们吴家老爷子怎么给儿女改名字，那我就来讲一讲我们石家老爷子怎么和金家打官司，不知大家要不要听？

会议室里众口一声，要听！要听！

石登老汉说，那我就讲了——

石家的田在坎下，金家的田在坎上。坎上田边儿有棵木子树，那棵木子树，从八九尺高那里开始，便扭了腰似的往坎下那么歪着。到那年，树干已长到两个人抱不过来那么粗，树冠已长到半亩田那么大，枝繁叶茂，把坎下的石家田遮挡了半边，整天都阴着。

农谚说过，林下多荫，五谷不生。树荫里的稻秧接不到露气，见不到阳光，全都半死不活，没有收成。而金家每年收木子一百多斤，卖了可买两石稻谷。石家老爷子与金家交涉，让把木子树锯掉。金家不干，说树是天生地长，并非他金家有意栽植。交涉无果，石家老爷子便一纸诉状呈上县衙，把金家给告了。县太爷升堂，让两家各陈理据。金家坚持，说木子树乃天地所赐，生长在他金家的土地上，每年都给他金家来钱，石家凭什么说要锯掉？石家老爷子坚持，说木子树在下占的是金家的地，可在上占的是石家的天，石家要金家锯树在理，而且在的还是天理，天理昭彰！石家老爷子还当堂念了写在诉状上的关于金家木子树的一首诗——干大枝长，遮死稻秧，树无国课，田要完粮！县太爷听了石家的诉求，又听了这首四言诗，觉得石家所说有凭有据，合理合法，金家的树年年受益，不交国课，石家的田岁岁无收，却要完粮。于是，拿起惊堂木使劲儿一拍，命令衙役，速将金家的木子树给我锯掉报来！

铁杠子石登讲完故事，会议室里哗哗哗哗响起热烈的掌声。

人们还在兴头儿上，可时近傍晚，村长只有宣布，石峰村今天的故事会，到此结束！

石小雅她哥石奇，在市汽车展销中心工作，这天回来休假。进得家门，见他妹妹小雅与一个女孩脸挨脸在窗前看书，正要夸赞说好一幅二美图，仔细一看不禁一惊，女孩竟是与他见过一面的刘蓉，刘蓉怎么会在他家？

小雅叫了声哥，说，前天接你电话，你说今天回来，爸和妈高兴得不得了，准备了好多好吃的。

刘蓉跟着叫了声石先生，说，真的有点儿巧，我跟王城老师和几个文学系的同学来石峰村采风，小雅姐盛情相邀，就住到石先生你家里了。

小雅奇怪，刘蓉和她哥怎么先就认识？

原来，大约半年前，石奇与刘蓉在市里见过一面，还说过话，虽然二人仅仅是通报了一个姓名，彼此便记住了对方。那是一个周六的下午，几个大学生来汽车展销中心参观，并非是谁要买车，实际上是来打听招聘事宜，其中就有这个漂亮的刘蓉。

那次一面之交，就那么十几分钟时间，两个人此后再未碰面，亦无联系，石奇当然不知道刘蓉来了石峰村，更不知道刘蓉住在他家。

刘蓉听小雅说过，她哥要回来休假，哪里知道，她哥竟是这位原本就认识的风度翩翩的石奇。

小雅对她哥说，刘蓉是我拉到家里来的，直到这时才知道她和你早就认识。看起来她和你有缘，也和我和我们家有缘，不然，我怎么就鬼使神差，偏偏把她拉到了家里，还和我好得如同姐妹呢？

刘蓉默不作声，红着脸在一旁偷偷儿地笑。

小雅见刘蓉一脸娇羞，便笑着说，别把我哥叫石先生，叫得别扭，生分，听起来怪不舒服。要么叫石奇哥，他比你大几岁——大四岁，你今年二十二，他今年二十六，叫石奇哥，好！要么直接就叫石奇，简单随便儿，又不显得见外，更好！更好！

刘蓉剜了小雅一眼，一张脸越发红了，宛若桃花。

晚餐的时候，石奇尽拣好菜搛给刘蓉，蒸猪蹄，炒香肠，还有炖羊肉和干煸麻鱼，刘蓉吃不完又搛给石奇。小雅和爸妈看着，要多开心有多开心。

才几天时间，石奇和刘蓉，就从一面之交仅仅是认识进展到比较熟悉，彼此还留了电话、加了微信。

两个星期的时间到了，那天，采风小队决定回城。刘蓉向小雅全家告别，一再表示感谢，说打扰他们十好几天，石伯和阿姨待她如同闺女，小雅待她如同亲妹，她一辈子不会忘记。

石奇的假期还有几天，可他决定提前结束休假，同采风小队一起回城，理由很简单，说是一起乘车人多热闹。

小雅心里明白，望着石奇和刘蓉，拿右手食指在自己的脸上连画直画，石奇和刘蓉，看见装作没看见，除了笑还是笑……

光阴荏苒，一晃就是一年有余。一天，快递小哥送来个沉甸甸的纸箱。村长连忙拆开，喜出望外，里面是书，好大一摞新书——《石峰村故事选辑》。书的封面，是一张大石峰茂林修竹掩映数栋粉墙黛瓦别墅的彩照，书名用字，是一种新体仿宋，烫金加粗。《石峰村故事选辑》内容尚未细看，不知究竟，但装帧堪称精美。

（写于2022年）

# 风波起自大巴中

华光中学今年有两大喜事，将载入校史。

一大喜事是，百年校庆，办得简约而隆重。历届的毕业生里头，颇有成就的专家、学者、作家、诗人，还有将军、高干、文体明星，一百多人回校祝贺。盛况传扬，令华光中学门楣焕彩生辉。

一大喜事是，高考升学率创历史纪录。上北大、清华等名牌大学的人数全省第一，全省文理两名状元，华光中学占了一名，全地区文理两名状元，全在华光中学。业绩播报，让华光中学师生骄傲自豪。

现在，校庆活动完结，高考金榜放定，功成果满。校党委认为，文武之道，一张一弛，该松口气，让大家稍作休整，好投入新学年的工作。于是研究决定，各科教师自愿报名，暑假到黄山等地作一次畅怀之游，往返十天左右，旨在娱乐身心，增长见识。学校出动两辆大巴，负责来往交通，其他费用均请自理。

通知一出，报名者八十多人，两辆大巴差点儿满员。

华光中学的两辆大巴，乃是宇通公司依约特造，与街上路上营运的很有些不同。一辆为大块的浅灰淡红二色，一辆为大块的天蓝奶白二色，车窗为整块反光玻璃，外观大方；车里光线明亮，配以浅绿色窗帘，一派清新典雅；最特别的是每排三个座位，靠左是双人座，靠右是单人座，不论坐在何处，全都不挤不碰，宽松舒适。

为了方便大家辨认，一车标为 A，一车标为 B，都用红纸打印，贴在驾驶室挡风玻璃的右角上方。

出发那天，老师们按时来到车前，欢声笑语，不绝于耳。

玉琢走到 A 车跟前，车门一开，便跨步而上，她把拖箱往旁边一立，从从容容在一张单人靠椅上坐了下来。

冯成紧随其后，他把背包放在右侧的行李架上，掀起挡板，顺势就坐了玉琢背后的那把靠椅。

玉琢，英语老师，三十二三的年纪，人生得就如她的名字，温玉琢就一般，几年前，与税务局一位名叫江声的科长结婚成家。今天，她上穿一件纯白的府绸短袖小领衬衫，罩一件藏青色的无扣无领的亚麻马甲，下穿浅蓝底白藤花长齐小腿的真丝裙子，脚穿奶白色平跟儿的细皮凉鞋，加上她轻言浅笑的那种娴静韵致，与车上十多位年轻的女性相比，独具一种可人的妩媚。

大家坐定，冯成对玉琢说，玉老师，要不要帮你把拖箱放在行李架上，免得挡着你伸展不便？

玉琢回头说，那敢情好，谢谢冯老师，有劳冯老师。

大巴飞驰，空调送爽，窗外山光水色，村落田园，树木花草，像放幻灯片一般，不停地向后移去，看着教人舒心惬意。

车行约莫两个小时，玉琢似有倦意，便倚着椅背将小蛮腰往后一靠，以椅背上端为枕，闭目养神，那一大把用丝帕扎着的黑亮的头发，头顶部分便都挤在了椅背之外。玉琢的头发，不知是不是早晨用什么名牌儿的洗发露洗过，随着空调的微风，不时散发出似有若无的兰香。

冯成禁不住连连吸气，而只要他连连吸气，那兰香就瞬间消失，而他一不经意，极清极淡的兰香便又飘来，经由鼻腔沁入心脾，让他神清气爽。冯成情不自禁，便前倾着身子，把鼻尖儿凑近玉琢的头发。

冯成的这个小微动作，玉琢压根儿不知，旁座的周容儿却看在眼里，便轻轻地咳了一声。

冯成抬起头来，望着周容儿不好意思地一笑。

大家好像守着一条规矩，座位一旦坐了，一连多日，只要是乘车就都各就各位，概无变动。玉琢每日都有数次靠腰，冯成每日便有数次倾身。冯成的这个忘情之举，不只周容儿一人看到，好几位老师也都瞥见。

冯成，华师大毕业，语文教研室主任，生得英俊潇洒，三十四五了，前年才和银行的一位大堂经理郭倩好上，目前正是恋爱进行时，结婚的事还没说起，但关系已经明确，双方单位人尽皆知。

周容儿，虽已结婚成家几年，因才满三十，又未生育，更兼生性活泼，爱说爱笑，依然是青春靓丽。北师大毕业，分到华光中学任教，专教高一数学。同事岁数大些的，都叫她小周，只有年轻的同事和学生，才叫她老师，不过叫的不是周老师，而是小周老师，那个小字依然放在前头。

现在真个是信息时代，游罢黄山归来不久，冯成偷闻玉琢头发和帮玉琢拿拖箱这种不叫什么事的事，便像一个并不怎么好笑的段子传扬开来，有人还给它拟了个标题，叫作《欠身吻发》，而且传到了税务局和银行。

税务局的江声听说，玉琢不仅让冯成调低椅背，把早晨洗过的用丝帕扎着的头发有意洒在冯成面前，让冯成嗅其香、抚其柔、赏其秀，还让冯成上车下车帮拿拖箱，视为当然而心安理得，很有点儿道是无情却有情的意味儿。

银行的郭倩听说，冯成无聊，竟对同事玉琢、还是一个有夫之妇献殷勤，套近乎，调低她的椅背，闻她的头发，摸她的头发，玩她的头发，那个玉琢装作没有感觉，不知其情，实则乐意，特别是上车下车，冯成帮拿拖箱责无旁贷，像是玉琢的一个跟班儿，自己反倒觉得荣幸之至。

显然，江声和郭倩听说的，是被人加工演绎过的带有故事性的所谓事实，不是原本的模样。没错，知识分子成堆的地方，常出精神产品，这恐怕要算一件精神产品了。

精神产品不胫而走，不久就走进了玉琢的耳朵。玉琢全不明白这到底是怎么回事？什么欠身吻发，什么嗅其香、抚其柔、赏其秀，半文半白古老先生写文章似的，这不是污损人家冯成嘛，想着不觉好笑。

没过几天，玉琢便笑不起来了，不光笑不起来，有时是欲哭无泪。这才想到人言可畏，加工演绎过的人言，尤其可畏。

那天，正是江声的三十五岁生日，玉琢给他准备了礼物，一条华尔街红白蓝彩条儿真丝领带，一盒冠生园小号蛋糕。还约定，下班以后到北来顺吃羊肉泡馍，新近从银川迁来的正宗宁夏美食，回家再唱《祝你生日快乐》、许愿、吹蜡烛、切蛋糕，过生日的活动宣告完成。

为了让江声看着养眼，提振情绪，玉琢在她的学校休息室里很好地打扮了一番，绾了头发，戴了白金钻坠儿项链儿和黑宝石耳钉，涂了淡淡的圣罗兰唇膏，打了一丁点儿几乎看不出来的露华浓腮红，换了一袭蓝底提花的开领中袖的真丝连衣裙，罩着一件谷黄和奶白二色交织的细方格儿高腰纯棉坎肩儿，脚下是一双黑色的半高跟儿方头儿皮鞋，走起路来风摇柳摆，款款的，楚楚的，既庄重大方又婀娜多姿。

傍晚下班，玉琢在学校门外专等，和江声说好的，不见不散。

住在校外的教职工们，三三两两路过她的身旁，都要和她打声招呼。

有的说，玉老师，等他呀？

有的说，玉老师，他还没来呀？

有的说，玉老师，江科长又迟到了，怎么搞的呀，你不批评他？

周容儿见玉琢引颈踮脚的样子，便念起了情歌，等郎等得好心焦，郎在路上快步跑……没念完，玉琢便撵着揪她的屁股，她笑着跑开。

玉琢撵着说，你那小郎哥等得心焦，你快点儿回去！

周容儿边跑边说，我没有小郎哥了，一拍两散，离了都三个月了！

玉琢先不知其事，疑惑地啊了一声。

江声骑着摩托来了，正好周容儿跑到路口儿，一见江声，便招手叫他停下，说，玉老师今天打扮得真够漂亮，我夸了她两句，她就撵着揪我。

江声刹停，把摩托往左一歪，一只脚蹬在地上，说，你肯定是笑话她，打趣她，你夸她漂亮，她怎么会撵着揪你呢？揪你哪儿了，是左边儿还是右边儿，让我看看？

周容儿狠狠地剜了江声一眼，有点儿嗲声嗲气地说，不学正经，你老婆望着呢！说着，抬手往校门那里一指。

江声，年轻女人眼里的男神，同玉琢可以说是一对俊男靓女。不知有多少人羡慕，有多少人嫉妒，冯成算一个，周容儿也算一个。

江声一见玉琢，果真漂亮，便笑着说，怪不得冯成调低你的椅背，鼻尖儿抵着闻你的头发，吻你的头发，再三触摸，百般欣赏，还一次次帮你拿拖箱，对你黏糊示好哩。如果说，在一般男人眼里，你是艳光四射，那么，在冯成眼里，你可就是秀色可餐了，吻你的头发，已经动口了不是！

江声的这几句话，乍听起来是小两口儿之间的戏谑之言，略一咀嚼便不难品出，里头夹着很重的酸味儿，暗藏的可不是玩笑。

玉琢红润的脸庞唰地一下变得惨白，一时无话可回。

江声冷笑，我就说了这么几句，你紧张什么，相都变了，不至于吧？

玉琢这才辩解说，他在背后闻我的头发，我压根儿就不知道，这是我怎么样了吗？我没有那么大力气，人也没有那么高，我拖着箱子，上车他帮我放在行李架上，下车他帮我从行李架上拿下来，他助人为乐，我接受他的这点儿帮助，就有错吗？况且，他是我的同事，换得任何人，也会这么做的，我对他只说了几句感谢的话。这么点子事，怎么就让你吃起醋来，说话酸不拉叽的呢！你说的那些乱七八糟的一大堆，什么调低我的椅背，吻我的头发，等等，是从哪里来的？你不能无中生有啊！

我只说是他无德无耻，没说是你有心有意，怎么样了，更没说你喜欢他闻你的头发，吻你的头发，摸你的头发，欣赏你的头发，没说你故意靠在椅背上，让他闻，让他吻，让他摸，让他欣赏，拿拖箱也一样，都是他助人为乐，他图的是乐，也没说你怎么样了。我只知道，存在决定意识，人的一切行为，都受思想支配。行为，有作为，也有不作为。被动，让着，迁就，放任，这些不作为，也是人的一种行为……

玉琢认为，江声指桑骂槐，说冯成，就是说她。不能再和江声谈这件无聊的糗事，再谈下去，会影响两个人的心情，把他的生日快乐搅成生日烦恼。便笑着打断他，岔开话题，说，你谈这么深奥的哲学问题，我听不懂，我是学英语的。我只问你，北来顺还去不去？我可是打电话定了包间的。

江声心想，问题归问题，矛盾归矛盾，要说的话瞅机会再说。这时，我的任务是过好生日，玉琢热心安排，我不能辜负她的好意。便说，去，怎么不去呢，不能让冯成那个混账东西坏了我们的兴致！

玉琢很不喜欢江声背后辱骂别人，这时候辱骂江声，分明是冲着她的，她更不受用。为了不发生争吵，影响气氛，她只有隐忍，于是便轻轻撩起裙摆，坐上摩托，一双手搂住江声，说，走吧，没戴头盔，小心警察，驾车慢着点儿，注意安全！

晚上了，警察都下班儿了，怕什么？

注意安全是自己的事，不是警察的事啊！

摩托呜呜地跑了起来，江声问玉琢，周容儿说她夸你漂亮，你便撵着揪她，她是怎么夸你的？

玉琢说，她哪里是夸我，她念情歌笑话我，打趣我，什么——

等郎等得好心焦，郎在路上快步跑。

这有什么，你就撵着揪人家。

后面还有三句，教人肉麻，我不揪她，难道还让她念完不成？

江声说，这首情歌就叫《等郎来》，我来帮她念完——等郎等得好心焦，郎在路上快步跑；二人一见相拥抱，又是亲嘴又搂腰，羞得月亮上树梢。这是湖北长阳土家族的五句子情歌，唱的是两个恋人傍晚约会，很有意思的。

玉琢咯儿咯儿地笑了，不学正经，这类的名堂你都一字不差地记着。

江声说，你不也记着吗，你要是没记着，怎么知道周容儿没念完，后面还有三句，让人肉麻呢？你要是没记着，怎么知道我念的一字不差呢？

玉琢听了江声的抢白，一下子就噎住了，接不了下文，便一边笑一边挥起两个拳头，在江声的肩膀上擂鼓似的擂了起来，用撒娇掩盖了窘态。

北来顺的大餐厅里，灯光明亮，气氛热烈，一壁厢挂着字画，一壁厢镶着玻璃，这种布置属于现代化风格，中西结合，相得益彰。女招待戴着红折帽儿，穿着白裤褂，扎着蓝色印花布的滚了黄边儿的小围裙，软语柔言，欢眉笑眼，像一只只粉蝶，在红男绿女围坐的餐桌之间飞来飞去。

小两口儿走过大餐厅，被一位小姐引进左侧一个不大的包间。包间里除了小餐桌，还有长沙发，壁灯光线柔和。墙上挂着一幅装了玻璃框子的国画《昭君出塞》，昭君风姿绰约，衣带轻飘，手抱琵琶，就像在小移莲步，要从那个画框里走出来，看着让人心旷神怡。

二人在桌前随意坐下，江声便拿起桌上的菜单，颇有绅士风度地递给玉琢，你点菜吧，想吃什么？

玉琢看了一眼招待小姐，把菜单回递江声，主食不是先就说好的吗，羊肉泡馍，还要什么菜，你点，你爱吃的我都爱吃。今天你是主客，我是陪客，菜本就该你先点呗。

等菜的时候，江声又旧话重提，那个冯成好像是你大学的同学吧，原本关系就比较要好，是吗？

玉琢十分不悦，打算不接这个话茬，但又忍不住要为自己作些辩解，便说，是同学不假，在学校我不认识他，他不认识我，他是九五级，中文系，我是九九级，外语系，他毕业，我进校，到华光中学才彼此认识，知道原是同学，确切地说，只能算是校友儿。我说，你能不能不再提他，让我心烦！

你心烦什么嘛，别人说你们平时很熟，很谈得来的，我才说啊！

你看，越是不让你提，你越是要提。在税务局，难道你和同事都互不相识、形同陌路吗，大概不会吧？我和冯成，在一个学校教书，都是老师，教研室挨着教研室，早餐、中餐还在一个食堂吃饭，有时还在一起开会，能不熟吗？打个招呼，聊上几句，不正常吗？什么谈得来谈不来，谈得来就是怎么样了？我甚至知道，他找对象标准很高，非才貌双全者他连见都不见，别人为他介绍了两三个女孩，他都不同意。三十好几的人，挑来挑去，挑到前年，才在银行挑了个大堂经理，对的，名叫郭倩，中南财大金融专业的高才生，还是个美人坯子，已在谈婚论嫁，买的新房都装修好了。

看来，你了解他，比了解我还深还细啊。既然人家都谈婚论嫁了，你怎么还要往拢凑呢！江声冷笑，还做了个怪相。

玉琢拿江声和同事的关系讲道理，又摆出冯成就要和郭倩结婚成家的事实，就是想要江声不再猜忌，老把她和冯成扯在一起，还往坏处想问题，让她不安。玉琢没想到，她讲的道理，江声没听进去，她说的事实，反被江声利用，几句回敬她的话，无异于人身攻击，便倏地站了起来，声音不大但充满愤怒，你胡说八道！你也是受过高等教育的人，怎么愚顽到此地步，我怎么了解他比了解你还深还细？人家谈婚论嫁，我什么时候怎么的往拢凑了？说这种话，你把我当成什么人了！

江声的语气也不平和，还阴阳怪气，带着嘲讽挖苦的意味儿，我没有胡说八道，是你欲盖弥彰。一连许多天，他都坐在你的身后，那两把椅子怎么铁定了就是你和他的专座？到底是你靠在椅背上，无意间头发挤过椅背了，还是你让他调低椅背，有意把头发搭在椅背上？他到底是闻你的头发，还是吻你的头发？闻和吻可不是一回事儿哦，闻是用鼻子，吻是用嘴巴，欠身吻发，说的是吻。你们两个人的故事，都成了段子，你好像还不知道，是装的吧？还有，他怎么不帮别人拿拖箱，独独就帮你拿，你是他的什么人？他又是你的什么人？末了，江声又加了这么几句，请你放明白一点儿，这一切的一切，不只是天知地知，你知他知，你那一车的同事，可以说无人不知！

真是不可理喻，天底下竟有你这样的男人，掺汤兑水，添油加醋，编排自己的女人，糟践自己的女人！没有绿帽子，要自做一顶绿帽子戴在头上，嘚瑟，炫耀，无上光荣！玉琢说着便往后推开椅子，挎了她的小坤包儿，满腔怨恨拿脚走人。

江声叫了一声，玉琢回来！

玉琢没有止步，差点儿和端菜的一位小姐撞个正着。

江声在北来顺吃完羊肉泡馍，便带着一肚子火气骑车回家。进得门来，见桌上放着冠生园蛋糕和华尔街领带，不禁心里一软，火气顿消，又见玉琢在床上和衣而卧，那睡姿美得让他心跳，便一反刚才那种凶神恶煞，向玉琢直赔不是，还千般呼，万般哄，说自己是道听途说，捕风捉影，甚至说自己是以小人之心度君子之腹，要玉琢别往心里去。玉琢不理不睬，他又拿话逗玉琢，怄气的女人老得快哟，你可不能怄气，快笑一笑，快笑一笑。玉琢还是不理不睬，他又牵着玉琢的连衣裙袖子，看喽，这好的连衣裙都揉成干腌菜了，怪可惜的，怪可惜的，你快起来，要睡就脱了衣服睡嘛。说着就动手给玉琢宽衣解带，玉琢脚蹬手打，百般不让。软裹绵缠半天，玉琢就是不挪身子不动嘴，对他江声就是四个字——滚一边儿去！江声无奈，便拿了自己的毛巾被和枕头，倒在客厅的沙发上，一双眼睛直勾勾地望着天花板，望着吸顶灯。欠身吻发，这个就像一句成语的四个字，特别是那个吻字，始终让他如鲠在喉，吐也吐不出来，吞也吞不下去。

江声因为什么，怎么和玉琢拌嘴，两个人的矛盾如何升级，冯成一概不知。他只知道，他和郭倩恋爱两年多了，现已进入谈婚论嫁阶段。老话说，人到三十半老人。他和郭倩，一个三十四五，一个三十二三，都翻过三十好大一截子了，真的耽搁不起。好在二人已经商量得铜铜铁铁，十月一日在桃花岭饭店举行婚礼。新房已装修完毕，这些天他就只忙一件事，这件事就是一有空就和郭倩逛商场，选购他们满意的家具。

两个人都觉得，新房应该布置得温馨一些，浪漫一些，那是他们谈情的洞窟、说爱的巢穴，家具是里面最为重要的东西，不光要适用，还要清爽耐看，绝对不可以马虎凑合。

他们去过好几家家具专卖店，那些家具全都不入他们的法眼。

那天周日，他们在苹果家私城看中了一套家具，质量、款式和颜色都合乎他们的心意，就是尺寸与他们新房的大小宽窄不太匹配，有点儿遗憾。老板答应，可以派设计人员去他们的新房，量准每套每件家具的规格，再找苹果家具公司订制，保证四十天内送货上门，组装就绪。供求双方依约而行，冯成填写了订货清单，付了定金。往下再要做的，就是和郭倩一起耐心等待。

郭倩真是个美人坯子，身材苗条，挺胸收腹，黛眉粉脸，肌肤白润光洁，从孟夏直到仲秋，多半时间，她都爱穿纯棉T恤和牛仔短裤，脚上不是洁白的球鞋就是无跟儿的趿脚拖鞋，显得青春洋溢，生性上仍旧保留着孩童的某些天真，当然，还有一般未婚的知识女性都有的那种矜持、小心眼儿和倔脾气。冯成不知如何对她才好，轻不得重不得，冷不得热不得，吹不得弹不得。这不，今天上午她突然就不快乐，黛眉紧锁，粉脸含嗔。

冯成问她，是不是哪里不舒服，要不要去看医生?

郭倩只说了一句话，去看医生，你巴不得我死！再就不言不语。

冯成小心翼翼，一时给她剥橘子，一时给她削苹果。

郭倩这才开口说话，听人讲，前些时你跟一个同事还是一个有夫之妇发生了恋情，我虽闭目塞听，可也早就知道。开始，我不太相信这是真事，一直没有吭声，现在传得满城风雨，看来这事假不了。我警告你冯成，你一双脚踩两只船，不论哪只船一动，你就会落水，还可能陷入灭顶之灾！

冯成听了郭倩的这番数落，丈二金刚不摸头脑，不知道她具体指的什么，所谓何事。问她，她又缄口不言，急得冯成抓耳挠腮，只有指天画地，赌咒发誓，否认郭倩所言。

郭倩见冯成脸红脖子粗地急，忍不住才说，你自己做过的事，佯装不知，反来问我，还真会装蒜咧！

冯成委屈得要哭鼻子，哀求郭倩，法院判决罪犯死刑，还要列个罪状，是杀人，放火，还是什么别的行为，都要一一告知，最后绑赴刑场还要验明正身，哪有糊涂官打糊涂百姓的道理！就是死，你也要让我死个明白呀？

郭倩这才把听来的他和玉琢在车上的那码子事，当然是经过加工演绎过的那码子事，加上自己的分析想象，绘声绘色说了出来，并且斩钉截铁地说，原来你是一个绿叶红皮的花心萝卜，对于爱情，你不能恪守专一，吃着碗里的看着锅里的，还想把锅里的舀一勺子，搛一筷子，教我怎么容得？看样子，我们只有分手！

冯成把郭倩所指，原原本本交代了一遍，辩解了一番，说，闻过玉琢的头发是实，我就坐在她的背后，她的后脑勺把部分头发挤出了椅背，就在我的鼻子跟前，我闻过她发间的那种兰香，人家连知道都不知道，哪儿来的恋情呢；玉琢是我的同事，一个女人，力气身高都不够，拖着一个箱子，放不上行李架，放上行李架了又拿不下来，我帮过她是实，也不存在什么恋情呀。恋情是什么，恋情是双向的两个人的行为，一个人就那么点儿动作，连单相思都不是，怎么能叫恋情呢？我和你才叫恋情啊！然后，又低声下气央求郭倩，你怎么样对我都行，包括打屁股，揪耳朵，千万别说分手，你一说只有分手，我就要精神分裂……

玉琢这天没有课上，多睡了一会儿，江声买了早餐回来，喊她起床。其实她已起床穿好衣服了，只是觉得心中不爽，有些眩晕，听见江声叫她，便从卧室走了出来。才说要去洗漱，忽然作呕，她连忙踩开垃圾桶盖儿，弯下腰哇哇几声，结果连口水都没哇出一滴，只是干呕。刚刚洗漱完毕，又忍不住干呕了两次，还像要晕倒的，搞得气弱力微。

江声见玉琢这个样子，不明所以，连说，我打电话请假，送你上医院。江声打完电话便偕玉琢出门，拦了一辆的士。

在人民医院，玉琢看了普通内科，又看了胃肠专科，两科医生的诊断基本一致，都说，既不是食物中毒，也不是肠胃炎症，建议她去妇科那边，做进一步检查。

在妇科，玉琢做了两项检测，医生笑着对她说，恭喜你，你怀毛毛儿了，都快两个月了，你自己都不知道？

玉琢说，就是月经没来，今天早晨干呕了几次，有些眩晕乏力，因为我这些年不曾怀孕，以为不能生育了，便没往这方面多想。

不一会儿结果出来了，化验单上打印的妊娠二字，赫然在目。

江声在门外静候，先不相信自己的耳朵，后不相信自己的眼睛，待耳朵眼睛同时告诉他，老婆怀孕千真万确，他才像个皮球被拍了一下，高兴得直蹦，乃至喜极而泣。他掀开印着男士免进四个红色大字的妇科的门帘，跑进门去向医生鞠躬道谢。医生连叫，不用谢，你快请出去！不用谢，你快请出去！他才笑嘻嘻出来，挽着玉琢慢步下楼。

到了医院的门外，江声把玉琢拉到人少的墙根儿那里，好一阵傻笑，对玉琢说，孩儿他妈，几年来我们频频动作，没少花力气，你还经常在床上求神，分明求的是我这个男神，怎么就感动了送子观音那个女神，不经意间就给我们送来了一个！你还说，要是真的不生，就让我妹妹偷偷地帮着生一个，不论男女，我们抱养过来。现在好了，不用我妹妹劳神费力了。我们江家宗绪绵延后继有人，我衷心地感谢你！从现在开始，家务事我总揽全包，你下班回家，主要任务就是休息，玩玩手机，看看电视，听听歌曲，弄弄花草，自己想歌就歌，想舞就舞，想画就画，想写就写，这都是你的强项。一定听我的，不许劳累！

玉琢飞红了脸，羞怯地说，你说的是些什么呀，也不怕别人听见。孩子是我们两个人爱情的结晶，就像有首歌唱的，功勋章有我的一半，也有你的一半。不过，今起差不多一年时间，你再不能随心所欲，肆意妄为，这对你的自控能力是一次严峻考验！

江声调皮地笑了，谨遵严命，关于动作的事，你说何时就何时，你说怎样就怎样，我保证服从命令听指挥。

玉琢颇为得意，望着兴高采烈的江声莞尔一笑，说，一张嘴，好起来似蜜，坏起来像刀！

回到家里，江声扶玉琢坐在沙发上，要摸玉琢的肚皮。玉琢说，这才两个月不到，摸不到的。江声不管，洗了洗手，真就撩起玉琢的裙子，蹲下身来，在玉琢柔软温润的肚皮上摩挲了好一阵子。

玉琢说，再过七个多月，孩子就生了，你当了爸，我当了妈，我们该是多么幸福！美中不足的是，你妈不在了，我妈也不在了，我们的孩子没有奶奶，没有姥姥，少了两个亲人疼爱，还得花钱雇请月嫂。

江声说，那些伤心的事别去想它，想也没用。月嫂该雇就雇，该请就请，终归是好事，这钱该花，花得值得！

冯成和郭倩订购的家具到了，组合安装，一天的工夫就搞得十分熨帖。其余电器、厨具、床上用品和一些张挂、摆饰，等等，早就购买齐全。二人心往一处想，劲往一处使，挽起袖子，拆包开箱，铺陈布置，一切东西很快各就各位，完全可以物尽其用。奶白色的墙上，挂了他们放大的一张结婚照和一张生活照，还有一张买的光屁股乐哈哈的胖小子的全裸照。

新房布置就绪，翌日，郭倩便主动提出，和冯成到民政局办了结婚登记，拿了红本本儿。一个乐滋滋，一个喜洋洋，当天就走进了他们的二人世界。尚未办完的大事，就是给双方的亲友发送请帖，等待国庆节那天，在桃花岭饭店举行婚礼，屈指算来，倒计时还有四十八天。

怀孕四个月，玉琢到人民医院产科做定期妊娠检查，完了上洗手间出来，不意碰见冯成。

冯成说是偕郭倩来妇科看医生，郭倩在里面，已有好一会子了。

在廊道里，二人便互相祝贺，玉琢祝贺冯成喜结良缘，冯成祝贺玉琢将得贵子。说完这些套话，冯成岔开话题，向玉琢道歉，说去黄山旅游，因他行为有失检点，没想到对她的清誉造成负面影响，很是对她不起。玉琢为此事已是烦恼至极，不愿提起，但她听罢冯成所说，还是报之一笑，这算什么事，别放心上。说着，便把拎着的小坤包儿挎到肩上，向楼梯走去。

刚好这时郭倩从妇科掀门帘出来，看到了冯成同玉琢说话和玉琢匆匆离去的一幕。

玉琢和冯成在人民医院妇科门外相遇说话，郭倩看到了，还有个人先就看到了，这个人就是周容儿。周容儿因为牙疼，在妇科斜对门儿的口腔科排队候诊，隔着玻璃，望见了玉琢和冯成站在廊道里，不知说些什么，玉琢和冯成也望见了周容儿，彼此做手势打招呼，玉琢指了指肚子，周容儿指了指牙齿，因为玻璃隔音听不见，都什么没说。

出了医院大门，郭倩便揪住冯成大吵大闹。冯成百般辩解，郭倩不仅不听，竟然还怒气冲天地说，过不下去就不过，离婚拉倒！

离婚拉倒这四个字，郭倩不假思索，轻启朱唇就说了出来。可对冯成，这就是半空中突响的一声炸雷，一时掀天揭地，让他惊惧不已。

回到家里，冯成继续辩解，说他和玉琢是同事，早不见晚见的，今天在医院妇科门外遇上了，就说了那么几句套话，和她没有任何的不正当关系。郭倩仍是怒不可遏，把此前的有关传闻、今天的亲眼所见和自己的分析想象，加到一起，硬说冯成有外遇，外遇的女人就是玉琢，再一次说离婚拉倒，完全不听冯成的任何说道。冯成无奈，双膝一弯，跪在了郭倩的面前，极尽卑微低下之能事……

玉琢和冯成在医院妇科相遇，就和在华光中学某处相遇一样，再平常不过，到了郭倩那里就变样儿了，到了江声那里就更变样儿了，变得面目全非。

江声寅动卯发，一进家门便满腔愤怒冲向玉琢，我说你和那个姓冯的不干不净，你死不认账，现在你还有什么话说？那家伙真是天字第一号胆大包天，竟敢陪你到医院做妊娠检查。他因为关心你，居然连脸也不要，甚至不畏千夫所指，由隐蔽转向公开，真是不知人间有羞耻事！

玉琢气得发抖，但理智让她冷静，她严肃地说，冯成他爱人身体不适，他陪他爱人看医生，在妇科门口遇上我了。他祝贺我将得贵子，我祝贺他喜结良缘。他还向我道歉，说去黄山，他在车上一时忘情，有失检点，坏了我的清誉，求我谅解。我只说了两句话，说这算什么事，别放心上，就各自走开。冯成和我在一个单位工作，有什么话在单位说不了的，要约到医院去，还搞成了陪我做妊娠检查？亏你想得出来！今天早上，我让你请假陪我，你说有事，不便请假，要我自己去。现在说这样的话，让我太伤心了。你这样伤我，就不怕影响你儿子正常发育——医生告诉我，我怀的是个儿子。

江声怒气更盛，别的话你们在单位当然没有少说，可陪你做妊娠检查，当然要去医院，你的这番辩解，直接就是此地无银三百两！你说怀的儿子，你怀的谁的儿子？是我的儿子吗？去你的吧！不要别人吃肉，把卵纤儿挂在我的名下！

玉琢好多年没有哭过，可今天，她的眼泪像断线的珍珠，挂在腮边，滚在胸前，掉在脚下。

我现在完全明白，就算到医院是偶然遇上的，可你不告诉他，他怎么知道你怀孕了，怀的还是儿子，祝贺你将得贵子？祝贺你将得贵子，就是祝贺他自己将得贵子。再清楚不过，你肚子里的儿子不是我江声的，是那个混账东西冯成的！我成全你们，离婚吧，我不会傻到戴着绿帽子，帮别人养儿子！江声一阵怒吼。

这是哪儿到哪儿，玉琢含悲忍泪，正要说，偶然遇上就是偶然遇上，怎么说就算，原来你是在搞假设？我有孕在身，已经出怀，华光中学尽人皆知，将生贵子是一句顺口之言，好几个同事都曾说过。还有，冯成要是陪我到医院做妇科检查，怎么会把他爱人郭倩带上呢？你凭空捏造也要想一下情理吧，把兔子屎硬说是药丸儿，那就是药丸儿吗？我看，你的逻辑思维已是极不正常了。这些话她想说还没说出口，就听江声说出了离婚二字，这是忽然间的一个晴天霹雳，震得她一下子晕倒在沙发上……

前人说，庸人自扰，喜欢无事找事。可江声和郭倩都受过高等教育，怎么说也不是庸人。不过，爱情，不，具体应该说是配偶，是天生私有的身边之物，古今中外，人皆如此，男人见不得自己的女人碰别的男人，女人见不得自己的男人碰别的女人。问题是，冯成和玉琢的事，根本不是男女之间的那个性质，而是经过人们包括江声和郭倩本人在内，自觉不自觉地加工演绎，弄得越来越像，煞有介事。这正像民间的一个顺口溜儿——人嘴两块皮，说话没高低，分明七尺五，偏说二丈一。

冯成和玉琢在车上的这么点儿事，经过加工再加工，演绎再演绎，导致两对夫妻闹得不可开交。好在他们都是知识分子，有素质有修养，只是文闹，没有武闹，始终遵循着君子动口不动手的传统规则。但是，武闹伤身，文闹伤心，文闹比武闹更为厉害，闹到末了，后果很是严重。

什么严重后果，离婚？是的，离婚！江声喊离婚，郭倩也喊离婚。

江声提出离婚，因为违法，被人民法院裁定驳回，气得他一阵暴跳。

法律规定，妊娠期间和分娩不满一年或终止妊娠不满六个月的，男方不得提出离婚。玉琢有孕在身，江声这时提出离婚，当然就违法了，他不撤诉，人民法院依法作出了驳回的裁定。

玉琢前思后想，虽然人民法院没有支持江声的诉求，客观上对她这个孕妇是个有力保护。但是，事情闹到了这个分儿上，她同江声还能过到一块儿吗？逆来顺受，太委屈她了，也不是她的性格。她郁闷纠结多日，也思考多日，觉得江声除了生性狂躁，喜怒无常，以自我为中心，对她根本就没有真正的感情。对她表示的那种爱，不是情爱，源自心理的爱，而是性爱，源自生理的爱，这种爱与那种彼此珍惜、互相呵护和心心相印的爱，有着本质的不同。连她的人格都不给起码的尊重，一次次往她头上扣屎盆子，一次次污蔑她，毁谤她，羞辱她，令她声名狼藉，颜面扫地，证明了她的这个判断和结论。她心中满满的都是伤痛，像要滴血。再这样下去，她非得抑郁症不可。她对自己说，长痛不如短痛，离婚，兴许是一种解脱。她本想打掉腹中的胎儿，与江声一刀两断，不留丝毫牵挂，但又想到，自己怀孕不易，况且，这时候的胎儿已经是一个幼小的生命，她不时感到儿子在腹中撑拳踢腿，像是在向她表示严正抗议，说他是无辜的，不能因为父母扯皮拉筋殃及他的小命。玉琢和儿子好像有了心灵的沟通，作为一个母亲，怎么也不能残忍地让自己的儿子惨死腹中。她的儿子，她一定要生下来，一定要养起来！

玉琢毅然决然，挺着大肚子向人民法院诉请离婚。

法律规定，女方提出离婚，不受妊娠、分娩和终止妊娠的有关限制。人民法院受理了玉琢的离婚之诉，当即立案，进入审理程序。

法官数次主持调解，玉琢都不同意再与江声和好。

人民法院通过开庭审理并经合议，认定玉琢和江声二人感情确已破裂，没有共同生活的可能，只有做出离婚判决。

没过多久，郭倩也向人民法院递交了离婚诉状，诉称冯成行为不端，同别的女人勾勾搭搭，裹裹连连，和她没有感情，她实在无法忍受，怎么也过不下去。

冯成再三辩解，说郭倩是偏听偏信，外加自己的分析和想象，完全是一场误会，一场错觉，所说纯属子虚乌有，他没有任何的外遇问题，求她撤诉，双方和好。还说，只要郭倩同意和好，他今后唯命是从，无论什么事情都由她郭倩说了算，当家做主。

不论冯成做出何种驯服姿态，郭倩死活都不同意，一定要离，甚至拿死来说事儿，说如果不判离婚，她就一死了之。

终因调解无效，人民法院只有做出离婚判决宣告结案。

无事加工成有事，假事演绎成真事，江声和郭倩硬是剑走偏锋，把好好的两对夫妻，搞成了四个单身……

玉琢的儿子两岁了，取名成器。母子二人的名字，应着《三字经》里的两句话，玉不琢，不成器。成器的体态相貌，活脱脱一个按比例缩小的江声，聪明伶俐，乖巧可爱。玉琢讳莫如深，绝对不让江声知道她的儿子，见到她的儿子。她从不主动在人前提到儿子，别人夸她的儿子，她除了得意的笑，很少接茬往下多说。

光阴荏苒，一晃三年。几个月前，冯成开始试探着向玉琢示意，想和她走得近些，再近些，直到没有距离。

玉琢不动声色。

近日，冯成进了一步，同玉琢频频接触，说了许多掏心窝子的话，虽没直接说出男女朋友那层意思，但那层意思玉琢已是了然于心。

了然于心，但心却不为所动。玉琢对冯成虽有好感，甚至可以说很是喜欢，不论是相貌、才情还是品行，她都喜欢，但她不能没有顾忌。她要真是和他相向而行，那过去无中生有的一些传闻不就全坐实了？无不就成有了？他们清清白白的两个人，不就真有苟且之事了？不就等于承认江声和郭倩以前讲的，不是虚言而是实事了，相反，他们自己过去所做的辩解，不就不是真情而是假话了？那该是什么样的一种难堪？心里的煎熬和灵魂的拷问，如何承受？如何回答？为了爱情，真的连名声也不要？形象也不要？她和冯成都在华光中学教书，都是人民教师，还敢说为人师表吗？她特别郁闷，特别纠结。

一日下班，冯成敲开了玉琢的房门。

进屋，一缕兰香倏忽飘来，令他精神为之一振，再闻，兰香没有了，他轻轻地呼吸，一次，两次，三次，还是没有闻到他喜爱的兰香。

冯成对玉琢说，三年前为闻你发间的兰香，闹了一场不小的风波，刚才我又闻到你发间的兰香了，不会再起风波吧？

玉琢不好意思地一笑，说，一场风波，闹了那长时间，闹散了两对夫妻。你是罪魁祸首，反倒无所谓似的，说不定还暗里庆幸哩，只有我这个女人，一张脸真不知往哪儿搁了。你来做什么？有事就坐下说吧，别老站着。

冯成边坐边说，我有些话在心里憋了很久，不知你愿不愿意让我一吐为快？

玉琢说，你有话就说呗，我听着就是了。

冯成说，我不情愿也没想到，我知道你也不情愿也没想到，都会经过一次失败的婚姻，可命运偏就如此安排，我成了孤男，你成了寡女。我记得不太准，好像是《道德经》上说的，祸兮福所倚，福兮祸所伏。这话太对了，坏事好事往往会互相转化，好事会转化为坏事，坏事会转化为好事。我认为，江声和郭倩，是好事转化为坏事，我和你，是坏事转化为好事。你说我庆幸，是现在，当时我是悲摧无奈，恨不得撞墙，我知道，你当时也是非常苦恼。如今，在爱情和婚姻问题上，我和你都自由了，有权利了。既然背了那么一个虚名，我们何不就索性一个索性，趁我们还没变老，行使我们的权利，走到一个屋檐下呢？难道你还没觉得，月老仙翁已拿红绳把你我拴在了一起？冯成接过玉琢递给的茶杯，接着说，我知道，你有重重忧虑，最害怕人们茶余饭后议论。清者自清，浊者自浊。人家要发评论就发评论，要编故事就编故事。连周公和孔子那样的圣人，都有人说他的坏话泼他的脏水呢，何况你我！时间老人会毫不留情地抹平一切，消弭一切，十年八年之后，谁还会乱嚼舌根。就算有人闲得无聊要嚼，只要不当着我们的面嚼，我们看不到听不到，就让他们嚼去，我们过我们的日子。高校外语教材，不是节选有意大利诗人但丁的《神曲》吗，有两句话你该记得的，走自己的路，让人家说去吧！乡下有两句俗语说得更好，不能听见蝼蛄叫，农人就不种庄稼。

见玉琢一言不发，冯成喝了口茶，接着说，那些传闻包括江声和郭倩所言，全都是虚，可我对你爱慕是实，对你暗恋是实，特别是我们成了孤男寡女之后。当然，这是我内心深处的活动，是潜在的思想意识，外人都不知道。你选择嫁了江声，我选择娶了郭倩，在婚姻大事上头，你我都没有过错，是江声负你，郭倩负我。不过，在客观上，还真像江声说的那句气话，成全我们。事已至此，那我们何不就接受他的这番美意呢？匈牙利诗人裴多菲是怎么说的，他说，生命诚可贵，爱情价更高。爱情比生命还贵重，名声和形象在爱情面前又算得了什么！况且，名声和形象是可以树立的，是可以再造的，也是可以修复的，今后你我自然会好自为之。所以，你的郁闷和纠结，实际上是多余的，没有必要的。我多么渴望能和你并肩携手，在崎岖的人生路上，走到白头，走到终老！

玉琢仍是一言不发，只是睁大一双水汪汪的眼睛望着冯成，听冯成深情地继续他的倾诉。

晚上九点了，冯成喝干了杯子里的剩茶，说了声再见，便起身离去。

从这天起，玉琢不再是心如止水，一静下来，便会想起冯成。她觉得她这个样子很不应该，是不是已经坠入爱河了。可要她不想，她做不到，那天中午在食堂吃饭，她看到餐厅靠窗户的一张桌旁，冯成坐在那里，她拿着饭菜走过去，在一旁坐下，想约冯成诉说衷肠。结果那人不是冯成，她这才想起冯成参加全省高中语文教学研讨会去了，还要几天才能回来。她悻悻地在那张桌子上放好饭菜，吃了几口，不想却毫无食欲，饭菜嚼在口里却吞不下去，只好找厨房要了个盒子打包，拿着回了宿舍。

一样相思，两处闲愁。

冯成开完会回校，嘭嘭嘭，迫不及待敲响了玉琢的房门。

玉琢连忙开门，喜形于色，让座端茶。

四目觑视，良久。

冯成说，你已经在我的心里住下来了，离开你了，我的心里就空落落的。你一直没有对我明确表态，不论怎样，我得先把心掏给你。

玉琢欲言又止。

冯成说，你一个人带着孩子，多么不易。江声诬你清白，硬说成器是我的儿子，那我就帮你把成器养大，当成器他爸。你给成器取名字，虽然本的是《三字经》里的两句话，玉不琢，不成器，却让我和他共着一个成字，这兴许是上天的暗示，让我和他没有血缘关系却有父子之情。冯成端起茶杯连喝了几口，又让玉琢冲了开水，自接话茬，我告诉你我的名字由来，我爸姓成，我妈姓冯。我上幼儿园的时候，名叫成冯，跟着爸姓，上小学的时候，妈让我改名叫冯成，说冯成好念好听，也比成冯有意思些，从此我就跟妈姓，名叫冯成。我的人事档案里，有我的履历表，填写的就是两个名字——冯成，又名成冯。我若回过头来再叫成冯，把颠倒了的两个字再颠倒过来，使用幼儿园叫过的名字，成器就叫成器，不再冠上玉字，不就真是我的儿子了！成冯的儿子叫成器，成器的父亲叫成冯，名正而言顺，也来个弄假成真。如此嫁接，自然而然，不留痕迹。成器有爱他的父母，有健全的家庭，一切都正常而又正常，和别的孩子完全一样，也就不会产生心灵创伤。如若不然，过几年上学了，开家长会什么的，会让你伤透脑筋。成器没有爸，还会被同学嘲笑，甚至被欺负。而你要应付这一切，就只有编造谎言，说他爸去了很远很远的地方，回不来了，等等。可孩子大了，谎言不会穿帮吗？想不到的麻烦就会接踵而至。还有，你和我的名字连在一起，更是大有讲究，玉汝于成，玉成其事，都是常用的成语，里面既有玉也有成，而且意思都很美好……

听到这里，玉琢已是热泪盈眶，突地站起身来，一下子抱住冯成，哭了个梨花带雨。

冯成先像是被电击了一下，一股热流从胸口直贯全身，接着就闻到了兰香，那种让人振作的兰香，让人亢奋的兰香。要说冯成欠身吻发，这时候才是真真正正的，实实在在的。他不光吻了玉琢的秀发，还吻了玉琢的额头、玉琢的面颊和玉琢的嘴唇。

这边，冯成和玉琢进入热恋，那边，郭倩不知怎么又突地回心转意，主动找到冯成，要求复婚。

她说，冲动是魔鬼，我头脑发热，一时冲动，在错误的时间、错误的地点，做出错误的决定，铸成大错特错，冯成你一定要包容原谅。老话说，一日夫妻百日恩，你做了我的男人，我做了你的女人，我们在一起虽只几个月，这恩算起来可管一辈子。我们还是做夫妻吧，破镜重圆，你说行吗？见冯成不吭气，她接着说，我们不离了，希望你能同意，我们再跑一趟民政局，我想回到我们一起布置的新房，回到我们的二人世界，你说行不？冯成，你不好明确答应，点个头就是了。

冯成忍了半天，不得不回答，他说，我谢谢你郭倩，可当初你怎么就非离不可呢？我们结婚才几个月，八个多月吧，还是如胶似漆的时候，你却起诉离婚。本来我们和和美美，你突然叫嚷，说我们感情破裂，并且说感情破裂是因为我有外遇，外遇的女人就是玉琢。你冤枉我不说，还中伤人家，甚至说你我感情破裂已无法共同生活，头天我们还同床共枕，你积极主动，第二天，当着几位法官的面，你红口白牙说我们感情破裂，无法共同生活。说这个话的时候，难道心里就不慌乱吗？脸上就不发烧吗？在人民法院，我是怎么求你的，就差下跪。你应该记得，我们拿结婚证没几天，连婚礼还没举行，你小脾气一发就提出离婚，我跪过你的呀。那回，如果不是在人民法院，不是众目睽睽，我会再次给你下跪，求你不要离婚。男儿膝下有黄金，跪天跪地跪父母，可我在你面前屈膝低头，说明我是多么在乎你。可你铁石心肠，忘了我们恋爱情投意合，忘了我们结婚幸福美满，忘了为我们结婚买房购物，我们家倾其所有，还背了几十万的债务，但你不仅对那些无中生有的经过加工演绎的传闻偏听偏信，还把自己的分析和想象也加了进去，想当然地把并非事实硬说成事实，坚持非离不可，甚至拿死来威胁我，威胁人民法院。现在要求复婚，门儿都没有，我不同意！婚姻靠感情维系，现在，我和你感情岂止是破裂，而是荡然无存。破镜有的可以重圆，有的不可以重圆，我和你破镜重圆不了，因为那些碎片已被扫进岁月的垃圾堆了，找不回来了。复婚二字，请你不要再提。你若再提，那就是胡搅蛮缠，别怪我说出难听的话来！

又是一年春正好，桃红柳绿，鸟语花香，成冯（按居民户口簿上的曾用名）和玉琢领证结婚了。从此，冯成的名字便改叫成冯了。

消息传来，江声心里并不好受。可他不愿做真实的自己，偏要强打精神，甚至装出洋洋得意，以胜利者的口吻，在几个哥们儿面前高谈阔论，怎么样，我是不是神目如电？是不是明心似镜？那两个狗男女是不是早就勾搭成奸了？现在公然结婚，结婚还改名换姓，分明是想掩盖他们的丑行。幸亏我观察得清楚，判断得准确，当机立断，坚决把那个不守妇道的女人休了。我做得太正确了，总算没当可笑的冤大头，替冯成那个王八蛋养儿子！

哥们儿几个都知道，虽然是他江声首先提出与玉琢离婚，可他的诉求被人民法院裁定驳回，让他气急败坏，好几天闷闷不乐。没过好久，人家玉琢起诉，他成了被告，最后，不是他把玉琢休了，而是玉琢把他休了。几个哥们儿，对江声和玉琢离婚，把一个好端端的家弄得断箍散板，本就不以为然，心存惋惜，对江声说的玉琢和冯成的那些事儿，一直表示怀疑。可为了照顾江声的面子，大家都不愿点穿，反倒对江声的说法一个劲儿地称道，一个劲儿地附和。

一日，成冯和玉琢带着成器在公园散步，无意间发现不远处的树丛里有两个人——周容儿和江声。那情景让成冯和玉琢特别惊奇，特别诧异，不相信眼前是确凿的事实，绕到旁边一个隐蔽处一看再看，没错，是周容儿和江声，他们两位紧紧地抱在了一起。

（写于2021年）

# 祸兮福兮

人民医院开出一辆救护车，拉响紧张而急切的警笛，在尚义路与兴业路交汇处停下，车门开处，几个身穿白大褂、面戴蓝口罩的医护人员跳下车来。呼叫救护车的是个三十出头的年轻人，名叫魏超，忙上前与医护人员打招呼，一连说了几个谢谢，几个辛苦。医护人员没多说话，迅速把一个倒在路中间的女人抬上担架，送到车上。魏超快步走近救护车门，车上一年轻女子探出头来，自称护士长，摇了摇手告诉魏超，说救护车他上不了，可他又必须速来医院，办理住院手续。说完，救护车关门启动，警笛又紧张而急切地响起，一路飞奔，回到人民医院。

在救护车上，护士长问过患者姓名和她亲属的联系方式，患者断断续续地说了三个字——黄、兴、娥，再就说不出话来，估计是伤痛过于剧烈，她休克了。

黄兴娥躺在急诊室的床上，正接受检查，魏超气喘吁吁满头大汗赶到急诊室门口，指着室内，对医护人员说，这位大妈是我撞伤的，请你们救她，一切费用由我承担。

护士长问魏超，同患者的亲属联系过吗？

魏超回答，我不知道怎么联系她的亲属，我连她的姓名都不知道。

护士长说，她姓黄，名叫黄兴娥，我也只问得一个名字，她现在出现了语言障碍，不能说话，身上又没有手机和号牌儿一类的东西，你要想法子与她的亲属取得联系，让快点儿来医院，患者怕有不测。

魏超说，现场有位值勤交警，他及时拍了照，还蹲下身子，同这位黄妈说过话，就那么几句，我没听清交警说的什么，黄妈说的什么。交警还用一种粉笔，围着黄妈的身体画了地线，勾出了黄妈倒下的位置和姿势。我请交警联系她的亲属，尽快赶到医院。交警答应了，说他设法联系。当时，我向黄妈道歉，说我那会儿反应迟钝了些，撞着她了，我已呼叫救护车，还向交警大队报了案，一会儿就送她到医院治疗，她没说话。我告诉黄妈，她的伤痛是我造成的，我一定负责到底。我说的话不知她听清没有，只见她眼睛一闭，头一耷拉，口不能言。说到这里，魏超忧心忡忡，语气低沉地说，会不会出人命啊？黄妈不能死呀，恳求你们救她，谢谢你们，谢谢你们。

护士长告诉魏超，你快到窗口交费去，救死扶伤是我们的职责，我们会尽心尽力的。

魏超是个快递小哥，开着辆厢式小车，在尚义路与兴业路交汇处等候绿灯。绿灯闪亮，他驱车前行，不意撞倒了黄兴娥——她提着个菜篮子，想跑过公路，跑着跑着又突地转身，可能是想跑回站台，一下子就被他撞着了。

急诊室里，医护人员给黄兴娥做了必要的清创处理，正要送去做相关检查，一个蓄着锅铲子发型的汉子，估计三十四五，旋风一般冲到急诊室门口，满脸怒气地问，是谁撞的我妈？

魏超上前答应，是我。

汉子问，是你？有名字吗？

魏超说，我叫魏超，魏延的魏，马超的超。

汉子嗓门儿老大，魏超，把身份证给我看看，你是不是真叫魏超！

魏超拿出身份证，双手递给汉子。

汉子接过身份证，看都没看，就啪的一巴掌，打了魏超一个重重的耳光，并开口就骂，你个王八羔子，车是怎么开的！

魏超摸着又热又疼的脸，说，你怎么骂人打人？我失错撞了你母亲，及时呼叫了救护车，又急忙赶到医院，答应承担一切费用，已先给医院交了一万，不够我会再交，你还要我怎么样？事故已经发生了，救人要紧，你着急上火，还骂人打人，能解决问题吗？

医院一名保安赶来，把汉子往旁边一拉，便问汉子，你是谁？在这里骂人打人？

急诊室正在抢救的患者是我妈，你说我是谁？汉子凶神恶煞地指着魏超，疾言厉色地说，我妈被这小子开车撞了，不知救不救得过来，你说我该不该骂他打他？

保安态度严肃，说，不该！不该！这里是医院，不是你撒野的地方！保安说话比较强硬，让汉子的狂躁气焰收敛不少。

魏超得知汉子是黄兴娥的儿子，便叫了声，黄大哥，请你息怒。我向你母亲赔礼道歉，也向你赔礼道歉。说着，鞠了一躬，又鞠了一躬。

汉子这才压低嗓门儿，但仍是满脸怒气，什么黄大哥，我姓华，中华的华！你赶快准备钱去，请记住了，先交五万，直接交到我手里。今后，由我与医院联系治疗，联系结账，不用你忙进忙出。在医院，你只招呼我妈和我的一日三餐，还有倒痰盂洗痰盂，别的不用你管！

魏超从衣袋里拿出一个小本儿，写了自己的电话号码，撕下来递给姓华的，说，我把联系方式给华大哥，请华大哥把身份证还我。

姓华的说，你要是跑了，来个肇事逃逸，跟我玩失踪，我到哪里找你去，打电话管用吗？别废话，你快拿钱来！

那华大哥，把你的电话号码告诉我总可以吧，到时候我联系你？魏超用请求的口吻说。

只有我找你的，你找我干什么？这段时间我都在医院，在医院招呼我妈，在医院等你拿钱，用不着电话联系！姓华的说话口气，由横蛮变为傲慢。

魏超说，我虽是个农民工，是个跑快递的，可我有单位，我是昌顺快递的员工。再说，我做人守规矩，讲道理，不是华大哥你想象的那种无赖之徒！

不论怎么说，姓华的就是不把身份证还给魏超，还扬言，什么时候你把钱拿来了，什么时候还你身份证！你是昌顺快递的员工，那好，我还怕你是个杀无血剐无皮的散兵游勇呢。除了医院的费用，我和我妈的误工损失还有精神伤害，都得赔偿！你是因工肇事，这就好说，你不拿钱我找昌顺快递！

魏超这才回敬了一句，交通事故我承认负责到底，你一定要找昌顺快递那你就找吧！

当天，经过医院的相关检查，黄兴娥只是左腿部有条肌腱拉伤，外见青紫，左膝盖有块皮肉擦破，有些渗血，没有伤筋动骨，其他部位没有发现伤情，只是一时行动不便。医嘱，转普通病房镇痛抗感染，一周可办理出院。

正当魏超又怕又愁的时候，听到这个医嘱，知道黄兴娥不仅没有性命之忧，而且伤情不重，心里那种庆幸，那种高兴，简直无法形容，之前还是乌天黑地，瞬间便云开日出、晴空万里。这时，他突地想起了事故现场，黄妈当时能和交警说话，却不能同他言语，还闭起眼睛，耷拉脑袋。黄妈突地口不能言，该不是装出来的，心里在打算盘，考虑的是个钱字？但他又想，过去听人说过，人受外伤，包括枪伤、刀伤、跌打损伤，疼痛都是先轻后重，两三分钟后趋于剧烈。黄妈和交警说话时，刚受外伤，疼痛相对轻些，人还清醒，说完话疼痛加剧，导致神志不清，不由自主地失语噤声。在刹那之间，她已丧失意识、人事不知，怎么会想到钱字上头？是他魏超以小人之心度君子之腹，太不应该，太不应该。

可魏超没有想到，姓华的不愿意他妈转普通病房，说普通病房人多嘈杂，不如急诊室一人一床，清静舒适，她妈晚上图个安稳睡眠，更不答应一周出院，说医院是敷衍了事，打发患者。

护士长告诉姓华的，他母亲伤情不重，转普通病房打针吃药，要不几天就会完全康复。

姓华的不听，找到急诊部主任，说他妈前胸后背时常疼痛，不明原因，住在急诊室方便做进一步检查。这话一出口，他就觉得说漏嘴了，这不是基础病吗，早先就有的病，与才发生的又是比较轻微的交通事故，怎么能扯到一起？于是他当即改口，说他妈胸痛背痛是今天才出现的，有可能是被车撞了造成的内伤。

急诊部主任轻声一笑，又斜着瞅了姓华的一眼。这一笑一瞅，分明是一种轻蔑和不屑，让姓华的腮帮子和耳根子立马发烧，他自己看不见，一张脸就像泼了猪血。急诊部主任说，今天你母亲转普通病房，明天我请住院部主任安排她做相关检查。急诊室是专门抢救危重病人的地方，里面配备了相关设备，总共就那么两间，本来就不够用。你母亲伤情不重，不能占住不让，影响医院抢救新来的危重病人。住院本来就该住病房，不是危重病人谁也不能占住急诊室，硬性占住更是不行！

姓华的先说漏嘴了，已觉面上无光，这时又听了急诊部主任的一番讲解，他无话可说，只好同两位护士一起，把他妈抬到担架车上，推到普通病房，作了安顿。

就在黄兴娥转普通病房的次日上午，医生查房已毕，交警大队一男一女两位警官来到医院。警官先到病房对黄兴娥进行了询问，其后又在医生办公室询问了魏超，除了录了音还做了笔录，让二人签名并按了手印。

下午四点多钟，管床医生把姓华的叫到一边，让他看了刚才打印的X光报告单和CT报告单，说他母亲左肺叶上端有一圆形包块，边缘有些粗糙，不排除占位性病变，也就是说不排除肿瘤。

魏超想了解黄兴娥在住院部的检查结果，是否存在内伤。医生说他不是患者亲属，这回的检查结果无可奉告，报告单他更不能看。他心里像长了草，就去找姓华的打听。

姓华的乘机对魏超连吓带骗，说他母亲内伤特别严重，是车子撞的，让快拿钱来，他说的数字，一个子儿都不能少。见魏超沉默不语，没怎么搭理，姓华的产生了一种天下人在此情景之下都不会产生的想法——自己的运气怎么就如此不好，为什么撞伤他母亲的不是奔驰、宝马、别克、奥迪、丰田、现代一类的豪车？偏偏是一辆几千块钱就能买到的车子？要是那些豪车，他在车子上做文章，搞个十万八万也许不成问题。

三天之后，交警大队出具《道路交通事故认定书》，一式两份，送达魏超和黄兴娥签收。交警大队认定，黄兴娥不遵守交通规则，斑马线前分明亮着红灯，却视而不见，竟从站台上跑出，不管不顾横穿公路，在疾驶的车流中又突地转身，想跑回站台，与魏超的车子相撞，造成交通事故，应自负全责，魏超开车没有违规行为，处理亦无不当，不负事故责任。《道路交通事故认定书》文末告知当事人，如对事故认定不服，可于十日内书面向交警支队申请复议。

姓华的一方面向住院部主任提出要求，为他母亲检查确诊，肺叶上那个包块究竟是个什么东西，一方面代他母亲写出申请，为他母亲鸣冤叫屈，请求交警支队撤销交警大队的认定，由魏超承担全部责任或是主要责任。

医院用穿刺、活检和细胞培养等医学手段，对黄兴娥肺叶上的包块做了进一步检查化验，确诊是恶性肿瘤，即肺癌且是晚期，其胸痛背痛，乃肺癌所致。

交警支队收到黄兴娥的复议申请，经过查阅电子摄像、现场照片、值勤交警日志、有关证人证言、黄兴娥和魏超两个当事人的陈述等全案材料，认为交警大队对该交通事故的认定，事实清楚，证据充分，适用法律法规正确。据此，裁决驳回黄兴娥的请求，维持交警大队的认定。

两份医学检查报告单、两份《道路交通事故认定书》，让姓华的两眼冒火，两边的槽牙咬得咯吱响，满肚子都是气恼和怨恨。气恼的是，魏超不拿钱来，让他干急；怨恨的是，人民医院和交警部门——怎么把病情和案情，都弄成了不是他希望的样子？这对他来说简直就是打击，而且是极其无情、极其沉重的打击！

根据交警部门对交通事故的认定，魏超没有责任，黄兴娥的医疗费用依法依规都应由她自己承担。可他魏超碰到的是个蛮横无理的主，他想拿回预交医院的一万块现金，就如蛇钻进了墙窟窿儿，要拔出来是不可能的。医院财务也不可能把到手的钱退给魏超，再找姓华的要去，这是医院，不是法院。黄兴娥在医院的费用，总共七千多块，姓华的明知而装不知，不仅不提交费二字，还人心不足，想把魏超多交的两千多块退归己有。好在医院财务坚持一条原则，收款退款只认魏超，不认姓华的，姓华的想占更多便宜未能得逞。虽是如此，作为交通事故的当事人魏超，说是没有责任，实际上全部责任他都负了，不光负了交通事故的全部责任，连黄兴娥肺癌检查的费用也是他付的。七千多块，是他魏超两个月的血汗，就这样送给了姓华的。

到这个时候，按说，姓华的应该把身份证还给魏超，可姓华的就是不还。不仅不还，还三番五次找到魏超，说，我大人大量，原来说的五万块我不要了，你只给我五千块赔偿就算两清！

魏超说，医院的费用七千多块，本该你交，我帮你交了，你还找我要钱，你讲不讲理啊？

姓华的说，你还这么跟我说话，你不撞伤我妈，我会让你出钱，还找你要钱吗？这五千块，是我和我妈误工及精神损害的赔偿，你非给不可！

魏超说，我等于给你七千多块了，再没钱给你。

姓华的恶声恶气地说，不拿钱来，那你小子等着，到时候教你认得老子！

魏超不禁一惊，华大哥，你开口就称老子，觉得文明吗，你怎么就像街头巷尾人们说的鬼见愁华济？

姓华的一笑，老子正是华济，行不更名，坐不改姓！

魏超早就听人说过，市里有个华济，背地里人们叫他鬼见愁，是个流氓加地痞一类的角色，讲话爱称老子，专挑老实人欺负，无事找事，干一些强讨勒要的不法勾当。华济要是找上谁了，谁不出血也要破皮。便说，你就是华济？开口就称老子？这就对了。你说，到时候教我认得你。还要到什么时候，就这时候，我已认得你了。

华济威胁魏超，我就是华济，你认得就好，我看你未必真的认得！

魏超平心静气地说，打了这些天的交道，刚才你又自报大名了，还不算真的认得，那怎么才算真的认得？

华济放出狠话，什么时候脑袋开瓢了，你就真的认得我华济了！

魏超听得身子一筛，打了个寒噤，但他立马镇定下来，说，言下之意，你还准备行凶，对我大打出手？

华济凶神恶煞地说，你爱怎么理解就怎么理解！

魏超说话依然平静，现在是法治社会，你敢以身试法？

华济凶劲儿不减，管他什么社会，老子不怕！

对于这种不法之徒，讲理是没有用的。万一哪天真的被他毒打一顿，身体受到伤害，甚至搞出个什么意想不到的严重后果，那可就迟了。魏超考虑再三，准备到公安机关报案。

魏超还没报案，华济就先动手了——那天下午六点多钟，魏超送完快递开车返程，在阅景小区附近，被两个戴蛤蟆镜儿的人拦住，说他欠账不还，五千块，现在拿钱便罢，若不拿钱，就让他的脑袋开瓢。坐在车里的魏超急中生智，往两个戴蛤蟆镜儿的人身后的那个巷口一指，叫道，华济大哥，你来得正好！趁两个戴蛤蟆镜儿的人回头张望，魏超一扭钥匙，开车就走，迅疾提速。两个戴蛤蟆镜儿的人撵了几十米，人腿到底不如车轮快，只有站在那里哈气。

第二天一上班，魏超就到了派出所，一五一十说了他这段时间的遭遇，说了华济的所作所为。

华济是在公安机关“挂了号”的，派出所受理了魏超的报案，立马传唤华济。

办案人员对华济一番训诫，说他本人敲诈勒索，教唆他人拦路抢劫，已经踩了犯罪红线，只因敲诈勒索数额不大，拦路抢劫又属未遂，不作刑事追究，但必须记录在案，依《中华人民共和国治安管理处罚法》，处他十天行政拘留。华济在老实人面前，霸气十足，流气十足，一搞就说老子不怕。可真到了公安人员面前，却一点儿威风也没有，规规矩矩地在笔录上签字按手印儿，交出了魏超的身份证，接受处罚，连申诉二字都没敢说。

人有善心，待人处事自是不同。对支付医院的七千多块钱，魏超开始颇感委屈，事后细想，又觉坦然。他认为，黄兴娥毕竟是在他的车轮下受伤的，为她医疗交费，实属应该，不能算冤，至于黄兴娥肺癌晚期的检查费用，他一并交了，可以看作是对危重病人的帮扶，应算善举。就是华济，真是一个鬼见愁，不仅不觉得情何以堪，还对他死敲竹杠，几次恶语伤人，起先打过他耳光，末后又教唆同伙拦路要钱，他有点儿耿耿于怀。转念一想，华济被派出所传唤过，训诫过，处罚过，还留了案底，等于为他出气了。魏超反一想正一想，横一想竖一想，便觉胸中豁然，心理上一下子都平衡了。一连多日的诸多折腾和种种烦恼，统统都抛给了万里长江，现在他一身轻松，跑快递跑得更来劲儿了。

市里有条康庄大道，康庄大道有家华美服装商店。华美服装商店批零兼营，多从宁波进货，货到昌顺快递，多是魏超负责送交，服装商店的营业员梅林或是杜娟负责签收。一日，魏超又送货来，签收人却是华美，一位十分漂亮的女郎。后来知道，她就是华美服装商店的老板，人名就是店名，店名就是人名，一而二二而一，华丽而又美好。

一来二往，长日长时，魏超和华美便渐次熟悉，彼此留了电话加了微信。此后，凡是魏超送货，都是华美亲自签收，凡是华美亲自签收，魏超一定会把大箱小捆的货物扛到店后二楼的仓库，整齐有序地码上货架，或是放在华美指定的位置。此前，不论是梅林还是杜娟哪位姑娘签收，只要货物搬下车了，他魏超就算完成任务，任凭两个美女累得香汗淋漓，都与他无关，他坐到车上一扭钥匙，走之乎也。再后来，魏超应华美之托，帮商店发货——邻近县市，不少经营服装的店家，从华美服装商店批购，只要联系妥当，华美即请魏超过来，装箱打捆，带到昌顺快递发往各地，不再要两个营业员赶车去快递公司投寄，省了许多心力。

那天下午，魏超送货，华美签收完毕，对魏超说，两年多来，你给我的商店送货发货不下百次，忙完就走，连水也没喝上一杯。今天晚上下班了，我请你吃饭，时间地点等会儿我发给你，你一定要来，别驳我的面子。

魏超一听，不知是受宠若惊还是某种莫名其妙的胆怯，一颗心顿时便狂跳不止，不过，他还是咯嘣脆地答应了华美。他哪敢驳华美的面子，是华美给了他天大地大的面子，他庆幸，他荣耀，恨不得来一番嘚瑟。太阳尚未落山，魏超就回到住处，洗澡洗头刮胡子，换了衣服换鞋袜，还照了几回镜子，然后就把手机拿着，时而右手换到左手，时而左手换到右手，时而又瞅瞅屏幕，片刻不离，忐忑不安地等待华美的微信。直到天已煞黑，手机才叮咚儿响了一声，魏超连忙点开，果然华美的微信来了，告知他吃饭的时间地点——七点半钟，江岸人家。

两个人在江岸人家共进晚餐的情景，吃的什么，说的什么，外人不知。可以猜想，两个人的关系由此大进一步。营业员梅林和杜娟看在眼里，为她们的老板高兴，还有那么一点儿说不清道不明的羡慕。打这之后，华美只要有事，魏超是呼之即应，应之即来。

许是合该有事，不过，此事并非彼事，且事又偏偏那么奇巧。那天中午，在胜利路一侧的人行道上，一女子走着走着突然倒地，魏超到修配厂去取他的厢式小车，正好遇见，便几个箭步跨了过去，把那女子横着抱起，拦了辆的士，送到人民医院。

在急诊室的病床上，护士取下女子的口罩，为女子输氧。魏超惊得目瞪口呆，禁不住长长地啊了一声，那女子不是别人，竟是华美！敢情刚才，在车下，在车上，在到急诊室的途中，穿过医院的门厅，还上了二十多步的转角楼梯，他都没认出抱在胸前的女子，是他再熟悉不过的华美。

护士长让魏超先去交费。

就在魏超去窗口交费这段时间，医生看了华美的眼底，测了华美的血压、血氧，听了华美的心音，还没用药，华美就苏醒了，只是瘫软无力。原来华美是低血糖，因为这事那事忙得早餐中餐两顿没吃，正准备吃饭的时候，又连续接到梅林和杜娟两个的电话，还发来微信，说是商店有事，要她快去。她正要打的赶往商店，不料晕倒。医生给她开了高渗葡萄糖注射液，挂起了吊针，魏超又喂她喝了一杯热奶，吃了两个豆沙小包，她的精神状态好了许多，只是丰润的气色还没有恢复。

魏超问她，哪里不舒服？这时好点儿没有？

尽管魏超一直戴着口罩，华美一苏醒就认出他了，只是非常疲惫，没有精神和气力打声招呼，不像魏超把她抱在胸前那长时间竟未认出。听见魏超关心的问候，华美对他微微一笑，使力地点了点头，说了声，谢谢。

魏超说，你还跟我客气，要不要给你家里人打个电话？

华美说，不用，我家里没人，我想请你陪我，行吗？医生刚才说了，还要打两瓶点滴，观察一个晚上，看来我明天才能回去。

魏超高兴地说，行，行，我陪你，我这就给公司打电话请假，就说车子还没修好。

华美的精气神逐渐恢复，便给了魏超一个甜甜的笑，说，你把我包里的手机拿出来，给商店打个电话，问是什么事催我快去，但不要说我晕倒的事。

电话打通，魏超把手机递给华美，我怎么好问呢，两个女孩不觉得奇怪吗？你的手机还是你问吧，你问直接方便，看还有什么要说的，一遍儿就说了。

华美的电话是梅林接的，原来是宁波的公司催要上批的货款，巴东的客户请发两箱男式衬衣，一个是付款，一个是发货。梅林告诉她，已给宁波和巴东都说好了，老板这时不在，货款明天付，衬衣明天发。华美对梅林说，你这么答复他们是对的，今天我确实有事，回不来，明天办这两件事，没有问题。梅林问华美人在哪里，华美说她在医院看望个病人，一时不便走开。接着她嘱咐梅林，和杜娟一起好好招呼生意，晚上门要闩好，还要反锁，睡觉放警醒点儿，安全第一。梅林一一答应，还喜滋滋地告诉华美，今天零售生意比哪天都好，男女春装衬衣一共卖了三十多件，现在离关门还有两个多小时，估计还会卖出几件——这不，又有一男一女挽着胳膊进店来了。华美很是高兴，说，你和杜娟辛苦了，月底一定给你们两个发红包儿，好的，我挂电话了，你快去招呼客人吧！

魏超问华美，宁波要钱，巴东要货，为什么不与你直接手机联系，偏打商店的电话？

华美说，我有两部手机，一部放在商店，一部带在身上。因为通常情况下，我白天晚上都在商店，所以，不论是卖方还是买方的客户，我都只给了商店的手机号码，凡是商店的业务，都在商店联系。今天，我不在商店，他们打电话找不到我，梅林和杜娟才接，接了立马就转告我了。我身上的电话，只和亲戚朋友联系专用。我不喜欢走到哪里，客户电话打到哪里，很烦人的。

魏超说，原来如此。欠宁波多少货款，明天能办吗？巴东要的衬衣，颜色、型号儿、品牌儿都有吗？答应人家了就要说一不二啊。

华美说，几万块钱，账上有，明天付款没问题，各种衬衣仓库都有，明天有你帮我，发货也没问题。

魏超说，那就好，做生意诚信最为重要。

华美看了魏超一眼，说，你处处关心我，今天，你并不知道晕倒在路上的是我，怎么也那么关心，还伸手救护呢？

魏超说，不论是谁，遇灾遇难，我见到了都会救护，今天我救护的是你，真的太意外了。救护遇灾遇难的人，对我来说是一种必然，被救护的人是你，则是一种偶然。

华美双腮略现红晕，轻声一笑，说，这不是偶然，而是有缘。

有缘！魏超以为他听错了，见华美一双星目深情地瞅看他，似在等待他的回应，才知道他没听错。对魏超来说，这有缘二字的分量，比那天共进晚餐要重许多，那天为主的是华美的谢意，今天华美说的有缘，里面好像多了些情意。如果说那天彼时彼刻，魏超是心潮澎湃，那么今天此时此刻，魏超则是热血沸腾。他突然间胆子大了起来，连说，我们有缘！我们有缘！而且是天助其缘！

正说到这儿，护士长跑来通知，要他们搬到近旁的留观室去，说急诊室要消毒，接纳新来的病人。

留观室，少了那些制氧机、呼吸机、心脉监测仪和药柜之类，比急诊室显得宽展许多。

搬了房间，华美见魏超还是面红耳赤，亢奋异常，便不好再就有缘的话题，以话赶话地跟着接茬儿。便说，我想躺一会儿，你去买晚餐吧，好吗？我想吃北来顺的蒸羊肉和酥饼，你看还要什么，反正要两个人够吃。你知道北来顺不，说是从宁夏银川迁来的，就在医院斜对面的万达美食城。华美叫魏超去买晚餐，目的是要平复一下魏超的亢奋情绪。当然，晚餐本来也是要买的。

魏超仍在亢奋中，望着华美调皮地一笑，说，遵命！

在去北来顺的路上，魏超浮想联翩，为什么华美让他用她的手机给商店打电话，这不分明是要告诉两位姑娘，他和她在一起，已有那种关系吗？又想，他说偶然，她说有缘，这不是在撩他逗他，对他表露心迹吗？于是他更加亢奋，居然哼起了任贤齐唱的情歌

——对面的女孩看过来，看过来，看过来……

华美也在想，刚才在急诊室，自己是不是先就有点儿亢奋，连应有的矜持都忘记了。把自己的手机给他打电话到商店，有缘二字又脱口而出，怪不了魏超急切跟进。在她华美面前，魏超他虽有些自卑，但他毕竟是性情中人，是血气方刚的男子汉啊。

魏超除了按华美说的，买了两份儿蒸羊肉和酥饼，还买了一份小笼包，一份鸡蛋紫菜汤，双手不空，提回医院。

夜幕低垂，熙熙攘攘的医院静了下来。华美和魏超把床头柜当餐桌，一个坐在床沿上，一个坐在椅子上，边吃边聊，一派温馨。

华美首先找到话题，说，你分明是为了招呼我，给单位打电话，却说车子还没修好，这算不算是撒谎？为什么不说在医院招呼病人？

魏超说，你分明是自己住院，梅林问你人在哪里，你说在医院看望病人，这算不算是撒谎？为什么不说在医院看望好人？

两个人都像被哪个淘气包在挠胳肢窝，大笑不止。一个说，善意的谎言在交际中不可或缺；一个说，善意的谎言在生活中随处都有。一个说，善意的谎言人皆有之，连善意的谎言都不会的人，情商一定极其低下；一个说，善意的谎言是文明社会人际关系的润滑剂和黏合剂，没有善意的谎言，就没有和谐社会。就谎言的话题，两个人你三言我两语，讨论了好一阵子。

魏超意犹未尽，说，说到谎言，我讲个谎言的故事，你听了给评一评，看是善意的还是非善意的？

华美说，你讲，我听了再说。

魏超喝了几口汤，便开讲了——

我们魏家湾的隔壁是沙家湾，沙家湾有个老头子，本该叫他老沙的，因他喜欢撒谎，大家便叫他老撒。

老撒在农村时，撒过不少谎，乡亲留下印象的有这么一些——说王家岗的王鼓眼，不孝父母，被天雷打断了脊梁；说李家坳的李六指，专搞盗窃，被月亮割掉了耳朵；说赵家畈的赵塌鼻，卖粮卖油掺假，生个儿子没有屁眼儿；说柳家坪的柳涎水，欺负人家寡妇，烂掉了那个玩意儿。他还说，王鼓眼和李六指被上天惩罚之后，他见过二人，千真万确，一个腰杆驼了，一个耳朵缺了。赵塌鼻的儿子没有屁眼儿，柳涎水烂掉了那个玩意儿，他说是他到医院看病，听医生亲口讲的，半点儿不假。这些本来都是谎言，却被老撒说得活灵活现，千真万确，板上钉钉，钉子尖儿还要回个头儿。有人说，老撒的这些谎言，虽说都是胡编乱造的小段子小故事，是讲着好玩，本意是逗乐子搞笑，客观上却是在警告世人，劝导世人，要做好事，不做坏事，善有善报，恶有恶报。

老撒后来进城招呼孙子，也不时撒谎，街坊讲起来有这么两回。

那天上午，老撒从街上回来，急匆匆直奔公寓大楼。

邻居几个老姐妹见了，便问老撒，你在忙什么，慌里慌张的，给我们撒个谎吧？

老撒说，现在哪有时间撒谎，外国一家马戏团在夷陵广场演出，说是不要票的答谢专场，马上开演，我上楼背孙子看马戏去。听说有个活人被剁成八块的节目，看得人胆战心惊，你们恐怕都不敢看！

几个老姐妹心想，你老撒真会撒谎，我们不去，你这谎白撒。

不一会儿，老撒背着孙子下楼了。几个老姐妹在那里谈天说地，老撒连眼角儿的余光也不扫她们一下，三步并作两步，往广场那边连跑带走。

几个老姐妹觉得，老撒这回说的像是确有其事，自己背着孙子急急忙忙都奔广场去了。于是一起尾随其后，去看不要钱的外国马戏。到了广场，果见人山人海，都说，老撒这回真没撒谎。近前一看，哪是什么马戏团演节目，是百货商场搞货品展销。

老撒想在展销会上给孙子买衣服，又怕买的不合适，钱花了还落埋怨，便把孙子背了来当面试穿，顺嘴对几个老姐妹撒了一谎。几个老姐妹果然信以为真，跟了过来。

老撒不禁哈哈大笑，大嫂二姐三妹们，各位美女，请你们来不是看马戏，是给我当参谋，我想给孙子买套童装，担心买不好。说句不撒谎的话，你们在这方面肯定比我内行，有劳诸位了！

几个老姐妹没有怪罪，反倒一起笑他，你不要撒谎，说真话，是不是想讨好儿媳妇儿？说是，我们就帮你参谋参谋。

老撒说，我要说不是，你们一定说我撒谎。

几个老姐妹笑过之后，便帮老撒选购童装，顺便浏览那些让人眼花缭乱的货品，倒也觉得舒心惬意，不虚此行。

见华美听得津津有味，魏超越讲越来劲儿——

老撒不仅风趣，还特爱面子，那天，他钓鱼钓到下午，连鱼鳞也没有钓到一片。走到沿江大道，他便把鱼竿用外衣那么一卷，绕道进了水产市场。左看右瞄确定没有熟人，便一下子买了五六条鞋板子老鲫鱼，放进鱼篓，然后昂首阔步，如大将出征奏凯归来。

老撒来到楼门口，迎面撞见邻居也是钓友艾川华。

艾川华问，收获如何？说着便揭开了老撒的鱼篓，一看，不禁小吃一惊，篓子里五六条全是四十五码大的鞋板子老鲫鱼。又问，哪儿钓的，能告诉我吗？

老撒说，不能，这是机密！

艾川华扯着老撒的鱼篓不让走，说，你别吃独食，万里长江可不是你家的私产，我也有份儿！

老撒压低嗓门儿，我告诉你了，你可不许告诉别人。

艾川华也压低嗓门儿，那是当然，保证不告诉。

老撒咬着艾川华的耳朵说，古战场下面，就是虎牙滩，靠山边儿都是岩石，就是那里，你打个醪糟泡米饭的窝子，甩下钩儿去，保证一扯一条。我一是家里有事，二是有这五六条老鲫鱼，够吃几天的，所以忙着回来，多的鱼让长江帮我养着，想吃新鲜的，搭个公共汽车去扯几条就是。

艾川华当晚就做了充分准备，第二天一大早上了首班公共汽车，在古战场下车，吭哧吭哧好不容易下到虎牙滩。他打窝子，穿鱼饵，抖钓竿，甩线抛钩儿，一时坐下，一时站起，指望钓几条老鲫鱼。结果，从上午八点多钓到下午四点多，别说老鲫鱼，连鲫鱼儿子、鲫鱼孙子也没有钓到一条。回到市内，他心里十分窝火，突地想到，老撒怎么会钓到呢？他认定老撒昨天的那些鲫鱼，是买的不是钓的，老撒对他撒谎了，白白耽搁他一天宝贵时间。于是，艾川华也进了水产市场，买了六七条活蹦乱跳的老鲫鱼，装进鱼篓。

艾川华上楼没有先回四楼自家，径直敲开了三楼老撒的房门。

老撒笑问，怎么样，听我的没错吧？

艾川华打开鱼篓直笑，你看看，我今天的战果，不比你昨天的差吧，明天我有事，过一两天我再去。真的要感谢你，什么时候，我给你买一包二十五块的黄鹤楼！

艾川华走后，老撒心想，我撒谎逗乐子搞笑，没想到歪打正着，他真的钓到了老鲫鱼。

第二天一大早，老撒便一手持竿挽篓，一手提着马扎干粮，搭上公共汽车，直奔古战场，下到虎牙滩。结果是，上午兴冲冲地去，下午怏条条地回，篓子里空空如也。

在楼门口艾川华碰见老撒，艾川华问，今天又是战果辉煌吧，让我看看？

老撒说，别看了，我今天比你昨天还强，钓了七八条大鞋板子老鲫鱼。下车碰见两个老友——什么老友，简直就是饿极了的两只老猫，不由分说，给我一抢而光，一条也不给留，说让我再钓去，连感谢的话都没有一句。

艾川华心知肚明，便笑着说，你的这两个老友也太不客气了，不过，老鲫鱼横直有长江养着，哪天再去扯几条就是，你叫我，我也去……

故事讲完，魏超见华美还在全神贯注，便说，轮到你发表评论了。

华美说，这个故事有趣儿，两个人都有点儿恶作剧，但都是逗乐子好玩，当然是善意的。要论撒谎的水平，老撒要算是顶级的，他撒谎是语言加行动，不怕你不信。若以笑到最后为标准，艾川华可以说略胜一筹，他以谎制谎、将计就计，让经常撒谎、善于撒谎的老撒信以为真，白白地风吹日晒瞎耽搁一天，报了日前的一箭之仇。老撒最后撒的一谎，说钓的七八条老鲫鱼被两个老友一抢而光，艾川华不揭穿他，反倒帮他圆谎，不让他难堪，同时又把自己头天的谎言作了巧妙的掩饰。

魏超听了华美的评论，不禁连声称赞，中肯、有理、到位，言简意赅！

两个人聊着笑着，华美记忆的闸门突然开启，想起了一件早就该对魏超说却一直没有机会说的往事。便问魏超，你可记得三年前，也是在这家医院，也是在刚才我们待过的那间急诊室，住过一个名叫黄兴娥的病人吗，第二天便转普通病房了？

魏超说，记得，太记得了。那位黄妈是我撞伤的，也是我呼叫救护车送她住院的，这事你怎么知道？

华美说，黄兴娥是我妈。

魏超大感诧异，啊！你说的可是事实？怎么就这么巧？该不也是善意的谎言吧？

一点雨一点湿，半句假话都没有。华美说。

那几天我都在医院，可我怎么没有见过你呢？魏超说。

我来看我妈，在急诊室看过，在普通病房也看过。华美说，你在医院，不一定每时每刻都在我妈床前，我因为忙，只在我妈床前待一小会儿，就着急走了，因为时间差，没有和你碰面。再说，我们都戴着个大口罩，谁也不会老盯着别人的脸铆看，就像今天，你把我从路上抱到车上，又从车上抱到医院，经过门厅上楼梯，一直抱到二楼急诊室，前后恐怕不止半小时吧，你都没有认出我来，那时，你和我还是素不相识，你不曾留意，当然就没有见过我喽。可那几天你的一言一行，我全都听说了。

魏超说，这真是山不转路转，河不弯水弯。要不是你今天说起，我怎么也想不到，我撞伤的黄妈是你的母亲。黄妈得了肺癌，不知后来治疗效果怎么样？你哥华济在干什么，给你找到嫂子没有？

华美眼圈儿一红，说，你上午问我，要不要给家里打个电话，我说，不用，家里没人。我家里真的没人，我爸十年前就不在了，我妈就那回不久也走了，都是死于肺癌。我哥一直不务正业，就是那年，被涉黑组织引诱入伙，参与了多起作案，被公安机关一网打尽。为首的两个，一个判了死刑，一个判了无期，我哥判了十二年，在沙洋劳改，谈的个女朋友也因此告吹。你说，我还有家么！

魏超不禁叹息，迟疑了好一会儿，便顺着话题，望着华美那好看的脸蛋儿，放胆但更多的是试探，幽幽地说，男大当婚，女大当嫁，你也老大不小了，找一个如意郎君，家不就有了。

这话让华美不知如何作答，她都三十岁了，青春不再，说不想结婚不想成家那是假话。她不是没有想过，也不是没有找过。她说，我从二十五岁，到去年二十九岁，谈过两次恋爱，两个男友都让我欲哭无泪，不得不咬牙切齿宣布分手。先谈的一个，抽烟酗酒，得了乙型肝炎，医生说已出现肝硬化趋势，年纪轻轻，老年人才有的三高，他一高都不少，还多了个谷丙转氨酶高，整天要死不活，风吹欲倒，现成的工作只有放弃，回家养病。后谈的一个，游手好闲，嗜赌成性，每次赌输，还厚着脸皮找我要钱，我不给他，他就跟我硬磨软泡，真的是额头画孔雀，张嘴就开屏，让我心烦意乱。说得不好听些，这两个我曾经的男友，对我来说都是克星！

魏超不知说什么好，剑眉下的一双眼睛，直勾勾地瞅着华美，目光里有同情也有怜惜。

华美早就在观察魏超，了解魏超。魏超虽是来自农村，可人不仅长得帅气，手脚勤快，没有任何不良嗜好，高中毕业，也算有一定文化，爱说笑，很幽默，比较对她的脾气。更多的时候，让她想起三年前，他开车撞伤了她母亲，虽说她母亲是过错方，可他呼叫救护车，在医院招呼守候，安排一日三餐，还倒痰盂洗痰盂，不仅她母亲治疗伤痛的费用，连她母亲肺癌检查的费用，一共七千多块，他都一并支付，没说二话。一个跑快递的，七千多块不是个小数目，特别是面对她哥的欺负羞辱，逼他拿钱，他忍受，他应对，他抗争，都做得有理有节。他那种端方正直和待人处事不卑不亢的气度，给她留下深刻印象。其后，她的华美服装商店，不论是进货、出货还是清理仓库、调整货架柜台，他完全当作自己的事情尽心尽力。这次她晕倒在路上，他救护她，全心全意地招呼她，为她交费连眼皮儿都没眨一下——他开始并不知道被救护的是她华美，只是一个路人——对路人尚且如此，见义勇为。从这几件事情上，她完全看懂了魏超，他心地善良，灵魂高洁，值得信赖。于是，她问自己，难道这个魏超由此就走进了你的生活？或者说你心里由此就有了这个魏超？她告诉自己，回答是肯定的！

魏超不知华美的心事，他自己虽有那么一丁点儿隐隐约约的想法，但卑微心理总占上风。他是农村人，又是个快递员，配不上她，虽然她主动过，他也放胆回应过，其后便不见下文。他不敢追她，只有硬憋着、强忍着。他的想法是，能帮她做事，能隔三岔五见到她，和她说上几句话，对他来说，就是一种满足，一种庆幸，此外他没有多的奢望。他怜香惜玉，却不敢想入非非。

华美却正好相反，在和魏超的关系上，由好感升华为喜欢，由喜欢升华为友谊，由友谊又升华为爱情。她认为，爱情和婚姻，往往是可遇而不可求，她说有缘，他跟着说有缘，还说天助其缘。既然是缘分，又彼此投缘，那她再就不能犹豫，不能含糊，不能错过，过了这个村，就赶不上那个店儿了。她深知魏超是性情中人，热血男儿，只是她的高颜值和城里人的优越感，使他心存畏葸，不敢主动追她。她不声，他就不响，她不言，他就不语。因此，她必须当机立断，毅然决然，瞅个恰当时机，以恰当方式向他表白。

有人说，男追女，不少苦，女追男，许多甜！华美主动，是动，魏超被动，也是动，他们二人到底相爱了。绿树丛中、青草坪上、流水桥头、碘钨灯下，常见他们二人并肩挽手或是拥抱依偎的身影。他们二人越走越近，走到了同一屋檐下，应了《西厢记》里的那句唱词——有情人终成眷属。他们二人登记领证了，婚礼极其简单，连那种普通仪式都给免了。要问他们二人婚后是个什么情景，文雅一点儿的说法是，如影随形，如胶似漆，通俗一点儿的说法是，出双入对，双宿双飞，土气一点儿的说法是，齉鼻子吃冲菜——好得轰。

时光飞逝，一晃三年。

那天上午，一辆丰田商务车在沙洋劳改农场门外的场坝停下，车里钻出两个人来，一个是华美，一个是魏超，他们探监来了。

狱警把华济带到会见室，等在那里的华美和魏超连忙迎了上去，齐刷刷地叫了一声哥，说，哥你受苦了，我们来看你，哥，你快坐下。

华济不禁愣怔，好一会子回不过神来，眼睛里全是诧异。这么几年，他妹子没来看过他，好不容易盼到她来了，怎么带上了魏超？他和魏超发生过太多的不快。他骂过魏超，打过魏超，还指使手下的混混儿搞钱拦路逼过魏超，把魏超得罪了一个干净彻底。魏超告他，让他不仅在公安机关多了一份案底，还被拘留十天，至今他还怀恨在心。

华美首先说话，哥，我介绍一下，魏超当你妹夫了，我们结婚已快三年，我都怀上宝宝了，明年就有娃儿喊你舅舅。你不在家，魏超是我唯一的亲人。他懂我爱我，护我帮我，当快递小哥，对我就多有帮助，后来我们确立了男女朋友的关系，他干脆就辞了快递工作，一心一意和我打理生意。我们两个人凭智慧和力气，把生意打理得顺顺当当，这两年赚了些钱，魏超把他攒的钱也拿了出来，车子买回了，新房定购了，旧屋装修了，哥什么时候回家，住的没有问题。你身体怎么样？我看你就是晒黑了些，人倒是一点儿没瘦。农场吃的伙食，睡的床铺，还有穿的盖的，行不行啊？你从未经过体力劳动锻炼，干农活儿特苦特累吧，你奈得何吃得消吗？

华济刚要回答，说农场就是不能像在外面那样行动自由，别的一切都好，就被魏超接过了话茬儿。魏超说，哥，今后就让我叫你哥吧？哥，请你相信我，我魏超可能是上一辈子做了太多的好事，行善积德了，所以上天保佑，神灵保佑，还有祖宗保佑，让我今生今世遇上了华美。我一定好好待她，爱惜她，呵护她，照顾她，还要与她齐心协力，把服装商店打理得有模有样，等哥回来。

听了妹子和魏超所说，华济面有愧色。他对魏超说，兄弟，你叫我哥，那我就叫你兄弟。我华济对不起你这个兄弟，那年我的所作所为，你千万不要放在心上，原谅我吧？我相信你说的，祝愿你和我妹子幸福美满，白头偕老！

魏超上前，和华济四手相握，说，哥，事情过去好几年了，别自责了，我也有不对的地方。俗话说得好，不打不相识。从现在起，我们就是兄弟伙了，一家人不说两家话。他拉着华美并肩而立，说，我和华美接受哥的祝福，也多谢哥的祝福。

华济听了魏超的肺腑之言，不禁热泪盈眶，他说，我快四十岁的人了，落得这个下场，完全是咎由自取，没得说的，只有认栽。我在大好年华的时候，不爱读书，不走正道，总想不劳而获，现在肠子都悔青了，又有什么用呢！

魏超一时也鼻子发酸，说，哥，我不信鬼神，但信命运，你是命中注定，该有牢狱之灾，再苦熬几年，厄运就过去了。老话说，浪子回头是好汉。哥切莫灰心，振作起来，留得青山在，总会有柴烧。寄希望于未来，我深信不疑，哥的未来会是一片光明。

华美拿出厚厚的一扎钞票，全是五块、十块、二十块小面值的，塞到华济的手里，说，哥，这是一千块钱，听说原来探监可带食物，现在不准了，我和魏超起心给哥准备了这些零钱，农场有商店，吃的用的都有，给零钱哥不论买什么都方便。

接着，魏超从条椅上拿过来一个提包，对华济说，哥，这里面是几件衣服，还有两双袜子和一双球鞋，都是华美挑选的，门卫已检查过了，给哥换洗。

华济含着眼泪收了钱物，还想说点儿什么。狱警推门而入，说，规定会见半个小时，你们会见都四十分钟了，华济马上归队，二位可以走了！

会见室里三个人，同时从座位上站了起来。

华美和魏超对狱警异口同声，连说，多谢警官关照，多谢警官关照。

华济挽了提包，把钞票塞进裤子口袋，眼里闪着泪光，大有悲催之态，边走边回头，向华美和魏超挥手，你们回去吧，开车注意安全。

魏超跟进几步，说，哥，你好自为之，千万珍重。

华美也撵着说，哥，你记住魏超说的，我们过段时间再来看你！

（写于 2022 年）

# 开白铁铺子的强哥

冯运生小朋友在小区玩健身器材，不慎摔了一跤，造成左脚肌腱损伤。从医院回来，他便遵照医生和爸妈的嘱咐，卧床休息。好在正是暑假期间，不用爸妈到学校另行请假，也不耽误功课，他睡得踏实。

那天天气很热，刚过大暑，运生爸妈到街上购物还没回来。运生睡了一觉才醒，伸了个懒腰，打了个哈欠，下床趿了拖鞋，跛着脚走到客厅，拿起茶壶嘴对嘴咕嘟咕嘟喝了个痛快，然后，像打夯的一屁股砸在沙发上。睡着了倒不觉得，这时可就感到酷热难当了，连沙发都烫屁股。他站起身来，跛了两步，扭开了正歪着个大圆脸呆呆地望着他的那台电扇。那台电扇是他爷爷手里买的，老得掉了牙了，旋转起来叽嘎叽嘎直响。那响声虽说教人厌烦，但它毕竟送来阵阵凉风，让他身上舒服。

迎着电扇，运生想起了刚才睡觉做梦，那个梦让他很不愉快——他所在的实验小学对门儿，开白铁铺子的人称小李师傅他叫大朋友的强哥，被警察抓了，戴了铐子，推上警车，警车拉响刺耳的警笛，绝尘而去。他吓得哎呀了一声，便就醒了，好一会子，心里还在怦怦直跳。这个暑假是怎么啦，脚被摔伤就够苦恼的，还做这样的噩梦！

运生和小李师傅的结识，简单得不能再简单。四年级上学期，那天放学，他爸接他姗姗来迟，他便告诉学校的门卫张爷，说他到对门儿白铁铺子那儿玩一会儿，他爸来了请张爷告诉一声，说完便就去了。运生开始站在铺子门外看，过了一会儿就进到铺子门里看了，看什么？看小李师傅干活儿。小李师傅是个年轻人，听说才二十二岁，不然，人们称他李师傅不就得了，怎么还要在李师傅前头加一个小字呢。大概就因为小，还保留着一颗童心，对这个前来参观的小朋友，小李师傅不仅没说碍事儿，反倒欢迎。他主动和运生说话，问运生读几年级了，班上多少人，是男同学多还是女同学多，还问运生期末考试的成绩，数学考了多少分，语文考了多少分，英语考了多少分。运生高兴地一一回答，说语文考了满分，英语考了九十三分，就数学差，只考了八十一分。小李师傅听着说着，说着听着，一双手却片刻未停。他用做活儿剪下来的白铁皮的边角废料，一会儿就做成了一只小白鼠，好像好像，仅仅是差了那层绒毛儿，送给运生。运生太高兴了，太喜欢这只小白鼠了，摊在手掌上左看右看，还拿嘴唇叭叭地亲了好几下子，一连说了几遍谢谢李叔叔，谢谢李叔叔。

小李师傅说，别叫我叔叔，拉开辈分说话就不随便儿了，就叫我哥吧。他往墙上挂的执照一指，我叫李强，你就叫我强哥，我们重庆那边的男人，喜欢哥这个称呼。

运生说，那好，我叫你强哥，那你就叫我运生好了，我叫冯运生，二马冯，运气的运，学生的生，冯运生。

运生爸在白铁铺子接到了运生，望着小李师傅点了点头儿，声音不大，说了两个字，你忙。

回到家，运生爸便对运生说，他是外地人，素不相识，不知道他是好人还是坏人，你怎么可以随便到他的铺子去玩呢，还让他给你做玩意儿。再说，他那铺子里，有锯子、钳子，有刮刀、剪刀，还有切割机、刻花机、打孔机、折边儿机，许多工具，都是钢铁的锐利的东西，怕伤到哪里了。记住，再不要去白铁铺子了！

运生不是个太听话的孩子，嘴上答应，心里头不知怎么就喜欢上那个小李师傅了。那天以后，他至少偷偷去过三次白铁铺子，不是在放学的时候，是双休，他借口到同学家问作业。问作业是真，但不是到同学家，是到白铁铺子。他不会做的数学作业，小李师傅一看，给他一讲解，一指点，他立马就会做了，比老师专门辅导还记得牢实。那段时间，小李师傅给他做了一只蝴蝶，一只蜻蜓，还有一只知了。这三个小动物和那只小白鼠一样，太可爱了，他不敢拿回家，就放在教室他课桌的屉斗里。那只蝴蝶，那只蜻蜓，那只知了，不光他喜欢，几个女同学更是喜欢，课间活动时，经常找他借了去，放在草坪上，搁在课桌上，摊在手掌上，玩个不亦乐乎，还拿些硬纸片儿，剪呀粘呀照着做，做的有点儿类似，但终究不够水平。有个男同学，特别羡慕运生的几个玩意儿，那天放学便跑到白铁铺子，说是给钱，请小李师傅做几样小动物。小李师傅没答应，一样都没给做，他以太忙没时间为由，委婉地轻言细语地就给推辞了。小李师傅对运生说，他如果答应了那个同学，收了那个同学的钱，给那个同学做了玩意儿，很可能还有同学跑来找他，他还得做，当然可借此赚些小钱，但同时很可能背上诱骗小孩的名声。他选择不做，落得清静。

运生上五年级了，上学放学不再要家长接送，他去白铁铺子的次数更多，有时是上学前去，有时是放学后去，每次去，他都要先喊一声强哥，玩一会儿就走，小李师傅很忙，他运生也很忙。那段时间，小李师傅给他做的玩意儿，不再是小白鼠、蝴蝶、蜻蜓和知了，而是直升机和固定翼飞机，有民用的也有军用的，三四架哩。做那些东西费工夫，也费材料，运生高兴地收下，从来不说钱字。

事有凑巧，那天，献福路包子铺王老板找小李师傅定做的不锈钢蒸笼，做好有几天了，王老板没来取货，小李师傅便踩着三轮车给王老板送了去。在回来的时候，恰逢路旁一栋老式公寓三楼失火，窗户冒出的浓烟，就像神话里的那群恶龙，昂着黑黢黢的脑袋，扭着黑黢黢的身子，舞着黑黢黢的脚爪，摆着黑黢黢的尾巴，一条接着一条，打着滚儿，扭着弯儿，一个劲儿往空中乱蹿乱窜。小李师傅一见，跳下三轮车，三步并作两步跑上三楼。没想到那是运生家，火源就在厨房，这时运生双手被烫，慌作一团。小李师傅喊了声运生别怕，便冲进厨房。他先关掉煤气坛子，顺手拿了案板上的一个搪瓷脸盆，把正蹿着火苗冒着浓烟的铁锅一下子罩住，就那么两下子，火便灭了。火灭了，可满是焦煳味儿的浓烟，半开的窗户一时排出不了，从厨房弥漫到客厅，呛人咽喉，辣人眼目。小李师傅便把厨房和客厅的窗户都给打了个全开，让空气加快流通。运生连叫强哥，说幸亏他来得及时，不然可就惨了。小李师傅一边答应，一边把运生拉到卫生间，扭开水龙头儿，让运生淋手，叫他哪里烫伤就淋哪里，水太大了，便又扭得小些，告诉运生，至少要淋五分钟，千万不要弄破皮了。做完这一切，他朝四周看了一遍又一遍，说没事儿了，便带上房门，匆匆离去。

两台消防车吼着叫着赶到楼下，正要架起高压水枪，对着冒烟的窗户来一番扫射，听说火已扑灭，几个消防队员当然高兴。问了情况才知道，运生爸妈给他外公祝寿去了，运生在家做作业。要吃午饭了，他便打着火，把一碗红烧肉倒进锅里，可心里还挂着作业，便回到客厅翻书，查找答案，竟把锅里热菜的事忘得一干二净，结果红烧肉成了干烧柴，锅里就着火了，烧得噼噼啪啪直响。真是忙人无计，他把房门打开，想把锅端着丢到门外去，手一抓锅耳就缩了回来，烫得他咝了一声。他顾不得疼，又拿瓢接水往锅里泼去，没想到火卷着烟烟裹着火，越泼越大越泼越高，双手拇指食指已被烫伤，这又让溅起的滚油把右手手背烫了几个灰黄色的大泡。就在这时，小李师傅来了。

那些年有个惯例，凡是抢险救灾的事情，有关部门必定要通知电视台派记者赶赴现场，除了录像录音，还要采访相关人员，及时做出新闻报道。记者来了，运生讲了失火情况，然后告知记者，说赶来他家救火的是实验小学对门儿白铁铺子的小李师傅。记者听罢，便挎着长枪短炮赶到白铁铺子，小李师傅本想躲避但已来之不及，很不情愿地接受了记者的采访，说了一遍救火经过。

傍晚，运生爸妈回家，听运生讲了自己怎么失火和小李师傅怎么救火的子丑寅卯。两个人除了惊异，庆幸没酿成大灾，就是把运生狠狠地训了一顿，对运生说的小李师傅及时赶来冒险救火，却是将信将疑。

到了晚上，电视台播发的重要新闻，就有他们家失火救火的情况。画面上除了窗户冒出浓浓的黑烟，还有厨房刚被烟熏火燎的一片狼藉。运生讲述了失火的缘由之后，主持人介绍了小李师傅救火的经过，称赞他是临危不惧、见义勇为的英雄。小李师傅的不好意思和拘谨羞怯的镜头儿，被几次放大推出。

运生爸妈这才确信，是小李师傅冒险救火，他们家才免遭大灾。

小李师傅的事迹上了电视，次日上午，报社的记者来了。突然袭击，把小李师傅堵在了白铁铺子，问了大概又问细节，还照了相录了音。记者采访了小李师傅，又采访了运生。第二天的报纸，便发了一篇两千多字的通讯，同样把小李师傅称作临危不惧、见义勇为的英雄，文章前面还登了一张小李师傅很不自然的半身照片。

电视和报纸宣传了，消防支队接着又做了一面锦旗，上书八个大字——临危不惧，见义勇为。那天，社区的干部特地通知小李师傅，让他下午两点半钟在铺子等着，接受消防支队赠送锦旗。还说，他的暂住证在社区，他给社区争了光，社区要给他拍照，为他办个专栏，宣传他的英雄事迹。

小李师傅觉得惶恐，羞怯，浑身都不自在。当着热情洋溢的社区干部，他嘴上响亮地答应，可下午刚过两点便就脚板抹油，溜之大吉，躲进公园玩了半个下午。受赠锦旗，小李师傅就这样给躲掉了，锦旗便在社区文件柜里睡起了大觉，专栏自然也就没办。小李师傅躲掉了受赠锦旗，感到庆幸，后悔前两天怎么就没想到躲掉电视台和报社的记者呢。偶然碰上的顺手就做了的这么点儿事，不值得大张旗鼓地宣扬，还说是什么英雄。做了这么点儿事就是英雄，那当英雄岂不是太简单、太容易了！他在心里嘀咕，得幸我没一本正经地受赠锦旗，我若受赠锦旗了，就等于承认自己是英雄，标榜自己是英雄，可自己不是英雄啊！

有人说，小李师傅是狗子坐轿，不受人抬，自贱。

实验小学运生的班主任张老师却说，小李师傅是为善不欲人知，高尚。

救火是确确实实，运生爸妈这才对小李师傅心存感激，便买了五斤苹果，五斤蜜橘，让运生送了去，嘱咐运生一定要强调他们的谢意。

因谢礼是运生送来的，小李师傅不好意思拒收。他想起了一句老话，来而不往，非礼也。运生双手烫伤，虽说几天就会好的，但是，登门表示一下关心，正好还礼。他知道运生不稀罕吃的东西，便用薄如纸页的铝合金片做了一对小白鸽儿，小白鸽儿的眼睛是用红铜片做的，脚爪是用黄铜片做的，硬绰绰的喙是用紫铜片做的，用锡焊在一块加厚的长方形白铁板儿上，白铁板儿的两端均匀对称地向下向内卷成个半圆，搁在桌案上平平稳稳。两只小白鸽儿，一只扭头望天，一只展翅欲飞，栩栩如生，堪称一件精美的艺术品。

那天正好是周六，小李师傅找了个纸盒子，装上小白鸽儿，用一个红色提袋儿提着，直奔运生家。他敲了敲门，没人应声，又敲，没人应声，再敲，还是没人应声，确信运生家里没人。想要转头回他的白铁铺子，又想着既然来了，时间横直是耽搁了，何不索性就等一会儿呢，说不定就会等着。运生他们那栋公寓只有三层，再上一层就是楼顶平台，小李师傅便拾级而上。平台上很是开阔，除了晾晒了不少衣物，还有许多盆栽花木，显然，那个屋顶平台是那栋楼的住户大家公用。

就在小李师傅在平台上欣赏花木等着运生的时候，运生一家自外而归。

运生妈听见平台上有脚步的响声，便出门向上张望，小李师傅听见三楼有开门的响声，便急忙从楼顶下来，两个人四目相遇。

运生妈大惊，便黑起脸问，你是干什么的？提袋儿里装的什么东西？啊哈！我逮着个窃贼了！我逮着个窃贼了！运生妈中气十足，嗓门儿特尖，她这么一嚷嚷，对门儿的，隔壁的，还有楼下的，便都开门探问。运生妈把邻居们的探问当成了声援，当成了赞扬，便更加来劲儿，冲着小李师傅说，你干这种事儿，就没想到被人逮着，你个窃贼，把提袋儿打开！

运生和运生爸拉着她，再三制止，不让她叫喊，说，他是小李师傅，你不认识？在电视里你见过的呀！

运生妈根本不听，一个劲儿地质问小李师傅，你提袋儿里是什么东西，打开我看！你提袋儿里是什么东西，打开我看！啊哈，我逮着个窃贼了！我逮着个窃贼了！

小李师傅面红耳赤，把提袋儿往运生手里一塞，说，我在这个城市没有一个亲人，就你把我叫哥，我也把你当兄弟，今天特来看你，看你的手是不是完全好了。我在楼顶上等你好一会儿了，你才回来。说着，便匆匆下楼而去。

运生边喊强哥别走，边打开提袋儿，打开盒子，里面是极其精美的银光闪亮的一对小白鸽儿。

运生爸一见，连忙赶到楼下，想要拉住小李师傅，可小李师傅已走得不见人影儿了。运生爸只好带着运生赶到白铁铺子，要给小李师傅说明缘由赔礼道歉。白铁铺子门上挂着一把铸铁大锁，就像一个人很不高兴，黑着老脸瞪着他们父子两个。

二人回到家来。

运生爸便埋怨运生妈，你毁谤人家、诬蔑人家，人家是来看望运生，给运生送东西，你说人家是来偷东西，还嚷得左邻右舍无人不知，这事看你怎么收场！

运生也说他妈，一路说他是小李师傅，让你莫要叫喊，你越是叫喊，不分青红皂白，叫喊你逮着窃贼了，他是窃贼吗?!

运生家闹小偷儿，小偷儿不是别人，正是前几天那个救火的英雄，那个临危不惧、见义勇为的英雄。这爆炸性的颇具讽刺意味的新闻不胫而走，乃至惊动了公安机关。

两名警察来到运生家，询问他们家失窃的情况，听报案人讲，小偷儿在你们家偷了一样东西，东西很贵重，幸好没来得及拿走，就被你们逮了个现行，人赃俱获，原来他那天是以救火为名，行盗窃踩点儿之实。到底是个什么情况，特地来和你们核实一下，再给他下传票作调查，看他还有没有别的问题。

运生妈红着脸，在一旁一声不吭，不敢面对警察，更不敢回答警察的提问。

运生拿出小白鸽儿，和他爸一起向警察解释。

运生说，那个小李师傅是个好人，他和我玩得很熟，这对小白鸽儿就是他送的，他来我们家是送东西，不是偷东西。是我妈误会他了，冤枉他了，我们还没来得及向他赔礼道歉。他临危不惧见义勇为，是千真万确的事实，什么为盗窃踩点儿的说法儿，纯属谎言，是对小李师傅的恶毒中伤。我们家厨房失火这些天，还没修缮，失火现场还在。

父子二人把警察领到厨房，让他们看了墙壁上、顶棚上和窗户上各处烟熏过火燎过的斑斑驳驳的痕迹。

运生爸补充说，那天要不是小李师傅来得及时，我们家肯定是一场火灾，还可能是一场严重的火灾，因为我们家的碗柜、灶台和窗户都是木头的，电线都是裸露的，墙上还挂着竹篾筲箕、竹篾刷子和棕毛笤帚等易燃物品，特别是一坛煤气正在使用，还有一坛储备的煤气就紧挨在旁边儿放着，要是引起爆炸，那后果真是不堪设想。

警察看着听着答应着，最后查明，确实是误会不是盗窃，便收起他们的录音摄像等物件儿，挥手而去。

尽管事实是如此清楚明白，可小李师傅入室行窃还是被传得沸沸扬扬。甚至有人在他的白铁铺子门前指指点点，交头接耳，他隐隐约约听到，什么踩点儿，什么偷东西，分明是在鄙视他，议论他，嘲笑他。特别是他的房东老板，通知他马上搬家走人，说他不能把房子出租给一个手脚不干净的人，让街坊指责，话说得十分难听。要做一个正直善良的人，父母和老师都教导过他，他也谨记在心，没想到如今他被搞得如此难堪，人格尊严被无情糟践。他的精神支柱倒了，心灵深处像在滴血，哪里还能抬起头来！

小李师傅没向任何人作任何辩解，收拾好两口铁皮箱子和一个背包，就直奔火车站了。

运生放学，知道小李师傅去了火车站。这个小学六年级的学生，像突然间长成大人了。他回家把书包往沙发上一摔，不顾爸妈的反对吆喝，在冰箱里抓了几个馒头，装进一个塑料袋儿提在手上，甩门而去。运生出门便拦了辆的士，说去火车站，一上车就催司机，让开快些。

小李师傅要乘的火车，是晚上八点半开往重庆的直快，到了重庆就是明天上午了，他还要赶乘汽车，颠簸四五个小时才能回到他的綦县老家。小李师傅正在想着自己所受的羞辱，考虑自己此后的生活，忽见运生来到面前，含着眼泪直叫强哥，他也禁不住热泪盈眶，一下子搂住运生，哽咽着说不出话来。

好一会子了，运生说，强哥，你非得走吗？是我妈害了你，还有些坏人，不明真相，跟着说你的坏话。你留下来，我们全家一定出面，通过有关部门包括媒体，还你清白，给你恢复名誉。

小李师傅说，不是你妈害我，那些人也不是坏人，他们都是好人，他们痛恨小偷儿，痛恨盗窃，对小偷儿和盗窃疾恶如仇。这样的误会一旦产生，张扬了出去，那就是老话说的，跳进黄河洗不清，弄不好还会越洗越脏，越抹越黑。人们有个共同心理，奇异的，怪诞的，荒唐的，八卦的，摆龙门阵的，都喜欢听都喜欢传，一传十十传百，传的时候还会添油加醋，绘声绘色，越传越像，传得煞有介事。反过来，正儿八经的事，传的听的积极性就差了许多。有句老话，说是好事难出门，坏事传千里，一点都没说错。你才十二岁，还不懂人为什么是人，社会为什么是社会。人是个体的人，社会是群体的人，说到底都是人。人有人性，社有社情，这里头非常复杂。

运生说，好坏善恶我是分得清的，虽说课本儿上没直接写着，老师也没具体讲过，但我心里明白。我认为，凡是做好事的都是好人，不做好事也不做坏事的也是好人，凡是做坏事的都是坏人，坑害好人的，欺负好人的，都是坏人。我妈生我养我，她是我妈，但她是坏人，我认定她是坏人。

小李师傅说，你的认识还很肤浅，还很简单，概括得也不准确。我在十一二岁的时候，也是这样判断是非好坏的。到了高中毕业，考取大学，因为家里凑不到八千五百块学费，我放弃上学，到城市打工，踏入社会，才慢慢有些认识，但还不算入门儿，更不能说全面和深刻。比如人有个性，人有两面性，人性还会转变，好人会转变为坏人，坏人会转变为好人，这种转变有主观的天性和本能，也有客观的影响和促使。还有个情况极其复杂，一个人在这件事情上是好人，在另一件事情上是坏人，反过来，在这件事情上是坏人，在另一件事情上是好人。至于大善大恶和小善小恶等社会现象，更难说得清楚，讲得明白。好坏善恶，也没个统一的标准，往往是因人而异，有人认为是好人好事，有人却认为是坏人坏事，反过来，有人认为是坏人坏事，有人却认为是好人好事。还有时间和历史条件，也会影响人们对好坏的判断，过去认为是好事，后来证明是坏事，过去认为是坏事，后来证明是好事。我都二十五岁了，也不过略知一二，你这个年龄，涉世未深，不可能认识清楚，等你长大了，社会活动多了，接触的人多了，才会逐步认识。

相识三年多了，运生从未听过他的强哥讲出这样的一番话来，他只是一个手艺人，一个做白铁器皿的手艺人，而且还带着一个小字——小李师傅，不过高中毕业，也说不上什么学问，对于人，对于社会，怎么就懂得那么多呢！他说他了解人和社会还没入门儿，更谈不上全面深刻，可在他运生看来，他的强哥在人和社会的见解方面，当他的老师绰绰有余。

末了，小李师傅说，你妈是误会，是一时错觉，绝不是对我有意诬陷。你告诉你妈，我不怪她，让她别往心里去。

候车厅墙上的挂钟响了，时针指向八点，小李师傅要去排队检票。运生把带来的那袋儿馒头塞给小李师傅，拴在一个铁皮箱子的提把上，连忙去买了张站台票，送他的强哥上车。在车厢门口儿，两个人搂在一起，一个不住声地叫强哥，一个不住声地叫运生，都没什么话说，就这么你叫我我叫你，直到列车员催促上车，两个人才依依不舍，洒泪而别。

对于小李师傅的离去，运生是个什么心情，谁也说不清楚，说失落，说伤感，说牵挂，说痛苦，好像都有。虽说他还是个十二岁的孩子，可一夜之间，他开始成熟了，开始懂事了。

运生回到家，不想和爸妈说话，一句话都不想说。他爸问他，是不是去过火车站，小李师傅是不是真的走了？他不想回答，就没回答。他妈告诉他，饭菜在厨房盖着，叫他快端来，先吃晚饭，都九点多了。他不想搭理，就没搭理。他打开他的床头柜，把小李师傅给他做的那些玩意儿，小白鼠、蝴蝶、蜻蜓、知了、飞机，还有那对小白鸽儿，全都拿了出来。此前，他是不敢明目张胆玩弄那些东西的，那天他敢了，不仅都拿了出来，一一把玩，还摆放了一番，有的摆在书架上，有的放在书桌上，那对小白鸽儿，就摆放在他的面前，和他的文具盒一起。他爸妈看在眼里，不知怎么都没有像此前那样，声色俱厉地要他赶快收了，不要玩物丧志，不要影响学习。那种与生俱来的理直气壮，那种天经地义的居高临下，全都没有了，两个人连吭都没有吭过一声。

运生的性格变了，运生爸妈的脾气也变了，三个人都变了，变得有些不像他们自己了。

十年，一晃就成了过去，运生二十二岁，正是他第一次到白铁铺子去玩，那个让他叫哥的小李师傅的年龄。

经过四年刻苦学习，中国人民警察大学的高才生冯运生毕业了，他拿着上级主管机关的工作介绍信和组织关系，到武汉一个公安分局报到，当了一名警察。

在运生的单身宿舍里，最重要的必须特别保管的东西，除了佩枪和文件，就是他的强哥给他做的小白鼠、蝴蝶、蜻蜓、知了、飞机，还有那对小白鸽儿。那位漂亮的女同事也是女同学，要他的蝴蝶，都拿在手上了，他硬是不给，不顾情面地从她的手上夺了回来，把人家姑娘都气得哭了，许多天对他都不理不睬。他不知过了多久才解释清楚，取得她的原谅。每当看到那些玩意儿，他就想起他的强哥，每当想起他的强哥，他就同时想起一个人民警察的历史使命和责任担当——惩暴除恶，保护人民安居乐业；扶弱助困，促进社会稳定和谐。

为调查一起案件，运生和一位同事出差重庆，住在沙坪坝一家饭店。那天下午无事，二人换了便装闲逛，在大街的一个转角处，见到一家铺子，门额上一块哑光包边儿的不锈钢招牌，刻着李记五金工艺六个碗口大的隶字，下面一行茶杯大的楷书——綦县白铁李家。运生心里一动，便招呼同事一块儿走了进去。铺子柜台里坐着一个女人，三十来岁的样子，模样儿端庄清秀。

运生很有礼貌地问，大姐，你是女老板吧？

女人站起身来，说，算是吧，先生要做业务，我可以承接，当得了家的。

运生说，我不做业务，只打听一个老朋友，一个叫李强的老朋友。未等女人回答，运生已经看到了墙上镜框里的营业执照，他眼睛一亮，老板正是李强。他又看到样品架上，除了样品和工艺照片，还摆着十多样不锈钢、铝合金、黄铜和白铁等材料做的小动物，他先就有的，样品架上都有，除了比他的那些做得更加精致逼真，还多了青蛙、金鱼、巴西龟和相思鸟，蝴蝶和相思鸟还是彩色的，和真的一样大小，一样美丽。运生断定，不会有错，这就是他的强哥开的铺子。

女人说，先生看到执照了，老板是叫李强，他是我男人。

运生高兴起来，可又怕是个同名同姓同乡还同手艺的李强，因为世界上有些事情往往奇巧得让人掉下巴跌眼镜儿，万一错了岂不尴尬。便问女人，你先生他在十多年前是不是到过湖北宜昌，也是开白铁铺子？

女人说，是呀，他在宜昌开了几年铺子，赚了点儿钱，就回了綦县乡下。他家几代人都做白铁手艺，在綦县还小有名气，被人称为白铁李家。如今，这个行当在乡下已没什么业务了。我们结婚，生了儿子，他就带了我和一个堂弟跑到重庆来，租了铺面，租了车间，办了执照，干起了他的老行当，我公公老头儿不久也来了，他是老师傅，和堂弟一起在车间帮忙。我们来重庆八九年了，也学大企业的搞法，转型升级。主要业务不再是白铁，而是金属工艺，根据客户的要求和设计图纸，承做各种规格的、各种花样的铸铁围栏、护栏、隔栏，公园的椅架、桌架、高矮大小的灯柱、灯箱，也做黄铜、紫铜、不锈钢和铝合金等材料的奖牌、铭牌以及大小不等的横式竖式的招牌。先生要是有空，到市文化局、文联、作协那边看看，他们几家大院梅、兰、竹、菊的铸铁围栏，总长一千二百多米，有涂黑色防锈漆的，有涂灰色防锈漆的，就是我家李强承包做的，市政建设公司安装的。还有市农业局、工商局和发改委几家大门旁边挂的亚光加厚不锈钢的大牌子和他们各科室门上的小牌子，也是我家李强承包做的。各家单位对李强做的那些业务，全都满意，说材料好、工艺也好，无可挑剔。

我一定去看，我知道强哥，他做业务，用料上乘，工艺讲究。强哥现在人在哪里？我想见他。他是我的强哥，最要好的强哥，我从小学四年级到六年级，三年多时间，一直这么叫他，他也把我当作兄弟。我和强哥分别十多年了，我经常想起他来，想起他刚毅英勇，想起他善良正直，想起他心灵手巧。他还好吗？运生说着又急切地问。

女人指了指旁边的沙发，说了声二位请坐，便含着眼泪说，李强身体还好，就是运气不好，他进局子了。

运生吃惊不小，啊了一声。突然想起，十多年前的那个暑假，他卧床养伤做的那个梦，难道现在应验了？难道冥冥之中真有什么鬼使神差？他是无神论者，不信这些，可怎么就真有这事呢。便问女人，出了什么问题，怎么就进局子了？

女人说，说来话长。

运生说，你慢慢说，我听着呢。

已经三个多月了，对，那天是六月八号。女人说，吃了晚饭，李强和我出门溜达，溜达到三峡广场。正溜达着，突然树林里有人喊救命，李强冲进树林，我紧跟其后，远处的碘钨灯虽然不太明亮，但仍可看到，是两个流氓正在性侵一个女孩。那个女孩好小，十四五岁的样子，流氓脱了她的裤子，女孩挣扎哭叫。李强大吼一声，你们要干什么！两个流氓一惊，松开女孩，凶到李强面前，满口污言秽语，说李强是多管闲事，要李强赶快走人，别坏他们的好事，自找麻烦。李强说两个流氓是在作孽，是在犯罪，赶紧住手，不然他就报警。两个流氓听了，便前后夹攻，对李强拳打脚踢，我护着那个女孩，叫她快跑，去喊人来。流氓把李强打倒在地，还踢了几脚，踢得李强捧着肚子打滚儿。回头见女孩不在，两个流氓便跑过来对我非礼，一个从背后把我抱住，一个拉衣扯带，上捏下摸，满嘴喷粪的脏话不堪入耳。李强顺手捡了块石头，从地上挣扎着爬了起来，照着抱住我的那个流氓的脑袋就是一下，我听到嘭地一响，就像踩破了个猪尿脬，那个流氓松开了双手，摇摇晃晃几秒钟就咕咚一声倒在了地上，腿伸了几伸，手抓了几抓，再就不见动弹了。

运生听得非常认真，便问，以后呢？

女人接着说，因为我一直在叫喊，估计那个女孩跑出树林也在叫喊，这时就来了好几个人，还来了两个巡警。那个流氓一见便跑，被李强一把揪住，流氓拿出弹簧刀，对李强连刺两刀，被李强正面躲过，就手臂被刺了一刀。一个巡警手疾眼快，拿警棍一杵，那个流氓的刀子就掉在了地上，人也跟着踉跄了几下歪倒在地，另一个巡警按住流氓，把他的双手反剪过来，戴上了铐子。大概是巡警打了电话，不一会儿又来了几个公安人员。他们牵起绳子围住现场，又对死人几次拍照，还沿着死尸用石灰粉在地上画了白线，然后打开一张黑色的塑料布，盖住死人。李强说人是他用石头砸死的，警察便把李强也给铐了。最后，我们夫妻两个和那个流氓都被带到了派出所，做了笔录。听那个流氓供述，那个女孩先是和几个同伴儿在广场铜人像那边儿玩笑打闹，是他和那个死流氓把她拖到树林的。他们两个事先就说了，选一个漂亮女孩拖到树林，一起做坏事。警察问做什么坏事，他说好玩。警察问怎么好玩，他说弄她。警察问怎么弄她，他支支吾吾了好一阵子，说脱她的裤子。警察问脱她的裤子干什么，他许久不作声，警察一声赶一声，连续追问，语气严厉，他才耷拉着脑袋吞吞吐吐地说了两个字，强奸。

运生骂了一声，禽兽，该死的禽兽！

女人继续说，晚上九点多钟，警察让我回家，把李强和那个流氓送到了拘留所。第二天上午，警察给我送来一份告知书，写着李强被刑事拘留，让我给他送衣服被子，请看守所门卫转交。同时告诉我，说李强身体受伤，要住几天医院。我问住哪家医院，警察说，不准打听，不准探望，他的伤情相信医院一定会给治好的，要我放心。

运生听完女人的讲述，说，强哥这是见义勇为，也是正当防卫呀！他身体受伤，肯定是那两个流氓行凶造成的。

女人说，案子已到了检察院，说是死了人了，李强的行为属于防卫过当。你说得不错，李强是被那两个流氓打的，说是重伤，住了半个多月医院才好，人现在关押在看守所。

运生问女人，请了律师吗？

女人说，请了。

是哪个律师事务所的律师？叫什么名字？运生说，你告诉我，我去找他，说说我的意见，兴许对他的辩护有些帮助。

是解放纪念碑那边一家律师事务所的，律师姓郭，所名儿和人名儿我都没记住，是那个女孩的老爸请的，我只在委托书上签了个名字。女人边泡茶边问，不知先生尊姓大名，为什么愿意帮助我家李强，还这么上心？

运生说，我叫冯运生，二马冯，运气的运，学生的生。现在要说已有十好几年了，他在我家所在的城市宜昌开白铁铺子，我刚刚上小学四年级，就和他认识了，不，应该说是和他结识了。他比我年长十三岁，我叫他李叔叔，他不同意，让我叫他强哥，说他喜欢哥这个称呼。

女人高兴地说，李强有你这个朋友，不，是有你这个兄弟，我说真话，是他的幸运！

次日，运生找到了郭律师，郭律师热情接待。

运生告诉郭律师，说李强十多年前在宜昌开铺子，就有过临危不惧、见义勇为的英雄事迹，不过这次是救人，那次是救火。当时，宜昌的电视和报纸两家媒体对他都做过报道，称他为英雄，消防支队还给他做了一面锦旗，写的是八个大字——临危不惧，见义勇为。他回武汉绕道宜昌，一定把报纸和锦旗找了寄来。运生还对李强一案的定性谈了看法，他认为从总体上分析，可以认定为正当防卫。

郭律师同意运生正当防卫的观点，说那两个歹徒在沙坪坝臭名昭著，群众无不痛恨，死的那个歹徒曾经三进宫，不死就要四进宫了。李强的行为不仅不构成犯罪，还可以说是为民除害。他要为李强作正当防卫辩护，当务之急是申请取保候审，有了宜昌表彰李强的报纸和锦旗，取保候审可能获准。现在重庆，特别是沙坪坝，群众都有呼声。还有那个女孩的父亲，是重庆有名的南开中学的特级教师，著名作家，他正在呼吁，要求严惩歹徒，释放李强，还说政府应该表彰李强，奖励李强，号召市民向李强学习。他已写好一篇文章，李强如果无罪获释，他就把文章作必要修改，交报社发表。

临别，运生要了郭律师的电话号码，并说，你哪天去会见李强，请一定告诉他，说宜昌有个叫冯运生的，现在是武汉一个公安分局的警察，对他的遭遇非常关心，非常牵挂。

郭律师说，一定一定。

走出门了，运生又折了回来，对郭律师说，我把报纸和锦旗寄来了，可让南开中学那位老师看看，供他修改文章参考。

郭律师说，你想得周到，到时候，报纸我复印给他，锦旗我拍照给他。他把李强在宜昌的英雄事迹写进文章里，他的文章就会更加出彩！

运生转身来到李记五金工艺，对女人叫了声嫂子。

女人开始愣怔了一下，立马便满脸堆笑脆生生地答应。

运生说了他同郭律师见面和两个人对李强一案的基本看法，还说了李强在宜昌救火的英雄事迹。他回宜昌马上把表彰李强的报纸和锦旗寄给郭律师，报纸在他书桌的抽屉里，锦旗在社区，都会找到的。运生还说了郭律师正在为李强申请取保候审，李强有可能先被释放。

女人高兴地说，运生兄弟，晚上我请你和你的同事吃饭，感谢你对李强如此劳神费力，把郭律师请来陪你们二位。

运生笑着说，吃饭太麻烦，免了，嫂子要感谢就送我一样东西，不知嫂子是不是舍得？

女人说，你要什么东西，只要我有，舍得的。

运生拿手往样品架上一指，那只蝴蝶。

女人拿过蝴蝶递给运生，这算什么，是李强做的，他回来了，你要多少叫他给你做多少。你要它干什么，是当摆饰好玩儿？

运生不好意思地一笑，十多年前，强哥给我做了一只，我一直留着。这一只我拿回去送给一个人，先头是同学，现在是同事，和我关系蛮好的一个人。我到重庆出差一趟，少不得要给她带点儿礼物啊。

这只蝴蝶拿回去，和你那只就是一对儿。我知道你要送给谁了，是一个漂亮的姑娘，对吧？见运生默认，女人又把两只相思鸟拿了来，递给运生，说，黄嘴的色彩浅淡些的是母鸟，红嘴的色彩艳丽些的是公鸟。你把母鸟送给她，公鸟自己留着。嗨，我说颠倒了，你把红嘴的公鸟送给她，黄嘴的母鸟你自己留着。到那一天，再把两只摆放一起。女人说着，禁不住就咯儿咯儿地笑了，笑得阳光灿烂，很见风采。

运生疑惑地说，嫂子怕还是说颠倒了吧？色彩艳丽的不是母鸟吗，色彩浅淡些的才是公鸟啊。

女人大笑，运生兄弟是没注意观察呗，公鸡和母鸡，你说，是公鸡艳丽些还是母鸡艳丽些？再看孔雀，公孔雀，长着两三尺长的五彩缤纷的尾羽和一身霞光闪耀的羽毛，三寸多高的花翎冠子，不开屏就好看，开屏更好看；母孔雀，不仅尾羽生得短矬，羽毛也不见华丽，冠子又小又黑，远不如公孔雀好看。所有的禽类都是如此，公的比母的好看，相思鸟当然也不例外。我知道运生兄弟是拿人作比较，认为姑娘们光鲜靓丽，男儿们朴拙无华，是吧？禽类和人正好相反。

运生也不禁大笑，谢谢嫂子，谢谢嫂子，不仅给了我精美的艺术品，还给我上了一堂禽类的知识课。

女人打了个响哈哈，说，这也算是上课！

且说郭律师，收到运生寄来的报纸和锦旗，便和南开中学那位老师一起，立马去了检察院，提交了取保候审申请。南开中学那位老师，自愿担任李强的保证人，在检察院的取保候审保证书上签字，保证李强不逃逸，不串供，随传随到……

过了五个工作日，李强出了看守所，回到了他的李记五金工艺。他听郭律师说过，运生来过重庆，对他非常关心非常牵挂。当他从爱人嘴里知道，运生为他的遭遇着急上火，两下奔走，不惜劳神费力，便连叫，运生啊，我的好兄弟！运生啊，我的好兄弟！随即一下子抱住他的爱人，哭出声来。

检察院依法对李强提起公诉，认定李强正当防卫明显超过必要限度，造成他人死亡，可以杀人定罪，追究刑事责任，但是应当减轻或者免除处罚。

两次开庭，郭律师坚持他的辩护意见，他认为，两个流氓欺负一个女孩，被李强一声断喝，女孩得救了，自己被两个流氓打倒在地，还遭脚踢，造成两根肋骨断裂，全身多处软组织青紫肿痛，五六天血便，还有手臂一处刀伤，法医综合鉴定，结论为重伤。他的行为保护了女孩免遭残害，自己的爱人又被流氓欺负。正在这个时候，被打倒在地的他才忍着伤痛，捡起一块石头，砸向一个流氓的脑袋，解救了他的爱人。李强是在一掌对双拳身处劣势的情况下，是在连他自己在内三个人先后受到人身侵害、特别是他爱人将被强奸的情况下，才进行防卫，造成那个流氓死亡的。《中华人民共和国刑法》第二十条第一款规定，为了使国家、公共利益、本人或者他人的人身、财产和其他权利免受正在进行的不法侵害，而采取的制止不法侵害的行为，对不法侵害人造成损害的，属于正当防卫，不负刑事责任。第三款规定，对正在进行行凶、杀人、抢劫、强奸、绑架以及其他严重危害人身安全的暴力犯罪，采取防卫行为，造成不法侵害人伤亡的，不属于防卫过当，不负刑事责任。法院采纳了郭律师的辩护意见，开庭第三日便公开宣判，李强无罪。

检察院未提出抗诉，十日期满，判决生效，李强恢复人身自由。

跟着，南开中学那位老师的文章《李强，我们的英雄》见报了。他除了援引宜昌消防部门赠送锦旗和报纸发表通讯，称赞李强是临危不惧、见义勇为的英雄，更进一步阐述和强调，如果说十多年前在宜昌那次，李强是救灾的英雄，那么，十多年后的今天在重庆，李强就是为民除害的英雄。他的文章还有两个亮点，一个亮点是，以幽默的口吻，说李强要是把两个流氓都给砸死，那就更好，那就叫除恶务尽，同样是正当防卫；一个亮点是，以严肃的笔调，向政府郑重建议，说应该评定并公布李强为英雄，对李强给予应有的奖励。

李强一案审理结束，那个流氓的案件接着开庭。因他除了在三峡广场伙同那个死流氓作案，强奸妇女（未遂），重伤李强，又持刀行凶刺杀李强（未遂），经侦查，他还有伙同那个死流氓在公园聚众斗殴和在超市寻衅滋事的犯罪行为。人民法院以强奸未遂、杀人未遂、聚众斗殴和寻衅滋事数罪并罚，判处他有期徒刑二十六年，决定执行二十年，剥夺政治权利五年。那个流氓对判决不服上诉，被上级人民法院裁定驳回，维持原判。

对李强其人，是否该评英雄，是否应予奖励，人民政府从谏如流，有关部门立马行动，通过投票方式，仅仅一个月，就收到二十多万张赞成票。李强再三推让，说人民法院认定他正当防卫，不负刑事责任，本身就是一种认可，这就足够了。终因政府决定，舆论传扬，他才不好公开否认英雄称号。

市里召开一年一度十大新闻人物颁奖大会，南开中学那位老师听说过李强的脾气，他像个幼儿，认生，怯场，害羞，总觉得不好意思，同时还记着几十年前的两句话——见困难就上，见荣誉就让，便始终把他拉在身边，去会场在一起，坐椅子在一起，听到宣读名单才把他推到台上，让工作人员给他披红戴花，最后接受领导颁发奖金和荣誉证书。不是南开中学那位老师，说不定他又像在宜昌那回一样，到时候来个脚板抹油。

故事到此结束，需要补叙的是，从那以后，李强和运生一直保持联系。李强夫妇，到武汉看望过运生小两口儿；运生小两口儿，也到重庆看望过李强夫妇。

（写于 2021 年）

# 峡江大队的年轻人

白露秋分时候，大面积的橙子才显微黄，橘子仍多青色，这个季节的峡江大队，主色调儿正所谓橙黄橘绿。只有山南缓坡地带那片橘园，栽种的早熟品种，社员们叫它九月红，这时全都红了。九月红橘子的红，宛如赤金，与别的成熟水果色泽迥然有别，老远就能望见青枝绿叶与累累红果彼此衬托，互相辉映，就像一幅幅浓墨重彩的西洋油画儿。

九月红这种橘子，皮薄肉嫩，入口清甜，无渣无籽儿，乃橘中上品。此时如下了装箱上市，销路和价格都会很好，能为集体增加收入。

就在此时，峡江大队的老洪接到公社李书记的电话，九月十八日，上级领导要来你们大队参观检查。上级领导说是参观检查，参观是虚，检查是实。请你记住，参观也好，检查也好，都是上级领导对你们大队的格外重视和亲切关怀，一定要搞好接待，让上级领导来得高兴，走得满意。具体怎么做，你应该知道，无须我点点滴滴全都说到！

老洪是谁？峡江大队的书记兼队长，名叫洪永强，多数社员都叫他老洪，是个忠厚实在的人，也是个唯上命是从的人，听话的人。

老洪为了迎接上级领导参观检查，不得不做些看得见望得着的准备工作，如清扫村道，关圈鸡鸭，收捡杂物，擦拭门窗，打点吃喝，还得选派几个像样儿的年轻女子，端茶递水，斟酒上菜，等等。老洪既要跑腿，又要动嘴，忙得一个陀螺两个转，哪里顾得上九月红橘子上市！老洪同时还想到，上级领导来他们峡江大队参观检查，一定会肯定会要去九月红橘园，都下了装箱送市场了，一片见树不见果的园子，有什么好参观的？又有什么好检查的？从这方面考虑，九月红橘子上市的事也得暂缓，往后顺延！再说，橘子多蓄几天，进一步糖化，口感会更好，不抢头市，价钱也跌不下来。

峡江大队这片九月红橘子，社员们还没开始动手，小偷儿却不讲客气，先动手了，而且是在光天化日之下连续两次动手。小偷儿偷橘子，可不像社员们下橘子，使用枝剪，带着蒂把儿和一片小叶儿咔嚓咔嚓一个一个地那么剪下，而是蛮揪硬拽，把带着一撮儿橘皮的蒂把儿留在树上，就像许多小白蜘蛛，爬在枝梢，刺人眼目。不仅如此，有好几处小树，还被糟蹋得叶落枝残，身受重伤。最可恨的，是把橘子不当水果，有半边儿的，有整个的，丢得到处都是，完全是暴殄天物。

橘子被偷，让沈洋十分内疚，还感到窝囊。大队派他看守橘园，还为他搭了个坐北朝南居高临下面对橘园的观音合掌的窝棚，一日三餐给他送吃送喝。老洪吩咐沈洋，这段时间，他就蹲在橘园里，别的农活儿都不要他干。沈洋答应得干干脆脆，半点儿都不含糊。现在橘子被偷，给集体造成经济损失，他能不内疚吗！连一片橘园都看守不好，别人背后议论，他能不感到窝囊吗！

为防止橘子再次被偷，沈洋除了白天巡逻，晚上照看，还找来一块三夹板，在上面写了一则告示，那字茶杯般大小，竖在橘园的路口儿上。那则告示，除了押韵，还带有一点儿幽默，一点儿风趣，他是这么写的——

### 告　示

我有一把弹弓，轻易不肯使用。
谁敢偷摘橘子，剥削社员劳动。
小心项上人头，被我瞄准打中。
就不皮破血流，也会又红又肿！

后来发现，偷橘子的并不是人，而是一群猕猴。它们好像知道沈洋中午要小睡一会儿，便趁机窜至橘园，把个橘园残害得一片狼藉。

根据过去防猴子的经验，老洪买来一包湖南浏阳产的名叫轰天雷的炮仗，一共十颗，连同半盒儿火柴，一起交给沈洋，嘱咐他说，猴子晚上睡觉，多是白天寻找食物。正午时分，不论是否见到猴子，到山边儿放它几颗。这种炮仗每颗两响，竖着放在石头上，黄色的一头儿朝下，对地，蓝色的一头儿朝上，对天，把引点着，先是地下一声小响，后是冲到空中一声巨响，那响声与猎人打铳相似。猴子听见响声，望见烟火，一个个便惊恐万状，逃到悬崖峭壁或是深山老林，轻易不敢再来橘园。

果然有效，沈洋放了两次轰天雷，每次三颗，那响声山鸣谷应，更兼烟火腾空，自那之后，猴子再就没来。

老洪那天来到橘园，拿着一把枝剪，顺手剪下两个橘子，给沈洋一个，自己剥开一个。他边吃边说，你那告示还是有用，镇不住猴子，却镇得住嘴馋的人，不过，后面要是再加几句，凑成一首打油诗，意思就要好些，下面还得落款，才合格式。

沈洋问，落款简单，你说加哪几句？

都是父老乡亲，应以友情为重。要吃橘子明说，我剪几个相送！老洪说，就加这么四句，你前面八句是吓，我后面四句是哄，一吓二哄，相辅相成。在果园讨果吃，在瓜园讨瓜吃，只吃不拿，这在农村是个习俗，看守园子的人是不能吝啬的。

正好笔墨现成，沈洋搬来三夹板，把老洪说的四句加了上去，又在右下端添了落款，然后念道——

**告　示**

我有一把弹弓，轻易不肯使用。
谁敢偷摘橘子，剥削社员劳动。
小心项上人头，被我瞄准打中。
就不皮破血流，也会又红又肿。
都是父老乡亲，应以友情为重。
要吃橘子明说，我剪几个相送！

守园人沈洋

沈洋念罢，哈哈大笑，说，没想到老洪你还会写诗，你这四句加得真好，画龙点睛，既有威慑性，又有人情味儿。人家起心来偷，看了这则告示，也许就会缩手不偷了。

老洪说，我只读了个初中，数理化特差，语文还算可以，也只能写些上不了大雅之堂、实话实说的打油诗。说着，把枝剪递给沈洋，说，有人来了，要吃橘子，你剪几个相送，你拿什么剪？这把枝剪给你，别搞丢了就是，橘子收了还我。

老洪钻出窝棚才走几步，急忙又折了回来，对沈洋说，我差点儿忘了大事，明天，上级领导要来我们大队参观检查。我特来找你，你赶紧去写几条欢迎上级领导的标语，我的字拿不出手，大队刘会计的字也不行。队委会有红纸，你把这毛笔和墨汁带去，写了就贴在队委会那两面墙上。这半天我帮你看守橘园，吃了中饭，你来换我，我下午有事。

沈洋从未写过标语这类东西，但他见过，心想，现场创作几条就是，总比命题作文容易许多。

刘会计给他拿了三张不一样的红纸，对折一裁，成为六张。

沈洋先铺开两张深色的红纸，一张写道，热烈欢迎各位领导莅临我队检查指导！一张写道，各位领导的检查指导，对我队的革命生产是巨大促进！接着铺开两张浅色的红纸，一张写道，各位领导的光临，让我队广大社员欢欣鼓舞，干劲倍增！一张写道，感谢各位领导对我队广大社员亲切关怀！还有两张水红色的红纸，写什么呢，沈洋略一思索，一张写道，各位领导辛苦了，祝愿各位领导身体健康，心情愉快！最后一张，真不知该写什么了，一时半会儿硬是想不出合适的话来。要写六张，两面墙上各贴三张，才叫对称，这一张不写不行。沈洋这几天看守橘园，没忘阅读，有空就看书，带的几本书都看完了，最后看《楚辞》，他先看屈原的《离骚》，实在难懂，看了两遍，也只记得少数几个诗句。于是，他现打炉灶现蒸馍，在那张水红色纸上写道——

长太息以掩涕兮，

哀民生之多艰！

次日十点多钟，两台帆布篷吉普车鸣笛而至，参观检查的领导们来了。领导们下得车来，先和迎候多时的大队干部一一握手。通过介绍，大队干部知道领导们的领导姓王，是县委宣传部部长，其他成员谁是谁，一时都没记准，大队干部谁是谁，除了年轻漂亮的妇联主任，估计领导们也只记住了一个老洪。

寒暄了一阵，各位领导才回头接过姑娘们双手捧着的茶杯，在队委会门前浏览标语。

不一会儿，领导们都把目光聚焦在写着屈原诗句的那条标语上。有位领导看着看着立马就变了脸色，像是对王部长又像是对他自己，说，这条标语我品味了一下，好像是含沙射影，说我们这些人不知百姓疾苦，大忙季节来搞什么参观检查！他们表面上是热烈欢迎，心里头却是极端不满，便借用古圣先贤的诗句，转弯儿抹角儿地提出抗议，我们是不是不该来啊！

那位领导的话，王部长未置可否，却把书记兼队长的老洪吓了个半死，立马把沈洋叫来，让他向那位领导检讨认错。

沈洋在那位领导面前，说他没有什么问题要检讨的，也没有什么错误要承认的，他的本意和领导说的完全相反。说完这么几句，便静静地站在那里，以沉默相对。那位领导足足训了他半个小时，方息雷霆之怒。

次日上午，沈洋躺在窝棚里，想着头天写标语发生的糗事，心情不免沉重，自己一时思虑不周，让领导产生误解，给峡江大队也给老洪个人造成难以挽回的负面影响。沈洋想着想着，忽听窝棚外面有人大叫，沈洋在吗？我们想吃橘子，能剪两个相送吗？你可是白纸黑字写着的，别小气说话不算数儿啊！

人还未到声先到，沈洋听出来了，来者是和他一块儿插队的杨丹，知青小组组长李重的女友。连忙爬起来探头一看，不见李重，只见杨丹，还有一个显然比杨丹要小几岁的姑娘，挎着个军用书包，书包上绣着为人民服务五个红字。

杨丹来得正好，她是知青小组里的乐天派，热心快肠，爱说爱笑，就像旧本儿《解人颐》，能让人除烦去恼，快乐开心。沈洋便说，知我者谓我心忧，不知我者谓我何求。你来得正好，可解我所忧，答我所求，我特别高兴，特别欢迎。要吃橘子，请稍待片刻。说着，拿了枝剪，很快就剪来几个红透的橘子，让两位进得窝棚，坐在他的地铺上，美滋滋地吃着。

杨丹知道，沈洋忧的是什么，求的是什么。便说，不要忧也不要求，一笑了之，古今多少事，都付笑谈中。再说，你不要老往坏处想，事过之后，领导说不定对屈原的诗句另有领悟，从而摒弃原先的看法，理解你的本意，坏事会变成好事。就算是坏事，也只能面对，你忧有什么用？求有什么用？你小资情调儿，自寻烦恼，没有必要！

沈洋说，我忧的求的，是我的本意被领导误解，我觉得委屈。哦，不说了，我听你的，不忧了不求了。

沈洋不忧不求，便把目光偷偷地移到了杨丹身旁的姑娘身上。这姑娘虽是乡间穿戴，但那身段，那眉眼，那面容，那唇齿，那长长的颈项，细细的腰身，还有那头齐耳下黑亮的秀发，每个部位都让人爱看。从仪态上说，直接就把个杨丹比了下去。杨丹本就是个漂亮女子，她比杨丹还要漂亮。沈洋不会形容，只觉得这姑娘漂亮得不能再漂亮了。

杨丹望着沈洋睃睃神的一双眼睛，便说，你看好了，她是我亲爱的小妹，书记兼队长洪永强夫妇的千金，名叫春花儿，春天二月花朝那天生的。父母就养了她一个，说是掌上明珠，半点儿都不过分。读完高中，因为大搞运动，取消了高考，她无学可上，本可到宜昌找个工作，父母不让，说是离家太远，他们放心不下。春花儿孝顺，听从父母意见，在家当了社员，劳动之余，看书学习。峡江大队到宜昌，不过五十几公里，每天都有班车，哪是什么太远，他爸妈纯粹是出于疼爱，怕她卷入运动中去，硬是把她捂在翅膀底下，呵着护着……

春花儿打断杨丹的话，叫了声，丹姐，说我干什么嘛！

杨丹说，说你怎么了，说不得吗？我说的是实情，又没说你的坏话！

春花儿咯儿咯儿地笑了，我什么时候说过，你说的不是实情，是说我的坏话了？你说的都是实情，都是好话，行了吧。现在，橘子也吃了，话也说了，我们是不是该走呢！

杨丹说，要来是你，要走也是你，真拿你没办法。说着，在春花儿的屁股上揪了一把，揪得春花儿哎哟叫了一声，腰身一扭。

两个人走了，春花儿的书包却还在沈洋的地铺上。沈洋钻出窝棚，扯起嗓子就喊，春花儿姑娘，你的书包掉了！春花儿姑娘，你的书包掉了！杨丹，杨丹，春花儿姑娘的书包掉在我这里了！两个人都不见答应。

沈洋以为，春花儿不一会儿就会想起书包，和杨丹一起转来拿的。可这两个女娃子没来，不仅当时没来，第二天还是没来。出于好奇，沈洋打开了春花儿的书包。书包里没有别的，只有一本《青春之歌》，半新不旧，里面夹着一封信，信封正面反面一字未写，也没封口儿。沈洋把那封信原封不动放回书包，他怎么能偷看人家的信呢！收信人是谁，写信人是谁，什么内容，都不能看。偷看人家的信是不道德的，况且，与自己无关，看它又有何意义！

沈洋特别高兴，身边的几本书都看完了，剩下一本《楚辞》，他先看了屈原的《离骚》，过于深奥，看了两遍也没看懂，就只记得那么几句，生搬硬套写了两句作为标语，本意是颂扬领导们关心百姓疾苦，却被误解，倒给大队集体和老洪个人造成影响，真是晦气。想到这里，便仰面朝天往地铺上一倒，翻开了《青春之歌》，不一会儿，便被林道静、卢嘉川和余永泽他们错综复杂的斗争态势和牵肠挂肚的爱情纠葛深深地吸引。他手不释卷，一页一页看了下去，忘了一切。

直到橘园的九月红全都下完，春花儿才来，还是跟在杨丹的身后，像怕见人的。沈洋先瞧见了，连忙拿了书包过来，把《青春之歌》打开，夹了那封信，装进书包，挂在窝棚的竹竿上。

杨丹离窝棚老远就喊，给我们留几个橘子没有啊？我们来是要吃橘子的！

沈洋接声说，有哇，光树上漏掉的，你们两位吃不了兜着走哦！不过，你们得自己爬树，我的任务已经完成，要收拾一下东西回知青小组了。

你帮我们爬树剪橘子，等一会儿我们帮你收拾东西，不就是一套被褥、几件衣服、吃饭的碗筷、洗漱的用品和几本书吗，哦，还有枝剪、弹弓、电筒几样小玩意儿，现成的绳子一捆，现成的提包一装，有什么难收拾的呀！杨丹亮开大嗓门儿，像念账单的。

还有两样东西你没念到哩。沈洋笑着说。

杨丹问，还有哪两样东西我没念到？

沈洋说，鞋子和袜子你就没念到嘛。

杨丹一手捂住鼻子，一手伸着巴掌当扇子不住地扇风，鼻腔里一个劲儿地嗯哼、嗯哼，真像是闻到了恶心的脚臭。

沈洋说，那嘛，你说帮我收拾东西，鞋子和袜子不是东西吗？应该说还是很重要的东西，不信，你打赤脚到橘园里去走几步。

杨丹说，你那熏得死蚊子的东西自己收拾，现在，我们就是要吃橘子！

要吃橘子，好的，枝剪在这里，春花儿姑娘肯定比你行，让春花儿姑娘去剪就是，找到一个剪一个。这树又不高，爬上一两步够一够不就剪着了，还用得上我？沈洋嘴里在说，眼睛却望着春花儿。

杨丹笑着说，你让春花儿爬树，那枝枝叶叶，不挂她的头发、划她的脸？亏你是个男人，一点也不懂得怜香惜玉！

春花儿的两腮，一下子就像打了胭脂，红了，杨丹的话让她太不好意思。

沈洋说不赢杨丹，又见春花儿难为情的样子，美艳非常，一种怜惜之情真就油然而生，便高兴地拿了枝剪，陪着一起进了橘园。他跳上跳下，爬了这棵又爬那棵，剪了几十个橘子。三个人嘻嘻哈哈回到窝棚，大快朵颐。吃剩下的，沈洋装了两个提袋儿，想是一人一袋儿。刚刚装完了，他又从春花儿面前的提袋儿里抓出几个来，放进杨丹面前的提袋儿，笑着对春花儿说，她知青小组还有个人，多给她几个，不然，那个人不会待见她。

杨丹说，他敢，你借他个胆子！

春花儿好笑，说，我这一袋儿也是给丹姐的，我又不要。

沈洋立马又从杨丹面前的提袋儿里抓出几个来，放回春花儿面前的提袋儿。

见沈洋这样来回抓进抓出，认真的样子，春花儿好笑，横直都是给丹姐的，哪个袋儿里多几个，哪个袋儿里少几个，用不着这么过细。她随即又转换话题，说，听大人讲，树上的橘子不能剪得一个不剩，每棵树上得留下一个两个，给鸟儿，给松鼠，给果狸子，还有别的动物，作为冬天的口粮。这叫行善，菩萨望见我们的善行，就会保佑我们来年丰收。

沈洋说，有道理，有道理。怪得社员们下橘子，总有剩下的，我还以为，是个别橘子躲在浓密的枝叶里他们没看到，或是蹲在太高的枝条上他们够不着，原来是有意留下的。

杨丹说，好哇，你们两个一唱一和，那我们今天剪的橘子，都是给动物们留的喽？是我嚷着要剪的，夺了动物们过冬的口粮，我罪过罪过！

沈洋说，你想得太多了，春花儿姑娘说的是乡亲们的善行，多少带着一点儿故事性和神话色彩。爱护野生动物，毕竟是一种美德嘛。动物，特别是素食动物和杂食动物，冬天一般是不会缺少口粮的，山林里，原野上，田间地头儿，有的是植物的种子、果实和农民收割时洒的稻麦之类，那都是大自然的恩赐，为动物们准备的口粮，哪里在乎这么几个橘子。

你们两个，一个定调儿，一个帮腔，配合得真默契哦！见春花儿的脸越发红了，杨丹连忙岔开话题，对沈洋说，春花儿那天把书包忘在你这里了，你给她保管着没有，该没翻看她的东西吧？她今天来拿。

保管着哩，你看，挂在竹竿上。你怀疑我翻看春花儿姑娘的东西？你借我个胆子，我也不敢呀。沈洋笑着说，话一出口，又觉失言。对李重，在某些场合就某些事情，杨丹可以说他不敢，他们是男朋女友谈婚论嫁的关系，这样说话，多多少少是在显摆他们幸福的爱情，李重又特别在乎她，还有点儿惧内，她踌躇满志。他沈洋在春花儿姑娘面前，怎么能跟着说类似的话呢？唐突！放肆！

果然，春花儿的脸更红了，倏地站起身来，把窝棚竹竿上的书包取下来往肩头一挎，抓起面前的提袋儿，拉着杨丹就走。

沈洋觉得脸上有些发烧，心里头还有点儿莫名其妙的惆怅，只有钻出窝棚，一双眼睛直勾勾地望着两个女娃子那柔和线条儿勾勒出来的婀娜而曼妙的背影，直到隐没在橘园的尽头。

沈洋回到知青小组，李重递给他一封挂号信，是武汉沈洋他父亲寄来的。

沈洋看了信，骤然间便有了柳暗花明又一村的喜悦。原来，父亲寄给他的，除了家书，还有一份武汉劳动管理部门的招工文件，文件规定，在企业工作的父母退休，子女可以顶职。父亲在武汉重型机床厂当工人，五十八岁都满了，已超期工作两三年了，他沈洋有希望回城。不过，文件同时规定，顶职的子女是下乡知青的，应由所在县知识青年工作办公室，对知青个人的政治表现作出鉴定并出具同意招工的证明。

沈洋觉得他高兴得太早了，那天为写标语训他半个小时、说他借古讽今的那位领导，正是县知青办的孙主任。况且，从生产大队、人民公社，再到镇政府，一级一级办理同意招工的鉴定和证明，也是非常不易，最后到县知青办找孙主任办理这套手续，沈洋肯定地认为，不是难的问题，而是根本没有可能性的问题，弄不好还会是背先进去，不用转身就得灰头土脸地出来。

沈洋知道，他的老爸弄到这份文件，弄到这份顶职通知，毫无疑问是拜了观音拜如来，非常不易的。想到这里，那句死马当作活马医的俗话突然间在他耳边响起，他问计杨丹。

杨丹说，我倒是有个想法，可你伤了人家，把人家得罪了，人家帮不帮你，我没有把握。

沈洋有点儿摸不着头脑，我伤了谁了？得罪谁了？不就孙主任吗？他肯定不会帮我，这还用你说呀！

不光是孙主任，我说的还有春花儿。杨丹说。

春花儿姑娘？我就是把她书包里的《青春之歌》拿出来看了几天，那里面夹的信我原封未动，怎么就伤了她了，得罪她了？再就是，我有两次说话，让她当时有点儿难为情，也不至于就伤了她了，得罪她了！沈洋说。

主要的就是一件事，《青春之歌》里面夹的那封信，就是写给你的。不是看了信，伤了人家，把人家得罪了，而是不看信，才伤了人家，把人家得罪了。你知道她信里写的是什么？杨丹说着，从衣袋儿里拿出信来，递给沈洋。

沈洋莫名其妙，怎么，信在你手里？

杨丹嗯了一声。

沈洋接过信，说，我怎么知道这信是写给我的，我知道这信是写给我的，我怎么会不看呢？只要她在信封上写一个沈字或是一个洋字，我都会看的。我当时想，要么是她写给别人的，要么是别人写给她的，她一时忘记夹在书里了，我怎么能看呢？所以，你问我翻看她的东西没有，我说，你借我个胆子我也不敢，当然，这话有点儿造次，因为我和她没有那种关系，不像李重和你。沈洋拿着信问杨丹，你说，春花儿姑娘她该不是用这封信测试我的道德品质吧？

杨丹说，真是个小资，你不要瞎猜，这信她确实是写给你的。她没想测试你的道德品质，说她想测试测试你的心里头是否有她，那倒是真的。因为害羞，她不好意思写你沈洋的名字，更不好意思当面交给你，所以才躲躲闪闪，遮遮掩掩。直到现在，她还不敢直接把信给你，求我当红娘。你先看信，她写的是什么？

沈洋从信封里抽出信纸，轻轻展开，信纸上只有两行文字，笔迹清秀——

关关雎鸠，在河之洲；
窈窕淑女，君子好逑。

沈洋不禁愕然，说，这是什么意思？春花儿姑娘喜欢我，愿意做我的女友？是这样的吗？我能这样理解吗？

杨丹说，你不懂她，她真的喜欢你。她经过深思熟虑，才鼓足勇气，把《关雎》开头儿的几句抄了给你，算作情书，向你表白。她把书包丢在你的地铺上，走的时候不拿，是我帮她出的计策，让她装作忘了书包，就是想让你打开书包看这封信，看这几句诗句，从而懂她爱她。君子好逑，好逑，本义就是好配偶，好夫妻。谁知你不是那样的君子，循规蹈矩，不看她的信，给了她一个原书打转。她误以为你是看不起她，不愿意理睬她。那天在窝棚，你说我不带橘子给李重，李重不待见我，我说，他敢，你借他个胆子。后来我问你有没有翻看春花儿的东西，你跟着说，借我个胆子，我也不敢。这话像是把自己摆在了她男友的位置，话隐机锋，谁知你是有嘴无心，还觉得失言了。她却当成真话来听，立马就红了脸。还有，那天她说下橘子，每棵树上要留下一个两个，作为动物们过冬的食物。你连连称赞，说她讲得有道理，怪得社员们下橘子，总不下得那么干净。我当时就说，你们两个一唱一和，我点出你们两个，又点出一唱一和。后来你说，她说的虽有一点儿故事性和神话色彩，但爱护野生动物终归是一种美德，又说动物过冬不缺食物，明显是在帮她说话。我再次点出你们两个，还说你们一个定调儿，一个帮腔，配合默契。我的这些话，是何等明白，就是在撮合你们。春花儿全听懂了，羞得什么似的，一迭连声地催着要走，你却没有听出我的弦外之音，顺着我的意思对春花儿作个表白，完全是蛤蟆跳到井里头——扑通，真的就让我们走了。你呀，让我说什么好呢，你在别的事情上，非常聪明，唯独在爱情上，却是一个不折不扣的榆木疙瘩！

沈洋这才恍然大悟，觉得由于自己的不开窍而辜负了春花儿的美好情意，是伤了春花儿，得罪了春花儿。

杨丹咕嘟咕嘟喝了几口水，接着说，不过，春花儿心地善良，我告诉她你刚才给我说的实情，她不仅不会记恨你，不会认为你伤了她，得罪了她，还会觉得你为人端方正直，更加懂你，越发爱你。而且，她绝对不会因为爱你而妨碍、阻挠你离开峡江大队，相反，她会让她老爸给你写鉴定开证明。她知道你和她一样，也是父母心田里的一根独苗儿，让你速回武汉，参加工作，以慰父母的殷殷期盼。要知道，基层鉴定得好、证明得好，特别重要。有了基层的鉴定证明，再到公社和镇里去求爹爹告奶奶，或许就有希望。

沈洋点头称是。

杨丹说，你招工回城的事，要说难，还是难在县知青办，你把孙主任彻底得罪了，我担心他会拿那条标语说事儿，上纲上线，对你不利。县知青办是最后的也是最难的一关，这一关过不了，前面劳神费力都是白搭。但是，事在人为，程序必须走到，过不了再说，不到黄河心不死！哪怕是只有万分之一的可能性，就必须争取。当然，我们也不要以小人之心度君子之腹。也许，孙主任不计前嫌，不念旧恶，恻隐之心一动，事情就成了！也许，孙主任后来明白了，你是好意，是说他们领导哀民生之多艰，一件小事儿早就丢到了九霄云外，出于公心，考虑并尊重下面的意见，事情也就成了！

沈洋听得眉飞色舞，却没有就招工回城的事接茬，他拉回话题，说，春花儿姑娘爱上我了，我真的蒙在鼓里！

杨丹说，怎么，你现在明白了？你今后就叫她春花儿，老是春花儿姑娘春花儿姑娘的，不仅不顺口，也显得生分。

沈洋做了个鬼脸儿，调皮地一笑，在下沈洋，谨受教诲！你到底是过来人，处处用心，太多经验，太多体会，向你学习。突地他又疑惑起来，春花儿抄写那么几句诗给我，就是爱上我了，这是真的吗？该不是我感觉错误，自作多情吧？

杨丹说，你真是个榆木疙瘩，刚才像是开通了些，怎么立马又畏葸起来了！你感觉错误，难道我也感觉错误吗？你人生得英俊帅气，加上文才和待人接物的态度，春花儿早就非常欣赏。春花儿对我说过，你爱看书，她也爱看书，连屈原的《离骚》，她都看过好几遍，有的段落她都能背诵，什么——日月忽其不掩兮，春与秋其代序。惟草木之零落兮，恐美人之迟暮。她背诵起来津津有味，我听起来是似懂非懂。《红岩》《钢铁是怎样炼成的》《保卫延安》《暴风骤雨》《林海雪原》《上海的早晨》《铁道游击队》，这些书她都看过，《青春之歌》是她最喜欢的读物之一，所以她送给你看，说你和她有共同爱好，志趣相投，心灵相通。你说，她是不是爱上你了？那天，你把屈原的诗句写了贴在墙上，作为标语，老洪让你向孙主任检讨认错，你死都不肯，还说孙主任误解了你的本意，孙主任训你，你用沉默表示反抗，她冷眼旁观，全都记在心上。她对我毫不掩饰地说，嫁人就要嫁沈洋那样儿的。你说，就凭这句话，她是不是爱上你了？还有一个重要情节，我忘了告诉你，春花儿给你写过两封信。

沈洋一惊，啊！你说什么？春花儿给我写过两封信？还有一封信在哪儿？

杨丹说，是的，你手上拿的是第一封信。第二封信她写了却不愿给你，写的也是几句诗，好像是我国一位现代诗人写的，我看过，记得不太准——

旷野里有一只鸽子，
如一本受伤的书，
洁白的羽毛如书页，
从此被风翻看。
太阳暗淡了，
有一只鸽子，
还在惦记着另一只鸽子。
另一只鸽子，
在不醒的梦里。

沈洋特别惊异，还有这么一回事儿？

杨丹说，这几句诗，缠绵婉约，用作表述向往爱情非常贴切，春花儿却觉得这首诗不好，让我不要给你。说把《诗经》的首篇首段写了给你，是她最为大胆的表白——窈窕淑女，君子好逑。这就把话说到位了，再写什么，都是多余的。杨丹说，你查一下词典，好逑是什么意思，就知道她是不是爱上你了。还不是一般的爱上，而是直截了当说要嫁给你。

沈洋听得如醉如痴，杨丹却来了个话题急转弯儿，不过，你要招工回城，你们二人的爱情恐怕只能就此打住，继续向前发展，很难修成正果，反而害了人家姑娘，自己也会痛苦。好在你还没有向她正式表白，可以说恋爱尚未开始，现在就此算了，对你是浅尝辄止，对春花儿是哀而不伤。

如果说春花儿的爱，对沈洋是个意外，那么，县知青办孙主任收到有关材料，写的鉴定和证明，对沈洋更是个意外。

孙主任的鉴定和证明，中间有这么一段——沈洋同学，不畏艰苦，劳动很是积极，业余读书，学习非常勤奋。经过几年接受贫下中农再教育，与劳动人民建立了深厚的阶级感情，具有较高的政治觉悟。沈洋同学，不愧是工人阶级的后代，社会主义革命和建设事业优秀的可靠的接班人。特推荐沈洋同学回城招工，建议有关单位予以录用。

就像气朝上冒水往下流一样，自然而然，人们全都合乎逻辑地认为，沈洋一定喜出望外，马上就会收拾行装，与峡江大队拜拜，回城办理招工手续，到武汉重型机床厂上班。沈洋喜出望外是喜出望外，可是，他却给所有关心他的人，关注他的人，包括武汉的父母，县里的孙主任，知青小组的李重、杨丹，还有那个春花儿和春花儿的父母，一个更大的爆炸性轰动性颠覆性的意外——他沈洋哪儿也不去了，他的家就在山清水秀的峡江大队！

沈洋庆幸自己有勇气做出这个重大决定，高兴之余，他找出了守橘园吓猴子剩下的四颗轰天雷炮仗，在知青小组院子的条石上竖着摆好，划着火柴，一颗一颗地把引点着，咚叭——咚叭——咚叭——咚叭——四声双响，乐坏了队里的父老乡亲，惊飞了树上的斑鸠喜鹊。

光阴荏苒，一晃三年。沈洋和春花儿，天设的一对，地造的一双，同李重和杨丹一样，已是恩恩爱爱和和美美的小两口儿了，真个是有情人终成眷属！

这时，又一个爆炸性轰动性颠覆性的意外传到了峡江大队——国家决定恢复中断了十年的高考，各高校正在准备招生。说这是意外还不如说这是喜讯，天大的喜讯，地大的喜讯。这个天大地大的喜讯，是县知青办孙主任亲自送来的。

孙主任叫上老洪，一起来到知青小组。首先通知全体知青即日起放假，接着宣讲国家有关政策，鼓励知青参加高考。他说，这次高考总政策是四句话十六个字，面向社会，自愿报名，统一考试，择优录取。在这个总政策之下，还有一个四不论的规定，不论年龄，不论婚否，不论职业，不论成分。为让考生有一定的复习时间，教育部决定，夏考改为秋考，今年九月开学改为明年二月开学，以后再回归原有制度。孙主任还说，沈洋他们，还有春花儿，都属老三届，就全国来说，人数比应届高中毕业生还多，是这次报考的重点人群，一定要凝心聚力，赶紧备考，机不可失，失不再来。孙主任还告诉大家，高考复习资料特别紧俏，县新华书店已派人去了省店，资料一到，我立马买了给你们送来。

峡江大队十二个下乡知青，有两个此前已招工回城。这时，十个下乡知青加上一个乡下知青，被孙主任父亲般的关怀和爱护感动得热泪盈眶。

沈洋和春花儿议论，孙主任从上次招工到这次招生，对我们可以说是关爱有加，可那年参观检查，为一条标语，怎么就凶神恶煞那个样子呢？

杨丹说，我当时在窝棚就说过，参观检查过后，领导可能对屈原的诗句有新的领悟，改变观点，重新认识，说对了吧。我还认为，那年到我们峡江大队参观检查，带队的是县委宣传部的王部长，孙主任的上司。标语是知青写的，孙主任是管知青工作的，对知青的事他能视而不见，让王部长首先发话吗？王部长要是首先发话了，那他可就彻底被动，所以，他必须抢着表态，还把你沈洋铆起来批了一顿。他主观上是要让王部长看到，他对知青工作是非常负责的，对政治问题是非常敏感的。客观上自觉不自觉地对你沈洋提出警告，今后必须注意，动笔墨的事情可不能随便儿，得动脑子。还有一点儿，很重要，就是王部长当时没有表态，也就是说，王部长并没有肯定和认同他孙主任说的，那条标语是借古讽今，是对他们参观检查表示不满和反对，正是因此，他以后再就不便执意坚持，几年了还耿耿于怀。经过招工和招生，我对孙主任真的由衷钦敬，对他那年和其后的一些做法完全理解，他真的用心良苦！

杨丹对孙主任的这番分析和评价，入情入理，大家深以为然，李重禁不住带头鼓掌，让杨丹笑得面若桃花。

1977 年 10 月，峡江大队连春花儿在内的十一名知识青年，一个不落全都到县城第一中学参加了高考。在考场即那间高三教室的墙上，挂着两幅墨宝，让他们惊奇得要掉下巴——一幅写着，路漫漫其修远兮，吾将上下而求索；一幅写着，长太息以掩涕兮，哀民生之多艰。

几个月后，即1978年早春的一天，李重和杨丹，沈洋和春花儿，两对小夫妻，揣着中国农业大学的录取通知，肩并着肩手挽着手，满面春风地走在北京清华东路的人行道上，轻声唱着——我们的家乡，在希望的田野上……

（写于2021年）

# 郑家来了个漂亮女人

一个名叫碧云的母亲，才三十一岁，一发病就是癌症晚期，很快进入弥留之际。床前的丈夫和儿女，全都痛哭不已。她是多么舍不得这个世界啊，可是，她驾驭不了已经坠落悬崖的生命的车轮，不想撒手也得撒手，丢下三个她视为宝贝疙瘩的儿女和参天大树的丈夫，她再也不能给他们以慈爱和关怀，以呵护和体贴。

儿女幼年丧母，丈夫中年丧妻，人生三大不幸，竟有两大不幸同时找上这个普通的农家。这种伤痛是何等沉重！这种悲苦是何等深切！许多天了，这栋砖墙小瓦的院落，除了哭泣就是哀叹，不见炊烟，不见灯火。

两儿一女，一个台阶儿下来，一个六岁，一个四岁，一个两岁。老大老二是儿子，一个叫亦梁，一名叫亦柱，这名字是她取的，横梁竖柱，很有讲究；老三是女儿，是丈夫取的名字，叫芳草，摘自唐诗《黄鹤楼》，意思更好。儿子像丈夫，女儿像她，相貌都很俊美，都是她的心尖儿肝尖儿。可大限一到，她无可奈何，只得抛下他们。

三个孩子的父亲郑华，是个常年在广州打工的农民。

安葬妻子之后好多天，郑华的心情才逐渐平静，除了悲伤和怀念，他不能不考虑自己的遭际，自己的境遇，自己的命运。他郑华今后可怎么办呢！怎么办？他相信天不生绝路之人。往坏处想，无非是低下头来，又当爸又当妈，挑起双倍的重担，在人生的路上，踉踉跄跄艰难前行；往好处想，也是个憧憬吧，他才三十五岁，正当盛年，身体虽说受过重伤，健康并未受到影响，人样子也还帅气，高中毕业，也算有点儿文化——凭这些条件，给儿女们找个后妈，让生活翻开新的一页。

人是应该往前看往好处想的，可儿女们的这个后妈人在哪儿，有哪个女人愿意来钻这个刺窟窿子。即便是有，这可不是临时合伙赶工，而是一生一世在一起过日子。一生一世，她能和他分挑重担吗？能视三个孩子为己出吗？一生一世，孩子们能接纳她、孝敬她、视她为母亲吗？不说七老八十的长辈见到过的，就他这个才三十来岁的后生见到过的，这种前爹后妈又多孩子的情况，终生厮守并且幸福的，是少之又少，比较多的是有始无终，结果都不美满，不是早争晚吵，就是三天一打两天一闹，少了这种苦恼，多了那种忧伤，有的甚至把个家搞得就像水桶断箍，直接就散板儿。

郑华他爸几年前就不在了，孩子们没了爷爷。郑华他妈帮他小弟两口儿带孩子，已去县城好几年了。小弟和弟妹当时就都说过，妈帮他们养小，他们给妈养老。今后，妈就在县城和他们共同生活，他当哥的尽管放心，什么都不用过问，他们保证孝敬妈，让妈安度晚年。对此，他郑华是点头应声表示同意的。如今，他只有去找小弟和弟妹商量，把妈接回来，这边的孙儿孙女太需要奶奶了。等他到广州去再干几个月，劳动合同期满，他找老板结了工资立马返乡，再把妈给他们送去。小弟和弟妹对他这个兄长自然是同情的，说他们只一个孩子，和他家的亦柱一年出生，都上幼儿园了，他们上班送下班接，已没太大困难。倒是他家，孩子多，让妈就跟着他，妈一年老一年，希望他能奉行孝道。他郑华无话可说，妈是疼他的，他对妈是怀有孝心的。可他现在接妈回来，是让妈给他招呼孩子，是让妈给他料理家务，是让妈为他受苦受累，妈对他的疼爱是实的，他对妈的孝敬是虚的，真的是贫家无孝子。为此，他的内心矛盾而又纠结。

几个月后，郑华从广州回来。母亲把家里料理得井井有条，亦梁耽误了几天就上学了，亦柱也进了村办幼儿园，两个儿子都在健康成长，就老三芳草日夜干咳，一个脸蛋儿瘦得只有巴掌大，没一点儿血色。再看母亲，怎么才几个月，就越显苍老，头上白发多了，脸上皱纹多了，那一双手就像干枯的树枝，手背上的皮都是蔫的，一条条的筋脉就像蚯蚓爬出了地面。

郑华望着母亲，眼泪夺眶而出。他说，妈，我哪里也不去了，就在农村种田兼搞副业，早晚都在家里，你老人家再别辛苦，家里大小事情有我呢。你只管和村里那些大伯二婶儿他们拉家常去，打扑克斗地主去，你不会，在一旁看几回就会了，天冷的时候就坐墙根儿晒太阳，天热的时候就坐树下摇扇子，要么看电视也行，多看些娱乐节目，一句话，除了吃和穿，还要给自己找乐子。更为要紧的是，身上哪里有什么不舒服，一定要马上告诉我，不能拖着瞒着。你老人家记住一条，什么东西都是儿孙后辈儿的，只有身体是你老人家自己的，你得爱惜！

郑华妈说，让我光玩，没病也会玩出病来，真就不舒服的。再说，你也不可能一日三餐下厨弄饭，我多玩些多休息些就是了，厨房的事还是让我来做，把柴米油盐菜弄回家来，才是你这个男子汉的事情。我才六十多岁，还不算老，现在身体没事儿。倒是芳草的病，不能大意。明天，你送芳草去看医生，就怕久咳伤肺，并发支气管炎，拖成了慢性病，那可就苦了孩子。

郑华一一答应，表示照办。

芳草得的是百日咳，住了几天医院就全好了。孩子到底是孩子，回到家来，又蹦又跳，又唱又笑，换了个人似的。没过几天，脸上身上就开始长肉了。

郑华妈因为少了些劳累，气色也渐渐好了起来。

郑华一心一意种田兼搞副业，日出而作，日落而息，招呼着一家老小，个人的事，说是要往好处想，实际上好像不曾想过。

时间一晃就三年多了，这是阳春三月一天的下午，郑华还没收工，亦梁和亦柱还没放学，家里只有奶奶和芳草祖孙二人。

突然有人敲门，芳草抢着把门打开，进来的是个女人。

女人放下背包，叫了声奶奶，说了声奶奶好，又叫了声芳草，也说了声芳草好。那种熟悉和亲热劲儿，就像是家里人出了远门儿突然归来。这一老一小还没来得及问一声来者是谁，女人就自报家门。她说，她叫李春，隔壁县的人，从广州来，和郑华原来在一家工厂打工。在广州那个地方，别说是宜昌各县市的人，就是湖北任何一个地方的人，一说起就都是老乡，她和郑华是工友，当然也是老乡了。她还说，郑华可能不是十分了解她，她却十分了解郑华，连奶奶的岁数和三个孩子的名字她都知道。她来，是想约郑华一块儿再到广州打工，或是和郑华一块儿留在农村种田。

和郑华一块儿打工，和郑华一块儿种田，打工种田都和郑华一块儿？奶奶从这个李春话里的关键词品出意思来了，她和郑华分明是见内不见外啊!

芳草，一个还在上幼儿园的五岁的孩子，望着李春好看的笑脸，便几步跑到奶奶面前，摇着奶奶的一只胳膊，把个扎着羊角辫儿的小脑瓜儿往奶奶的怀里那么一歪，带着羞也带着喜，望着李春说，你像我妈。

李春听得一惊，便招手让芳草站到跟前，咯儿咯儿地笑，说，我不是像你妈，我要来当你妈，你叫我一声。

芳草仰起红扑扑的小脸蛋儿，一双滴溜溜的眼睛瞅着李春，真就脆生生地叫了一声，妈!

李春响亮地答应，哎!随即一把把芳草拉了过来，紧紧地搂在胸前，在她粉嫩粉嫩的小脸蛋儿上连亲直亲，亲得叭叭地响，我当你妈，我疼你!我当你妈，我疼你!那语气糯糯的黏黏的，充满怜爱。随即，李春从背包里拿出一件上是白底绣花下是红黄蓝格子的公主裙，先在她身上比了几比，然后给她换上，说，快让奶奶看看，芳草真的好漂亮。

芳草穿着公主裙，活像个芭比娃娃，跑到奶奶面前，跳舞似的，往左转了一个圈儿，又往右转了一个圈儿，牵着裙摆笑嘻嘻地把李春一指，是妈给我买的。

奶奶听着看着，一面说，芳草长得漂亮，穿着这裙子就更漂亮了，说了谢谢没有呀，一面抬眼打量这个李春——三十出头儿的年纪，不高不矮，不胖不瘦，一头乌发扎在脑后，像个鸦鹊尾巴，椭圆形的粉脸两腮透着淡淡的红晕，柳叶眉下一双凤眼，水汪汪的，直鼻小嘴，穿着不新不旧，打扮不土不洋，很见风采。

随即，奶奶站起身走向堂屋左侧，推开郑华卧室的房门，已去天国的儿媳碧云，在一个黑木镜框里一脸微笑，望着奶奶。奶奶在心里对碧云说，你临终时不是说过，要郑华找个合适的女人把家撑起来吗。已经三年多了，没见他找，今天突然来了个叫李春的，我从她的言语中听出来了，她兴许就是你说的那个合适的女人。

李春跟着奶奶也进了郑华的房间，看了奶奶一眼，好像听见了奶奶刚才的那些心里话。于是，毕恭毕敬向着碧云的遗像三鞠躬，说，碧云姐你放心吧，只要郑华不嫌弃，奶奶和孩子们肯容纳，我就来接替你，你原来管的事情做的事情，今后由我来管由我来做，我一定管好做好。我保证孝敬奶奶，让她老人家吃好穿好休息好，快快乐乐。我负责和郑华一起把孩子们带大，还要让他们都有出息。你在天之灵看着，我一定说到做到。

奶奶在一旁听了，不知说什么好，只觉得鼻子一酸，眼泪夺眶而出。

李春走出郑华的卧室，打开背包，拿出一件墨绿暗花面子深黄抓绒里子的背褂儿，轻轻地抖开来，送给奶奶。奶奶逊让再三，盛情难却，只有像个听话的孩子，脱掉罩衣，把背褂儿穿上。李春帮她前头牵了牵，后头扯了扯，扣好一颗颗暗扣儿，见长短大小正好合适，便说，奶奶穿衬衣套上这件背褂儿，显得年轻多了，真的，你老人家不信问芳草。

芳草跑过来，围着奶奶看了又看，稚声稚气地说，我穿起新裙子，好看，奶奶穿起新背褂儿，也好看。

奶奶夸芳草漂亮，小嘴儿又甜，便望着李春说，谢谢李春，要你破费了，你打工挣的可是辛苦钱啊，花一些子在我们身上。

说起打工挣钱，李春想起了三年前那天的傍晚，郑华敲开女工友的房门，说是已和男工友告别过了，这时特来和她们女工友告别。

郑华对她说，他家上有老下有小，原来靠妻子操持，现在妻子抛下他去了天国，他不得不放弃续签合同，放弃打工挣钱，回他的农村，招呼母亲和孩子。

同室的姐妹吃完晚饭，去浴室洗澡的洗澡，洗衣的洗衣，都没回来。她以为郑华是瞅准这个时间空当，来向她表示好感，向她掏心窝子，向她倾诉心中的苦痛，还会对她说，要找个情投意合的人，打单身那不叫生活。可她的推测与事实根本就不沾边儿，他只说了自己回乡的因由，对她后来的情况全然不知，连她和男人离婚已两年有余都不知道，怎么会有她以为的那些话呢。这也难怪，工厂实行三班制，他和她不在一个车间，又不同工种，每天各干各的工作，下班之后上班之前，除了吃饭就是忙着洗澡洗衣，片刻不闲，有时在厂区或是在食堂碰上，也只是打个招呼，没有时间谈论个人的大小事情，况且，这类事情也不好无缘无故在一个男人面前主动说起。郑华知道的只能是那时候的李春——他为救她受了重伤，她到医院看他，谈话之间，她告诉他，她的家也在宜昌农村，丈夫是个村官儿，他们养了个儿子，不幸在襁褓中夭折。她告诉郑华的就是这些，反过来，她把郑华及其家庭情况，问了个盐缸水不漏，连他母亲的年纪，三个孩子的名字都一一问到。

在女工宿舍坐了没多大一会儿，郑华便说，他明天一早就要去赶火车，行李还没收拾，就不等大家了，请她转告各位女同胞，他回去了，回宜昌农村了。

临出门，郑华连说，保重！保重！走了几步又回过头来，说，做事要注意，安全第一！

李春送到门外，向他频频挥手，说，别让伤感把人压垮了！你也要保重啊，再见！

女工们陆续回屋，李春便把郑华刚才来告别，说给了众姐妹。

众姐妹笑着说，他不是来和我们告别的，是来追你的，你李春别打掩护。他迟不来早不来，刚好你一个人在屋里他来，这种小儿科谁不知道，我们都见过经过。他是个鳏夫，你是个寡妇，他帅气，你漂亮，年岁也相当，家又相隔不远，还有，你那次出事，运砖的三个人，怎么偏偏是他救你，这就是缘分。你就别装了，早点儿答应他，还磨叽什么？告诉你李春，好男人是不好找的，郑华他是个好男人。

李春说，我知道，他不光外表是个好男人，而且内心也是个正直善良的好男人。我开始也有你们说的那些想法，以为他对我有那个意思，可是我想错了。他妻子过世这才半年，他还在悲痛之中，完全没有那种心情。最为关键的，是他还不知道我离婚了，在他的心目中，我还是个有夫之妇，他来追我从何说起？这方面的话，他当然也确实一句没有，仅仅是来辞行。走时说了两句话，嘱咐我好好做事，安全第一。

姐妹们有些疑惑，你说这话可是真的？你早就没男人了，为什么不告诉他？他要是被别的女人抢了去，你可就只有偷偷儿地哭鼻子了。

李春说，他只坐了一会儿，就起身要走，说要去收拾行李。再说，他才丧妻的人，我巴巴地告诉他离婚的事，不等于我在示意，在撩他逗他，也太不好意思吧。

姐妹们说，李春呀李春，你让我们说你什么好呢。我们的看法是，你不能顾及这顾及那，有什么不好意思的，搞定了就好意思了。况且，你没有示意，没有撩他逗他，就是有过示意，撩过他逗过他，也远远不够，还必须下定决心，勇往直前，穷追不舍向他郑华发起猛烈进攻。你是恋过爱结过婚的人，难道连这一套战略战术都不懂，还要我们教你！他对你有救命之恩，这是最好不过的由头，你必须利用！

在离婚后两年多的时间里，她李春没想过去追男人，倒是有男人来追她，而且不止一个。除了前夫找她复婚，她没答应，第一个来追她的，是年近五旬的机关干部，第二个来追她的，是四十开外的小学老师，还有一个三十七八的私企老板，也来追她，都被她三下五去二，一一回绝。原因很简单，这三个男人，撇开年龄不说，仅外貌就没一个能入她的法眼，看着就不舒服，更谈不上什么感觉，别的方面再怎么好，对她来说都毫无意义，她不稀罕。她李春的择偶标准，简而言之就是三看加一爱，先看人的模样儿，次看人的心肠，再看人的能耐，然后是互相爱慕。人的模样儿看着不舒服，心不甘情不愿，还犟着同床共枕，有什么意思，那无异于受罪。只有郑华，这个并不怎么了解她、更未向她袒露过心迹、甚至连她已是单身都不知道的打工务农的男人，却让她刻骨铭心。

郑华辞工回乡三年多来，姐妹们不时对她李春参谋建议，她一直犹豫，经过考虑又考虑，这才付诸行动。她一反恋爱常规套路，居然找上郑华的家门，直接来个缠不缠，女追男，世间只有藤缠树，她偏要来个树缠藤！李春到了郑家，心里却又不免忐忑，甚至还有些胆怯。可是，开弓就没有回头箭，要追就得豁了出去，一往无前大胆地追，也就是姐妹们说的，必须下定决心，向郑华发起猛烈进攻！于是她把心一横，什么庄重、沉稳、矜持，全都不要，什么轻佻、浅薄、孟浪，全都不顾。于是，她几步走进厨房，先系围裙后洗手，开始做饭，试着充当家庭主妇，要先给他郑华一个贤妻良母的印象。

奶奶不知说什么好，横直她弄不明白，这个李春是怎么回事儿，干脆就什么也不说，直接去打下手。李春虽然能干，毕竟生疏，米在哪里，菜在哪里，油盐酱醋瓶瓶罐罐儿哪是哪个，得让奶奶一一告知。

下午五点多钟，亦梁和亦柱放学回家，见家里来了这么个好看的女人，正在厨房忙着，奶奶在一旁指指点点，不知是谁，便望着她礼貌地一笑，说，来客人了？

李春一见，不禁惊异，哎呀嘿，好清秀的儿娃子，活脱脱的两个小郑华！亦梁，亦柱，你们放学了？我不是什么客人，你们看，我像客人吗？

芳草把两个哥哥拉到一旁，悄悄地说，她是来给我们当妈的，我都叫妈了，你们两个也叫一声妈去。

亦柱笑着说，芳草，你两岁时得了百日咳，那病治好了，现在想妈，又想出精神病来了，把来的客人叫妈，明天让爸爸送你上医院看医生！

芳草说，我说的是真话，她自己都承认了，不信，你去问奶奶。

亦柱听了说，好，我问奶奶去。说着便把奶奶从厨房拉到堂屋，芳草说厨房那个人是来给我们当妈的，要我和亦梁叫妈去，怎么突然冒出个妈来了？

奶奶往厨房努了努嘴，笑着说，我也不知道详细，芳草确实叫妈了，她也确实答应了。你们等一会儿问爸爸，这事只有爸爸知道。

奶奶正在对孩子们说，这事只有他们的爸爸知道，叫他们问爸爸去，刚好郑华就回来了，手里还提着一只小刺猬。

亦梁见了，高兴得叫了起来，连忙接过小刺猬，问，爸，这小刺猬是从哪儿弄来的？

郑华说，在花生田里逮的，它还是个小崽，连身上的刺都没长硬，给你们喂着好玩儿。又嘱咐说，把捆它的棕叶子解了，放在院子晒得到太阳的靠墙根儿的地方，用筐子罩着，别老弄它，没喂熟，它怕人。刺猬爱吃花生，剥两颗放在它面前，只要它动嘴吃了，喂熟就没问题。注意，别让鸡子叨它，鸡子只要叨上一口，它就死定了。天黑的时候，去撸些干稻草来，给它盘个窝，把它放进去，让它睡觉，可不能让它冻着。

亦梁连忙拿来花生，剥了壳子，把花生仁儿放在小刺猬嘴边儿上，随即罩上筐子。然后攀着亦柱的肩膀，不声不响从筐子缝缝儿往里瞄着，好一会子，小刺猬伸出脑袋，黑豆儿似的眼睛向两边儿望了几望，尖尖的小嘴拱了几拱，便咬破了一颗花生仁儿……

芳草见两个哥哥玩刺猬，把奶奶说的话都给忘了，便走到爸爸跟前，小着声儿说，家里来了个女的，蛮漂亮的，爸爸你快看去，她和奶奶都在厨房。

郑华啊了一声，连忙洗了手，跑到厨房门口一看，不禁大吃一惊，说，这不是李春吗？你怎么来了？

李春从头到脚把郑华打量了一番，一边牵起围裙揩手，一边说，你是我的救命恩人，我的工友，又是县挨县的宜昌老乡，三年多没见了，怎么就不能来看望看望你和你的家人？看样子，你不欢迎我喽？

郑华笑着说，说哪里的话，你当然能来，我当然欢迎你，我们全家老小都欢迎你！你肯定有什么要紧的事，光为看望不会大老远跑来。你是从家里来的还是从广州来的？来了就休息一会儿嘛，怎么就进厨房了？

没等李春说话，芳草跑了过来，仰着玫瑰花似的小脸蛋儿，甜甜地说，我知道，是来当妈的，当我们三个人的妈。说着，拉住李春的手，又是摇又是摆的，说，是吧，妈？

李春红了脸，一双手摩挲着芳草的羊角辫儿，没说是也没说不是，只是笑，笑得有些羞涩。

郑华连忙制止，芳草别瞎叫，叫阿姨，李阿姨。

芳草歪起个小脑瓜儿，望着李春说，我没瞎叫，是妈让我叫的，我叫妈，妈答应了的，奶奶都看见了听见了，妈，你说，我没瞎叫吧？

李春依旧没说是，也没说不是，还是笑，把个脸笑得越发的红了。

郑华对李春说，这孩子不懂事，你大人莫记小人过，千万不要怪罪，她妈死了，她因为想妈，就忘了礼貌了。

天还没大黑，鸡才进笼。

孩子们正在用稻草给小刺猬盘窝，逗小刺猬好玩儿，奶奶见了，便说，你们逗小刺猬好玩儿，让我想起了一个小刺猬的故事，你们愿意听吗？

孩子们齐声回答，愿意！

奶奶说——

这个故事我是从你们的爷爷那里听来的，发生在五十年以前。那时，你们的太爷，比你们爸爸现在的岁数大不了多少，你们的爷爷，比亦梁现在的岁数大不了多少。

那天，爷爷跟着太爷，在生产队的田里薅草。太爷觉得肚子胀疼，已有了便意，在小腹偏左处轻轻地摸着，能摸到里面有邦硬邦硬的东西。他跑到田旮旯蹲了半天，就是屙不出来，只有撸起裤子作罢，可那能罢得了吗？他憋得难受，便再次跑到田旮旯，垮了裤子蹲下，可还是屙不出来。没办法了，他只有用手指硬抠，抠了一会子，都抠得流血了，好不容易才抠出一些算盘珠似的灰黑灰黑的硬坨坨儿，掉到地下嘣嘣地响，溜溜地滚，那些硬坨坨儿上都沾着鲜血。

太爷在水沟里洗了手，肚子里空了，不胀疼了，可偏又咕咕地乱叫，像揣着个蛤蟆。一时间，他浑身无力，连锄头都举不起来。

爷爷见了，说，爸，我们中午只吃了一碗观音土掺小麦麸子打的糊糊，我肚子早就饿了，真的想吃点儿什么。

芳草问，什么是观音土？土怎么能吃呢？

奶奶说——

观音土是一种白色的很细腻的可以用来烧制高档瓷器的黏土，又叫高岭土，不能吃，饿得没办法又没任何东西可吃，才挖来吃的。

太爷当时就抹了一把眼泪，对爷爷说，儿子，我也是饿呀。可有什么东西吃呢？观音土是不能再吃了。家里还有一把青菜，半瓢苞谷糁子，晚上我们好好吃一顿。太爷说着，突觉眼前一黑，立脚不稳，幸好拄着的锄头起了支撑作用，他没倒下。

爷爷四下一望，对太爷说，爸，现在没人，我估摸着这田里的土豆儿都有麻雀蛋大了，你正好抽烟带着火柴，我去捡些干树枝干草柯来，挖几个烧了吃，行吗？不然，我们都会饿倒的。

太爷说，不行儿子，这是集体的庄稼，再过一个多月就可以收获了，社员谁不是眼巴巴地望着。如果我们偷吃了，那就是侵占集体财物。要想人不知，除非己莫为。一旦被人知道，除了处罚，名声也坏了。人活一张脸，树活一层皮。儿子你记住，这种事不能干，饿死也不能干。

父子二人坐在田塍上，有气无力地望着那些土豆儿秧子。

爷爷眼尖，看到一个麻花花的绒球样的东西，从左边儿一蓬土豆儿秧子滚进了右边儿一蓬土豆儿秧子。爷爷突地来劲了，一个箭步跨过去，原来是一只刺猬小崽，听见响动便蜷成一坨，让爷爷逮住。小刺猬身上的刺还是软软的，就像你们现在养的这只一样，摸着竟不觉棘手。爷爷高兴极了，便对太爷说，这小东西来得正好，晚上我们有汤喝，听说刺猬汤还是大补哩！

太阳就要落山了，爷爷提着小刺猬，和太爷一起高高兴兴回到家里。

放下锄头，爷爷迫不及待地喊妈，爷爷的妈就是我的婆老，你们的太婆，说晚上有刺猬汤喝。

没听见太婆答应。

太爷便提高嗓门儿问太婆，你下午觉得好些没？儿子叫你，他逮了一只小刺猬，晚上熬刺猬汤给你喝。

还是没听见太婆答应。

太爷和爷爷一起走到太婆床前，连叫数声，不闻动静，两个人便都有不祥的预感。太爷伸手一摸，果然，床上的太婆周身冷僵，人已死了好一会子了。太爷和爷爷呼天叫地，抚床痛哭。

趁天还没大黑，太爷把家里死人的事告诉了生产队长。

掌灯时分，爷爷杀了小刺猬，熬了一钵子浑汤。

亦柱叫出声来，啊！真的把小刺猬杀了？太可怜了。

奶奶说——

那是因为饿得没有办法，早先，太爷让爷爷杀小刺猬，是想全家三个人都能喝上一口汤，吃上几块肉，给肠胃沾点儿荤腥，不料太婆过世了。晚上，爷爷杀掉小刺猬，熬了一钵子浑汤，放在太婆床头供了一会儿，便把汤钵子端进厨房盖上盖子，谁也没尝一口。太爷和爷爷，只吃了一碗青菜煮的苞谷糊糊。

第二天上午，队里派来两个社员，帮着安葬你们的太婆。正好，太爷和爷爷把刺猬汤热了，分为两碗，作为招待。两个饥肠辘辘的社员，从未尝过刺猬汤的美味，捧起碗便呼啦呼啦连吃带喝，眨眼的工夫，浑汤点滴不剩。

亦梁弄不明白，便问，那时候是怎么搞的呀，什么吃的都没有？

奶奶说——

那时候连续两三年，粮食一直就不够吃，春末夏初，稻米吃完了，麦子还没熟，正是青黄不接的时候，家家户户都揭不开锅。山上的葛根蕨根挖光了，畈上的野菜挑光了，田里的油菜苗、豌豆苗掐光了，河沟的鱼虾捞光了，堰塘的蛤蟆、蚌壳、螺蛳捉光了，除了耕牛，家禽家畜都杀光了。没办法，只有吃榆树皮和观音土充饥，可那些东西吃得进去却屙不出来，不是肠梗阻，就是胃穿孔。你们的太婆就是因为这个死的，死的时候才四十五岁……

三个孩子听到这里，都抽抽搭搭地哭了。

月出东山，大河的岸边晃动着两个人影，郑华和李春在谈问题。

郑华埋怨李春，你怎么能和一个还在上幼儿园的孩子开玩笑，这要是传了出去，对你的名声会产生什么样的负面影响？你难道就没想过？等会儿我一定教训芳草，告诉她，小孩子要懂礼貌，再别乱叫乱说，她会听话的。不然，她高兴起来，到幼儿园瞎嚷嚷，两个老师都是本村人，要是听信了，当作真事，不论是说给哪个孩子的家长，我们郑家村几百户人家，要不了三天就会家喻户晓。你应该知道的，差不多的人都有一种猎奇心理，最喜欢传播这类荒诞不经的事情，传播起来还会添枝加叶，把子虚乌有说得煞有介事，那可就坏了，不可收拾了。要是传到你们那个镇、你们那个村，对你的家庭和夫妻关系就是破坏性的，甚至是毁灭性的。说完这些，郑华问李春，你到我这里来，你老公知道吗？

李春听了郑华的这番话和这句问，确信郑华不知道她已离婚，仅仅知道她叫李春，老公在农村，是个村干部，有个儿子，在襁褓中不幸夭折——一个五年前的李春。而仅仅知道的这些，还是因为那次事故，他救她受伤，她到医院看望他告诉他的。那是她到广州打工的第二年，工厂扩建职工宿舍，她被派到三楼的脚手架上当小工，不料脚手架上的踏板固定不牢，她踩得一翘，身子往后一仰就摔了下来。郑华在下面运砖，手疾眼快，张开双臂纵身一跃，一下子把她接住，巨大的撞击力把他撞倒在地，一摞板砖同时砸中他的右腿，造成他胫骨骨折。因有郑华垫底，她没直接落地，她撞的是郑华的胸部、腹部，故她的伤势较轻，只是腰脊扭伤和臂膀擦伤，伤筋而未动骨，喝了几天消炎止痛药，绑了几天护腰带，就运动自如照常上班了，而郑华他则因重伤住了三十多天医院。那天她到医院看望他，作过简单的自我介绍。事故发生之后不过半年，她和丈夫协议离婚。这事，她除了告诉同屋的几个姐妹，再未对任何人说起，他郑华当然不会知道。于是她说，我现在可以明白无误地告诉你郑华，我没有老公，你辞工回乡的两年以前，我和他就一拍两散，离婚拉倒，至今已是五年多了，此前我不便对你说起。算起来，你郑华是三年多的鳏夫，我李春是五年多的寡妇，我们二人都是单身。我不是和孩子开玩笑，更不是和你开玩笑，我和你都有权利恋爱和谈婚论嫁！

郑华听得心潮澎湃，热血沸腾，但理智让他立马恢复平静。他说，这事不是儿戏，你不能因为我救过你，你用这种方式报答，当下的事实，是我上有老下有小。你感情用事，不看眼前也不想长远，到时候肠子悔青了，是无药可医的……

李春没等郑华说完就抢过话茬，我就是冲着你这个人和你的困难来的。你冒着生命危险救我——那天，我从三楼摔下来，不是你把我接住，起了缓冲作用，我横着身子直接摔在水泥地上，会有命吗？我活了命，你受了伤，这事我没齿不忘。你不是死了老婆，又上有老下有小，我来干什么呢？我来就是帮你招呼老的招呼小的。我是经过一次失败婚姻的人，对再婚问题不敢草率，你回乡三年多，我考虑了三年多，这期间，我拒绝了几个男人的追求。是同室的几个姐妹一次次地参谋建议，我才最后下定决心，跑来向你作这种表示。

郑华说，我不同意，我那时既然救你，现在就不能害你。你年轻漂亮，又有文化，各方面都优秀，应该找个没有负担和拖累的条件相当的男人组建家庭，开始新的生活。你跟我只有辛苦，没有幸福。

如果你不喜欢我，你就直说，那我对你就只有报答，几万块钱我还是有的。归根到底，你爱我我爱你，两个人情投意合，这是前提。有了这个前提，我才心甘情愿给孩子当妈，心甘情愿给奶奶当儿媳，心甘情愿给你当老婆，纵然辛苦也是幸福。如果我们两个人不是彼此相爱，我是单相思，那我就只有为报答而报答，五万块钱我转给你，你收也得收，不收也得收！人不能想着报仇，但必须想着报恩，有恩不报，我于心不安！从说话的语气里，可以听出李春的情绪非常激动。

这事来得太突然，你要考虑，我也要考虑。虽说都是二婚，但同样是终身大事，不能慌腔走板，必须慎重再加慎重。郑华说话，很是平静。

散步回来，李春从背包里拿出两双安踏牌软底球鞋，37 码的给了亦梁，36 码的给了亦柱。

两个孩子太喜欢了，说早就想要一双球鞋，没钱买也没处买。眨个眼睛，亦梁和亦柱就都把球鞋穿在脚上了，两个小家伙站起来走着步子，异口同声地说，不松不紧，脚好舒服，我们敢说，这样的球鞋，我们学校谁都没有。谢谢了！谢谢了！

这天晚上，郑华在床上像煎干鱼，翻来翻去，不能入睡。

第二天，李春乘班车回家，郑华送她上车。

临别，李春说，我考虑三年多，不用再考虑了，倒是你要慎重考虑。我给你三个月时间，两种方式由你选择。你如果同意我的意见，三个月——今天是三月二十九，到六月二十九，这中间的任何一天，你到我家来和我家人见面，向我求婚，我就和你去登记领证，我们二人就是既有恩又有爱，所谓岁月静好。六月二十九之前，你不来我家，那你就是不同意我给三个孩子当妈，给奶奶当儿媳，给你当老婆，那我就给你转五万块钱，算是报答救命之恩，我们二人就是只有恩没有爱，也就是《红楼梦》里那支曲子唱的——从今分两地，各自保平安！

郑华望着出站的班车渐行渐远，直到班车拐弯儿了，早已望不见了，才想起回家。

郑华有点魂不守舍，进得家门，却为一个小小的疏忽感到懊恼不已——李春给了他家庭住址，他却忘记找李春要个电话号码。他拿巴掌在后脑勺儿上拍了两下，便在堂屋中间踱来踱去。良久，才拿了一支水芯笔，走到挂历跟前，在三月二十九方格儿里画了个三角儿，又翻了三页，在六月二十九方格儿里画了个三角儿。回头坐在椅子上发呆，好一会子才站起身来，又拿笔走到挂历跟前，翻开五月的那页，一双眼睛在上面瞄来瞅去，末了，在五月十八方格儿里，看到了宜嫁娶几个字，便在空白处画了两个圆圈儿，在圆圈儿旁边儿，重重地打了两个感叹号儿。

（写于 2021 年）

# 大山里有个猴儿垴

猴儿垴，地处崇山峻岭的纵深地带，三十多户，百把号儿人，是李树坪乡最小的行政村。

猴儿垴离最近的行政村野猪岭，十四公里，离乡政府所在地李树坪，三十公里，离县城八里湾，一百一十公里。到野猪岭走个亲戚，只吃顿中饭立马打转，不到太阳落土，到不了家。到李树坪赶个集，会走路的，天刚亮出发，晚上七八点钟回来，两头儿摸黑，来往一天满而又满，腿脚慢点儿的，得住上一宿，硬扎扎的两天。要到县城办个什么事，得先步行到李树坪，抢着赶乘八里湾的返程班车，八十公里的沙石路，坑坑洼洼，弯弯拐拐，颠簸起来脑袋像是安了弹簧，天煞黑到站，第二天办完事，出城的班车早已发完，只有第三天老早起床，赶乘七点半开往李树坪的班车，中午前后车到李树坪，下车步行六七个小时，点灯的时候到家，来往一趟三个整天。不用问猴儿垴在什么样的大山深处，山有多大，岭有多高，仅此就可知大概。

猴儿垴有个猴儿垴小学，只有一个民办老师，名叫于从周，二十几岁起就在这所小学教书，一直教到年逾六旬，成了个老头儿了。

说到于从周在猴儿垴小学教书，几十年不曾挪窝儿，这里头有个浪漫而又凄楚的故事。尽管于从周讳莫如深，可人们却还是不时想起，不时说起。

于从周的原籍是隔壁县的于家大湾，十八岁高中毕业，高考落榜，与他命运相同的初恋于麟儿一起，回到生于斯长于斯的家乡。花晨月夕，杨堤柳岸，二人自然少不了缠缠绵绵卿卿我我。没过多久，二人的这种关系尽人皆知。

邻村有个小伙儿名叫向朝，特别喜欢于麟儿，一直穷追不舍，于麟儿既没答应，也没明确果断予以回绝。于是，向朝便把于从周当作情敌，还放出狠话，说要灭掉于从周。他几次纠合本村的混混儿，对于从周大打出手，一次，于从周被打得头破血流。

于麟儿知情以后，便约见向朝，说她和他向朝只能做普通朋友，不可能走到一个屋檐下，要他放弃对她的追求，相信他会找到比她更好的漂亮的姑娘。于麟儿还说，感情的事不能勉强，请他不要再和于从周积怨结仇，都是早不见晚见的乡里乡亲的关系。

向朝把于麟儿对他的态度，归罪到于从周头上，说于从周活到头了，要是找死，他向朝乐意促成，哪天让他于从周死个痛快，死个明白！

向朝放出的话，尽管骇人听闻，却未能阻止于从周和于麟儿死去活来的相亲相爱。倒是于家大湾老辈子传下来的于氏族规，让于从周和于麟儿不寒而栗。族规规定，严禁于姓男女之间发生苟且之事，更不得谈婚论嫁，否则，男子活埋，女子沉塘！解放初年，于家大湾有一男一女，都是二十来岁的小青年儿，因为互相爱慕，彼此喜欢，便发生了两性关系。族长怒发冲冠，竟置国法于不顾，打开祠堂，开了个所谓的五老会议，决定按族规执行。可怜两个年轻人还在睡梦之中，突被绳捆索绑，推推攘攘送进祠堂，每人四十大板，一个拉到村西山洼活埋，一个拉到村东大塘沉底。因为一笔难写两个于字，全村人都本着家丑不可外扬的老旧观念，这么一起严重的杀人事件，居然无人报案。

于从周和于麟儿的事，被向朝弄得沸沸扬扬，于家大湾的男人们，莫名其妙地把这事当作宗族的奇耻大辱。虽然村里有村委干部，几个抱残守缺的老者，竟敢重演解放初年的那幕惨剧，决定按族规办事，叫了几个莽撞汉子，要他们挖好深坑，找好麻袋，先活埋于从周，再将于麟儿丢进塘里，一定要办得神鬼不知。

村干部知道，几个老者的做法是严重犯罪，其事非同小可，弄不好还会把他们牵连进去，但他们同宗共祖，不便公开否定族规。于是，村主任来了个剑走偏锋——把这个人命关天的十万火急的消息，偷偷儿地告诉了两个热恋的年轻人，叫他们赶紧远走高飞，十万火急，刻不容缓，走了就不要回来。村主任表面只是报了个信儿，其实执行的是个一箭双雕的妙计，一是保住了二人的性命，防止了杀人犯罪的事件发生，村委干部也脱了干系，二是变相把二人赶出了于家大湾，入了另册，就如戏文里说的，死罪可免，活罪难饶！

于从周和于麟儿得信，便瞒着父母家人，背井离乡，翻山越岭，逃出本县，到了这个外人很少知道的猴儿坳。猴儿坳的父老乡亲，得知他们是为婚姻逃命而来，便接纳了他们，同意他们参加劳动，和大家一样挣工分儿分口粮。又因他们都有文化，过了几年，社员们便建了几间土墙小瓦的房子，安排于从周教村里的孩子读书。这事先得到了乡政府的认可，后得到了县教育局的批准，猴儿坳小学由此诞生。

猴儿坳的物质生活虽然艰苦异常，于从周和于麟儿因为获得了爱情，还是觉得甜蜜幸福。那年，于麟儿身怀六甲，于从周欣喜若狂。岂料上天不佑，至期，于麟儿落产临盆，出现了胎位颠倒，生产不顺。像猴儿坳那样的山旮旯，那时候妇女生孩子，都是靠的接生婆，有些难产，像于麟儿这种，接生婆根本就束手无策。乡里有个诊所，不仅远在三十公里之外，而且没有妇科医生。到区卫生院和县医院，完全没有可能。折腾了一天两夜，到头来，母婴两条性命都没保住。于从周悲痛欲绝，起心以死殉妻，上吊的麻绳都挂在屋檩子上了，经父老乡亲苦劝方止。从此，猴儿坳小学便是于从周的家，学生便是于从周的儿女。这期间，有个像模像样儿的女人，愿意嫁给于从周，被于从周婉言谢绝。于从周那颗火热的情爱之心，已被于麟儿带进了黄土垅中……

猴儿坳小学有点儿不伦不类，说它是个初小吧，它又多了个四年级，说他是个完小吧，它又少了五年级和六年级。在猴儿坳小学读完四年级，学生就得转到李树坪中心小学住读。这么个形式的学制，县教育局规定之后，三十多年不曾改变。猴儿坳小学说是四个年级，可学生人数却不到别的小学四个年级的零头儿。最多的那年十五个孩子，一、二、三，三个年级，每个年级四个，四年级三个；最少的那年只有九个孩子，一年级三个，二、三、四，三个年级，每个年级两个。

一晃就是三十多年，猴儿坳小学的于从周老师该退休了，正等人接班。等了半年，好不容易等来一个师范专科的毕业生，只待了两天，第三天，连招呼都没打一个便脚板抹油，溜之大吉。于老师只有再等，等得都满六十一进六十二了。

是年，省师范学院给县教育局分来两个毕业生，都是女性，一个名叫万蓉，一个名叫喻芳。万蓉被派到李树坪中心小学，喻芳被派到猴儿垴小学。

县教育局李局长同喻芳谈话，说，只要你发扬艰苦奋斗精神，在猴儿垴小学任教三年，到时候，我一定把你调回县城。

就这样，喻芳去了猴儿垴。那么，猴儿垴小学的环境和条件是个什么样子呢？于从周老师没什么太多事务必须和喻芳办理交接，便写了一首打油诗送给喻芳，虽是为了纪念，却记下了当时的真实情景——

学校一共三间房，土墙小瓦破门窗。
课桌都是旧门板，搁在几个石礅上。
小学哪有四年制？初小完小两不像。
在编老师不愿来，我是保育员老师兼校长。
自砍烧柴自挑水，自垒炉灶自搭床。
国家财政补贴少，村里只管发口粮。
苞谷土豆儿餐餐有，下饭全靠辣子酱。
不是乡亲不重教，只因穷得叮当响。
白天倒还容易过，就是夜晚好凄凉。
六十二岁我退休，接班的老师叫喻芳。
喻芳老师有编制，就凭这就比我强。
相信喻芳能胜我，青春在此放光芒！

喻芳以调县城为最高奋斗目标，咬着牙，横着心，狠着命，硬是在猴儿坳小学任教满了三年。这三年，喻芳和于从周一样，校长、老师、保育员，一人充当三个角色。说校长，那是调侃，那是自嘲，只有老师，才是名副其实。为什么说还是保育员呢？猴儿坳的娃儿，都没上过幼儿园，来上一年级，系不到裤带，扣不到衣扣，鼻涕拉挎，这都不说，有的还上不到厕所，揩不到屁股。喻芳都得看着管着招呼着，既要动口，还要动手，这不就是保育员吗！

很快三年光阴成为过去，进入第四个学年了。县教育局李局长好像完全忘记了自己的诺言，没给喻芳调动通知，也没找喻芳谈过话，说个子丑寅卯。猴儿坳因为装不起自然也就没装有线电话，她买了个手机又没信号儿，联系方式就靠李树坪邮政所，喻芳便通过邮政所向县教育局寄去了第一份调动申请。寄是寄了，没见回音。从此以后，喻芳每月必写，写了就到李树坪邮政所投寄，还请与她要好的同学万蓉特别关注，常到邮政所查询，帮她收信带信，因为乡邮员十天半月才上一趟猴儿坳。一年过去了，十二份申请如石沉大海。两年过去了，二十四份申请如石沉大海。上猴儿坳第六个年头了，喻芳除了继续写申请寄申请，寒假和暑假，还专程去过县教育局。李局长一次是避而不见，一次是讲了客观又重新许愿，急得喻芳都肠子打结。她已老大不小，要找对象啊，人家万蓉娃儿都满周岁了。

喻芳请调归请调，但没有耽误教学，没有耽误孩子。

陈守山有两个小孩，老大是儿子，名叫陈胜，非常聪明，读完四年级，刚满十岁，陈守山就要他在家干农活儿。喻芳跟陈守山磨嘴皮子，把不读书不识字愚昧无知，学文化长知识改变命运，进行对比讲解，说通了陈守山。开学时，她亲自背着铺盖卷儿提着辣子酱，把陈胜送到了李树坪中心小学。陈守山的第二个孩子是女儿，名叫妞妞，六岁了，陈守山说，女娃儿上个什么学，在家放羊正好。喻芳又说得陈守山同意，把妞妞带到学校，每天早接晚送，不厌其烦。

猴儿垴的适龄儿童，因喻芳工作到位，一个不落全都上学了。她搭伙吃饭的茶花儿家和茶花儿隔壁的小秋家，把不满五岁的孩子也送到了学校。

那一年，喻芳的学生达到十七人，是猴儿垴小学有史以来人数最多的。说是最多，每个年级也只有三四个孩子，上起课来让人扫兴，没劲儿得很。于是，她大胆改革，把分年级上课改为合并同堂上课，即一、二年级合并同堂，三、四年级合并同堂。这样，一年级聪明些的孩子，学了自身的功课，还把二年级的功课也学了一些，不太聪明的二年级的孩子，自身的功课没全学好，可把一年级的功课复习了一些。三、四年级的孩子差不多也是如此，三年级的孩子，学了自身的功课，同时搞了预习，四年级的孩子，学了自身的功课，同时搞了复习。有的时候，二、三年级也合并同堂上课。这么安排，加上她因材施教，用心辅导，学生成绩有了提高，教室也不再是三个坛子两个盖子，每天腾挪倒换，省下了许多心力。

效果显而易见，喻芳教过的转到李树坪中心小学上五年级的学生的成绩在班上都名列前茅。这些学生在五年级时的成绩好，在六年级的成绩自然也好。考初中分数最高的学生，都是猴儿垴小学来的。她亲自送去的陈胜，小升初主课三科都是满分。这个情况是李树坪中心小学的万蓉讲的，万蓉是听他们的校长在教学总结会上讲的。

一日，猴儿垴来了一个女子，背着双肩包儿提着照相机，说是市报的记者，名叫黎明。

记者不辞辛苦来到猴儿垴，任务是找村主任，采访猴儿垴圈山养羊的有关情况，是市畜牧特产局请她来的。猴儿垴总共只有两个村干部，一个是主任，一个是会计。没想到，主任有事去了县城，三两天回来不了，采访者与被采访者搞了个半铫子穿短裤——两岔。记者找到会计，会计说，这事要问主任，我没什么情况好讲的。反正山上有的是草，有的是树，羊爱吃草，也爱吃树叶。只要有公羊有母羊，自已就会那个，那个了就会生崽，崽自己就会长大，长大了自己就会上膘。羊上膘了，要卖要杀，我们就带着竿子绳子进山，想逮哪只就逮哪只，平时无须我们多管。会计的这番介绍，让记者哭笑不得。

记者采访扑空不说，已到傍晚了，连吃饭和住宿都没着落。这里没有餐馆，没有旅社，记者一个女子，人生地不熟，难免尴尬。喻芳看在眼里，便主动同记者打招呼，并热情帮助。她先带记者到她搭伙的茶花儿家吃饭，晚上又带记者回到学校，烧水洗脸泡脚，和她同榻而眠。

长夜，一灯如豆。两个年轻的女子躺在床上，拉起了家常。

记者得知，喻芳二十六岁，还是单身。喻芳得知，记者二十八岁，才结婚成家。拉家常嘛，喻芳自然而然要讲到县教育局李局长自食前言和她在猴儿垴五六年来的凄风苦雨，丝丝片片，点点滴滴。讲得她哭了，又讲得她笑了，讲到下半夜，两个人才悄然入睡。

记者没有时间等候主任回来，她还有别的任务。次日一早，她打开相机，对着喻芳咔嚓咔嚓按了两下，便挥手而去。

事过一个多月，一天，喻芳收到同学万蓉请赶集人带来的一封信，信封正面右下端印的一排红字告诉她，信是县教育局寄来的。喻芳心里怦怦直跳，盼了两年多的调令，终于来了！她迫不及待拆开一看，哪是什么调令，是一张市报。喻芳做梦都没想到，这张市报二版，一个通栏标题——《猴儿垴上的女教师》，文前还有她清秀靓丽的半身彩照，这是记者黎明写的长篇通讯。文章把于从周老师作的打油诗全文照引，重点写了喻芳在猴儿垴几年来的酸甜苦辣。还把喻芳和学生家长如何推心置腹、如何像保育员招呼孩子、如何同堂上课、如何送学生到李树坪上学、李树坪中心小学高年级成绩最好的学生全都来自猴儿垴，以及那个差点儿就辍学的孩子陈胜，以门门功课都是满分儿的成绩进入初中的事实，全都写了进去。当然，也写了乡亲们对喻芳的关怀和爱护，给她送吃的送喝的，给她送点灯的油，给她送烤火的炭，等等。

就在喻芳自己都被文章所述感动不已之时，她又收到县教育局的来信。她不用拆看就知道，这个信封里头，无疑是肯定是绝对是一份迟到的调令，是说本学期终了，有新老师前来替她，她与新老师办了交接，就来县教育局报到。她按捺不住怦怦心跳，拆开信封，她简直傻了，又不是调令，而是县教育局的红头儿文件——《关于向喻芳老师学习的决定》。文件号召全县教职员工，向喻芳老师学习，学习她正视艰苦克服困难，学习她联系群众获得帮助，学习她大胆探索，改革教学取得成效，等等。文件最后说，喻芳老师不愧是我县教育战线的榜样和楷模，希望喻芳老师戒骄戒躁，在猴儿垴再创佳绩，争取更大光荣。

喻芳这时要是见到了黎明，说不定会狠狠地咬她一口。她恨死黎明了，你采访养羊的事，怎么写起我来了？原来，你那天放在枕边的不是钢笔，是录音的玩意儿，怪得写得详细！你是好心，可对我来说简直就是牛肝马肺！我那天不该管你，让你没处吃饭没处睡觉，到群众家去求食借宿。那样，不就没有你那篇烂文章和县教育局这份烂文件！你呀，算是把我坑苦了害惨了，我必须注意政治影响，不能再写申请，找县教育局要求调动。我这辈子算是被钉在猴儿垴了，就像于从周老师一样，在猴儿垴干到退休了事！

说来也怪，喻芳从此真就安下心来，她认为，她已找到了属于自己的事业，正在实现人生价值，这事业，这价值，就是于从周老师在赠她的打油诗里写的，相信喻芳能胜我，青春在此放光芒！她的积极性更高了，劲头儿更大了。她高兴地对自己说，到了那一天，你就在猴儿垴找个小伙子，把自己嫁了，安身立命，有何不可！

事如其愿，喻芳二十八岁，真的和猴儿垴土生土长的陈尚彦结婚成家。

陈尚彦，是年三十二岁，帅哥儿一个。他六岁上猴儿垴小学，是于从周老师喜爱的学生，十二岁在李树坪中心小学毕业，以后初中、高中、大学，再到研究生院，十多年求知求智一路前行，学成回到本县，在县委办公室工作。因为陈尚彦在李树坪乡也算人熟地熟，领导便派他来蹲点儿扶贫。在猴儿垴，陈尚彦和喻芳邂逅，二人一见钟情。恋爱才一年多点儿，便谈婚论嫁，登记领证。知情者都说，他们两位是天设的一对，地造的一双。

根据陈尚彦的建议和县的统一规划，李树坪乡改为李树坪镇，有两个合并要求尽快完成。一个是，猴儿垴和野猪岭两村合并，整体搬出大山，在李树坪附近的茅湖垴组建一个双合新村，专门从事家禽家畜的规模化养殖。一个是，猴儿垴小学合并到李树坪中心小学，学生依次插班。

先说双合新村，才三年多时间，他们的养殖业发展得风生水起，人均收入接近一万，可以说初步脱贫。第四年年终决算，人均收入已达到一万三千二百多块，经县里组织检查验收，双合新村宣布摘掉贫困帽子。

再说李树坪中心小学，一下子多了十多名学生。老师们分工，喻芳担任一个毕业班的班主任带教语文。因工作业绩突出，个人积极申请，并校第三年的七月一日，喻芳加入了中国共产党。同年，还有一件喜事——喻芳生了个胖嘟嘟的儿子，取名陈加喻，长得特别可爱。

去年放暑假不久，县教育局一纸调令，把喻芳调到了县城实验小学，让她担任教导主任，兼六年级一班的班主任和语文老师。她谦虚谨慎，肯学肯干，行政工作和教学工作都完成得相当漂亮。

（写于2021年）